KB210075

인플루엔자 X 뉴로피아

영주가 될 수 있어서 행복했어요♡

인플루엔자　　　▶|

PL▷Y

인플루엔자 ▶|

한상운 장편소설

문학동네

차례

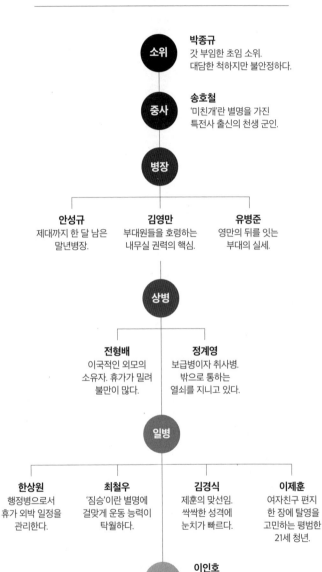

등장인물 소개

제3방공포병여단 178대대 3포대 소속 1분대

소위

박종규
갓 부임한 초임 소위.
대담한 척하지만 불안정하다.

중사

송호철
'미친개'란 별명을 가진
특전사 출신의 천생 군인.

병장

안성규
제대까지 한 달 남은
말년병장.

김영만
부대원들을 호령하는
내무실 권력의 핵심.

유병준
영만의 뒤를 잇는
부대의 실세.

상병

전형배
이국적인 외모의
소유자. 휴가가 밀려
불만이 많다.

정계영
보급병이자 취사병.
밖으로 통하는
열쇠를 지니고 있다.

일병

한상원
행정병으로서
휴가 외박 일정을
관리한다.

최철우
'짐승'이란 별명에
걸맞게 운동 능력이
탁월하다.

김경식
제훈의 맞선임.
싹싹한 성격에
눈치가 빠르다.

이제훈
여자친구 편지
한 장에 탈영을
고민하는 평범한
21세 청년.

이병

이인호
막내이지만, 늦게 입대해
제훈보다 다섯 살 많다.

호텔

플로어 치프

박은수
호텔 관리에
남다른 직업의식을
갖고 있는 권위자.

메인 셰프

파울로
레스토랑을 지휘하는
잘생긴 외모의
미국인 주방장.

안내 데스크

김보람
라운지에서
방문객 안내를
담당하는 직원.

부대 밖

강영주

제훈의 여자친구.
고무신 반 년차에 접어들어
이별을 고민중이다.

이진욱

제훈의 절친한 친구로,
영주와의 연애사를
꿰고 있다.

1

내무실은 어둡고 고요했다. 차가운 바람이 매서운 소리를 내며 건물을 두들겼고 성에 낀 창밖으로 누런 불빛이 보였다. 시계는 오전 6시 15분을 가리키고 있었다. 제훈은 다른 사람들이 깨지 않도록 조심하며 관물함에서 야전점퍼를 꺼냈다. 옆자리의 인호가 잠꼬대를 하며 돌아누웠다. 담요 밖으로 꼬질꼬질한 방한 양말이 초라하게 튀어나와 있었다. 제훈은 이불을 당겨 녀석의 발을 덮어주었다.

내무실 온도계는 섭씨 21도를 가리키고 있었지만 난로 연통 옆 굵은 철사에 꼬치구이처럼 매달려 있다는 점을 고려하면 눈속임이나 다름없었다. 제훈이 누워 있던 문가 자리는 여기가 내무실인지 시베리아 벌판인지 구분이 되지 않을 정도라 양말을 신고 귀마개까지 하고 누워야 잠을 잘 수 있었다.

제훈은 야전점퍼를 걸치며 모두가 곤히 잠든 내무실 안쪽에 시선을 주었다. 난로를 빙 둘러 설치한 철망에는 십여 짝의 크고 작은 군화들이 걸려 있었다. 일과 시간에 젖은 군화를 말리기 위한 일종의 건조대인데, 야간에는 부비트랩처럼 작동해 화장실에라도 가려고 일어났다 잘못 움직이면 말굽이 부딪치는 요란한 소리를 냈다. 간첩이 내무실에 잠입하는 경우라면 부비트랩으로서의 제 역할을 다하겠지만, 제훈은 간첩이 아니라 졸병일 뿐이고 새벽 댓바람부터 고참들을 깨우면 앞으로의 군생활이 힘들어지기만 할 것이었다.

제훈은 침상 아래로 다리를 뻗어 신발을 찾았다. 차가운 슬리퍼에 발을 넣자 목덜미에 소름이 돋았다. 그는 주머니에 손을 넣어 편지가 들어 있는지 확인하고 밖으로 나갔다. 컴컴한 복도는 조용했다. 오직 화장실 옆 커피 자판기만 덜거덕, 윙, 소리를 되풀이하며 살아 있는 기척을 냈다.

현관 옆 전화부스에는 작고 하얀 등이 켜져 있었다. 창백한 불빛 위로 자욱한 안개가 먼지처럼 떠다녔다. 오늘따라 불빛마저 얼음처럼 차갑게 느껴졌다. 제훈은 희미한 불빛에 의지해 주머니 속에서 편지를 꺼내 읽기 시작했다. 어제 오후에 받은 영주의 편지였다. 내용을 외울 만큼 여러 번 읽었지만 아직도 무슨 말인지 이해할 수 없었다.

제훈은 영주에게 전화를 걸었다. 스무 번 가까이 신호가 계속되었다. 전화를 끊을까 말까 고민하는 순간, 영주의 졸린 목소리가 들렸다.

"여보세요?"

제훈은 옷깃을 세우고 부스 안 깊숙이 몸을 웅크리며 크게 말했다.

"영주야, 나야!"

"응? 지금 몇시야?"

"6시 20분. 잤어?"

"세상에, 당연히 잤지. 이 시간에 무슨 일이야? 잠깐만."

영주의 목소리가 한 옥타브 높아졌다.

"너 휴가 나왔어? 지금 밖이야?"

"그게 아니라, 너한테 할말이 있어서 전화했는데."

"잠깐만 나 불 좀 켜고."

영주의 쌔근거리는 숨소리 사이로 이불 젖히는 소리, 발소리, 불 켜는 소리가 들렸다. 제훈은 초조하게 그녀를 기다리며 발끝으로 부스 바닥에 얇게 깔린 눈 위에 이름을 썼다. 강영주. 이제훈. 두 사람의 이름 아래 밑줄을 칠 때 영주가 말했다.

"응. 이제 됐어, 말해."

제훈은 숨을 깊이 들이마셨다. 머릿속이 엉망이라 무슨 말부터 해야 할지 정리가 되지 않았다. 그렇다고 화부터 내면 안 된다. 일단 확실한 사실부터 이야기하자. 제훈은 어렵게 말을 골랐다.

"영주야, 나 네 편지 봤는데."

"응…… 근데?"

"근데라니? 너 휴가 나오면 나한테 할 얘기 있다고, 이대로는 안 되겠다고 그랬잖아. 그게 무슨 소린지 알려고 전화했지."

"거기 썼잖아. 너 휴가 나오면 이야기한다고. 근데 왜 이 시간에 전화를 해."

"야! 그런 식으로 말하는데 맘 편하게 기다릴 놈이 어디 있냐? 지금 무슨 스무고개 해?"

침묵이 흘렀다. 제훈은 입술을 깨물었다. 화 안 내려고 했는데, 그는 내친걸음이란 생각에 계속 말했다.

"갑갑하니까 무슨 일인지 그냥 말하라고."

"네가 이런 식인데 내가 무슨 말을 하니?"

영주의 목소리는 얼음장처럼 싸늘했다. 제훈은 심장이 덜

컹 내려앉았다. 혹시 얘가…… 정말 나랑…… 그는 겁먹은 걸 들키기 싫어 더욱 소리를 높여 물었다.

"내가 어떤 식인데?"

"툭하면 성질이나 내고, 남 자는 시간에 전화해서 깨우고, 휴가 나온다고 친구들이랑 약속도 못 잡게 하더니 휴가도 안 나오고. 내가 뭘 어떻게 해야 되는데?"

"내가 안 나가고 싶어서 그러냐? 네 방학에 맞춰서 휴가 내려고 내가 얼마나 노력했는지 얘기 안 했어?"

"그럼 뭐 해. 벌써 한 달이나 지났는데. 너 금방 나온다고 해서 기다렸더니 이게 뭐니? 몰라, 나도 피곤해. 지쳤어."

"조금만 기다려봐. 곧 나갈 거야. 영주야, 내가 나가면 진짜 잘해줄게. 응?"

"뉴스 보니까 휴가 외박 중지, 언제 끝날지 모른다던데?"

제훈은 울컥해서 쏘아붙였다.

"뭐야, 사정 뻔히 알면서 휴가 나오면 얘기하자고 그런 거야? 내가 언제 나갈 줄 알고?"

"말꼬리 잡지 마. 너 때문에 아무데도 못 가고 기다리다 방학 절반을 날렸어. 내가 너만 기다려야 하니? 나도 친구들이랑 여행도 가고 즐겁게 놀고 싶어."

"야, 여자애들끼리 가는 여행도 아니고 남자애들도 껴 있다면서. 그런 데를 누가 좋다고 가라고 하냐!"

"날 그렇게 못 믿냐고 몇 번을…… 됐다. 그만하자."

"뭘 그만해. 영주야, 나 너 생각하면서 하루하루 살아. 군
생활도 힘든데 너까지 이러면 진짜 못 버틴다니까? 나 총 들
고 너네 집 갈까? 탈영해? 그럼 속이 시원하겠어?"

이번에는 제훈의 엄포도 먹히지 않았다. 영주는 오히려 코
웃음을 쳤다.

"또 시작이네. 탈영은 무슨, 니 배짱에."

"뭐? 너 지금 뭐라고 했어?"

"그만하자고. 자꾸 보채봤자 내 입에서 좋은 소리 안 나
와. 만나서 얘기해. 너 휴가 나오면, 그때."

"아, 그러니까! 무슨 얘길 할 거냐고."

"아직 결정 못했어. 그때까지 너 하는 거 봐서 정하려고."

"나 하는 거 봐서? 내가 여기서 뭘 할 수 있는데?"

제훈도 슬슬 열이 오르기 시작했다. 그는 침까지 튀겨가며
고래고래 소리를 질렀다.

"외박도 못 나가고 부대에서 이 지랄인데! 내가 뭘 할 수
있냐고!"

"그래도 전화해서 짜증내는 건 잘하네?"

영주는 한숨을 쉬고 잠시 침묵하더니 말했다.

"날 믿고 좀. 내가 널 믿을 수 있게 좀."

"나 너 믿어. 엄청 믿어. 그러니까 어디 가지 마! 절대 안되니까 나 나갈 때까지 기다려!"

그때 등뒤에서 목소리가 들렸다.

"뭐가 안 되는데?"

제훈은 딱딱하게 얼어붙었다. 뒤를 돌아보니 당직 완장을 찬 김영만 병장이 저승사자처럼 서서 그를 노려보고 있었다. 제훈은 수화기에 대고 조그맣게 말했다.

"내가 다시 전화할게."

제훈은 전화를 끊고 영만에게 경례했다.

"충성! 김영만 병장님. 죄송합니다."

영만은 어이가 없는지 헛웃음을 짓더니 당직일지로 제훈의 머리를 인정사정없이 내리쳤다.

"이 새끼, 이거, 정신, 못 차리고, 충성은, 무슨, 충성이냐."

한마디 할 때마다 한 대씩 날아왔다. 제훈은 고개를 푹 숙인 채 폭풍이 지나가길 기다렸다. 영만은 일지의 뾰족한 모서리로 제훈의 뺨을 콕콕 찌르며 물었다.

"뭐라고 말을 해봐 새끼야."

하얀 피부에 검은 뿔테안경, 가늘고 긴 팔다리, 볼록 나온 배. 영만은 겉보기에는 심약한 지식인처럼 보이지만 실제로는 포대장조차 함부로 대하지 못하는 내무실 권력의 핵심이다. 말 한마디라도 잘못하면 오늘 밤 집합이 떨어진다. 제훈은 뭐라고 변명할까 궁리하다 솔직하게 털어놓기로 했다.

"여자친구가 남자애들이랑 여행을 간다고 해서 말입니다. 가지 말라고 전화했습니다."

"어이쿠 그러셨어요. 대단한 결정을 하셨네요."

"시정하겠습니다."

제훈은 허리를 꼿꼿이 세우며 큰 소리로 말했다. 영만은 제훈이 눈 위에 써놓은 이름을 보며 말했다.

"강영주가 여자친구냐?"

"예. 그렇습니다."

영만은 피식 웃더니 손가락을 내밀었다.

"여기 얼굴 대."

제훈이 주춤주춤 영만의 손가락에 얼굴을 대자 영만은 우악스럽게 볼을 꼬집었다.

"이 꼴통 새끼야. 솔직히 불어. 너 간첩이지? 우리 다 속 태워 죽이려고 여기 들어온 거지?"

"아닙니다."

"아니긴 뭐가 아니야, 새끼야. 그럼 네 정체가 뭔데."

"시정하겠습니다."

"말로만?"

"아닙니다."

"뭐가 자꾸 아니야 새끼야."

그때 마치 구원처럼 기상 시각을 알리는 국방방송의 오프닝 시그널이 진지 꼭대기에 붙은 스피커를 타고 막사 전체에 울려퍼졌다. 영만은 아쉬운 듯 입맛을 다셨다.

"자세한 이야기는 나중에 다시 하도록 하자, 응? 기대해라."

역시 집합이구나. 제훈은 머릿속이 아득해졌다. 오늘도 길고 힘든 하루가 될 모양이었다. 하지만 군대에서는 5분 후를 걱정해선 안 된다. 당장 닥친 일에 집중하면서 언젠가는 제대한다는 마음으로 살아야 한다. 피할 수 있으면 피하고, 없다면 즐겨라. 군대 제일의 명언이었다. 제훈은 정신을 다잡고 내무실로 뛰어들며 소리쳤다.

"기상하십쇼! 기상하십쇼!"

막내 인호가 스프링처럼 팅겨 일어나 내무실을 빠져나갔다. 남은 병사들은 이불 속에서 애벌레처럼 꿈지럭거릴 뿐 발딱 일어나지 않았다. 하지만 그것도 잠시, 김영만 병장이 버럭 소리를 지르자 일시에 이불을 박차고 일어나 옷을 입고 군화를 신었다. 단 한 명, 안성규 병장만은 더욱더 이불 깊숙이 파고들었다.

"잠 좀 자자, 이 새끼들아!"

성규는 제대까지 한 달밖에 남지 않았다. 다음달이면 민간인이 되는 말년병장에게 점호하러 나오라고 말할 후임은 존재하지 않았다. 영만조차 똥 씹은 얼굴로 성규를 째려보다가 빨리 나가라고 다른 후임들에게 손을 흔들었다.

밤새 내린 눈 때문에 세상이 온통 하얬다. 막사 건물 전체에 하얀 거미줄 모양으로 성에가 끼어 있고 지붕 위로 불쑥 솟은 굴뚝을 타고 검은 연기가 흘러나왔다. 막사를 둘러싸고 환풍기들이 윙윙 소리를 내며 돌았다. 병사들은 패잔병처럼 무거운 걸음으로 뿌드득뿌드득 눈을 밟으며 연병장으로 나갔다. 동녘 하늘이 푸르스름하게 밝아오긴 했지만 여전히 세상은 한밤중이었고 제훈의 마음도 그랬다. 오늘따라 영주 생각에 더욱 싱숭생숭했다. 제훈은 어두컴컴한 하늘을 올려다보며 영주를 떠올렸다.

"씨발, 진짜…… 강원도 산골도 아니고…… 맨날 눈이야."

전형배 상병이 제훈 옆을 스쳐지나며 투덜댔다. 곱슬머리에 검은 피부, 두꺼운 입술까지. 형배는 누가 봐도 외국인처럼 생겼다. 형배와 군생활을 한 지 반년이 넘었지만 그가 한

국말을 할 때마다 제훈은 깜짝깜짝 놀랐다.

막사 양쪽의 두꺼운 위장막 너머로 커다란 포신이 불쑥 튀어나와 있었다. 한 대에 100억이 넘는다는 대공병기인 K30 비호복합이다. 분당 650발을 발사하는 2연장 30밀리 대공포에, 휴대용 지대공 유도미사일인 신궁을 포탑 양쪽에 부착했다. 대부분의 군인이 그렇겠지만 제훈도 입대 전까지는 이런 무기가 있다는 사실을 몰랐다. 하지만 지금 여기서는 제훈의 목숨, 아니 이곳에 있는 모든 군인의 목숨을 합친 것보다 중요한 물건이다. 포신에 녹이라도 스는 날엔 포대장부터 모가지가 날아간다. 북한 전투기가 서울까지 내려오면 최후의 보루가 될 거라는데, 과연 그놈들이 내려올 날이 있을지 제훈은 의심스러웠다.

병사들은 어깨를 움츠린 채 한곳에 모여 담배를 피우고 잡담을 나눴다. 담배 연기가 바람을 타고 제훈의 콧구멍을 파고들었다. 제훈은 잠시 숨을 멈췄다.

참을 수 있어. 참아야 해.

사령부에서 금연에 성공한 사병에게 휴가를 하루 더 준다는 지침을 내렸을 때, 제훈은 1초의 망설임도 없이 서약서를 썼다. 금연이 아무리 힘들어도 군대에 있는 것보다 힘들겠느냐는 생각에서였다.

하지만 현실은 녹록지 않았다. 한 달 가까이 금연을 하고 나니 이제는 똥도 잘 나오지 않았다. 제훈은 연병장 구석에 서서 병사들이 피우는 담배를 쳐다보았다. 불그스름한 빛을 내며 담배 끝이 타들어가고, 푸른빛이 감도는 연기가 머리 위로 날아오르는 모습은 바라보는 것만으로도 사람을 황홀하게 만들었다. 딱 한 모금만 피웠으면 좋겠다. 더도 덜도 말고 딱 한 모금만. 그럼 싱숭생숭한 마음도 가라앉을 것 같은데. 그러다 경식과 시선이 마주쳤다. 경식은 히쭉 웃더니 담배를 흔들며 말했다.

"야, 인생 뭐 있냐? 일루 와라. 같이 피우자."

김경식 일병은 제훈보다 한 달 먼저 입대했다. 싹싹하고 눈치가 빨라 선임들의 총애를 받았다. 제훈과는 동갑인데다 마음이 통해 친하게 지내고 있었다.

경식은 제훈과 함께 금연 서약을 했다가 이틀 만에 포기했다. 그뒤로는 KT&G에서 상을 줘도 될 만큼 열렬한 애연가로 변신했는데 지금은 제훈까지 망치려고 최선을 다하는 중이었다. 제훈은 억지로 웃으며 고개를 흔들었다. 휴가가 코앞인데, 아니 정확히 말하면 벌써 지났는데. 그것도 27일이나. 억울해서라도 참고야 말겠다.

인호가 건물 앞 게양대에 태극기를 달고 있었다. 끙끙대며 두 손으로 태극기를 붙잡고 있는 모양새로 봐선 칼바람에 손이 곱아 끈을 못 묶고 있는 듯 보였다. 정말 주접이다, 주접이야. 제훈은 한숨을 쉬었다. 딱 한 명 있는 후임병이 저런 놈이라니, 전생에 무슨 죄를 지으면 이런 일이 생기는 걸까.

오늘처럼 추운 날 태극기를 매다는 게 쉽지 않다는 건 제훈도 알았다. 찬바람은 쌩쌩 불지, 태극기는 나풀거리지, 장갑을 끼면 손놀림이 둔해지고 그렇다고 벗으면 손이 얼어 감각이 없어지고, 점호 시작 전에 끝내려니 마음은 급해진다. 하지만 저렇게 한결같이 못하는 게 가능할까. 제훈은 인호가 한심하고 불가사의했다.

결국 제훈이 게양대로 뛰어가 인호에게서 태극기를 빼앗았다. 손이 얼기 전에 끈을 묶는 것이 포인트다. 꽉 묶지 않으면 바람에 날아가버릴 수 있으니 조심해야 한다. 그가 능숙하게 태극기를 매다는 걸 보고 인호가 감탄했다.

"정말 빠르십니다."

"이 새끼야, 감탄만 하지 말고 잘할 생각을 해!"

제훈은 벌컥 짜증을 냈다. 사실 인호는 제훈보다 다섯 살이 많았다. 대학원을 졸업하고 병역특례로 게임 회사를 다녔는데 회사가 망하는 바람에 대체복무가 무효화되어 현역으로 입대했다고 했다. 특례회사를 다닌 기간 중 25퍼센트만 군복무로 인정한다니, 병장이 되면 바로 제대다. 처음 이야기를 들었을 땐 정말 불쌍한 놈이라 생각했고, 어느 정도 형 대접을 해줄 마음도 있었다. 하지만 시간이 지날수록 결심이 약해져 이제는 대놓고 졸병 취급을 하고 있었다. 인호는 프로그래머로선 뛰어났을지 몰라도 군인으로서는 고문관의 정수만 모아놓은 엑기스였다. 이제는 이런 놈을 쓰니까 회사가 망했지 하는 생각마저 들었다.

밖에 오래 서 있으니 냉기가 속옷 안까지 파고들었다. 담배를 다 피운 병사들은 꽁초를 털어 주머니에 넣으며 이제나 저제나 하는 표정으로 포대장실을 힐끔거렸다. 그때 내무실 문이 열리고 깔깔이에 군화를 대충 구겨 신은 말년병장 성규가 영만의 부축을 받으며 연병장으로 나왔다. 밖이 너무 춥다고 찡찡대는 걸 간신히 설득한 모양이었다.

"점호 준비 끝났습니다."

영만이 보고하자 병사들은 2열 횡대로 줄을 섰다. 포대장실 문이 열리고 박종규 소위가 나타났다. '미친개' 송호철 중사가 박 소위의 반보 뒤에 서서 병사들을 한 명 한 명 째려보았다. 박 소위는 군이란 세계에 갓 진입한 학군단 출신의 초임 소위였다. 그가 군 관련 업무 중 유일하게 좋아하고 또 신경 쓰는 건 복장으로, 지금도 새벽 댓바람부터 완벽하게 각이 잡힌 모자에 허릿줄을 꽉 조인 점퍼까지 완벽한 야전 장교의 옷차림을 갖추고 있었다.

아침점호가 시작되고 언제나처럼 국기에 대한 경례, 애국가 제창, 인원 점검이 이어졌다. 총원 열 명에 결원 없고 현재원 열 명.

박 소위가 말했다.

"휴가 외박 못 나가서 기운 없는 건 아는데, 이런 때일수록 긴장하자. 우리끼리 있다고 방심하지 말고. 언제 어디서 출혈성 플루에 감염될지 모르니까 위생 관리 철저히 하고 비호 점검도 꼼꼼하게. 오늘 하루도 다치는 사람 없이 조심하면서 일과 잘 꾸려나가도록. 이상."

박 소위는 짧은 점호를 마치고 따뜻한 포대장실로 돌아갔다. 제훈도 내무실로 돌아가고 싶었지만 늘 그랬듯 송호철 중사의 잔소리를 이어서 들어야 했다. 그는 절대 20분 이내에 점호를 끝내는 법이 없었다.

"패잔병처럼 움츠리지 말고 허리 꼿꼿이 펴라. 군인은 추위를 모르는 거야."

송 중사는 자신의 말을 증명하겠다는 듯 가슴을 쫙 펼쳤다. 제훈은 마음속으로 사이코패스 같은 놈이라고 송 중사를 욕했다. 송 중사는 군용 방한모자를 눌러쓰고 국방색 스키 점퍼에 민무늬 방한 바지, 거기에 스키 마스크로 온몸을 가리고 있었다. 그러고도 추우면 인간이냐? 도마뱀이지.

하지만 송 중사는 사람도 도마뱀도 아니고 미친개였다. 세상을 살다보면 성질 더러운 학생주임부터 애들 삥 뜯는 동네 양아치까지, 미친개란 별명을 가진 사람을 한둘은 만나게 되지만 송호철은 제훈이 본 중 미친개란 별명이 가장 잘 어울리는 남자였다. 지금은 이런 작은 부대에서 죽어지내지만, 사실은 특전사 출신에다 평화유지군으로 이라크에도 다녀왔을 만큼 실력 있는 군인이었다고 들었다. 요인들 경호를 서면서 반군과 총격전을 벌인 적도 있고, 남들에겐 말할 수 없는 비밀 임무를 수행하기도 했다는 것이었다. 그때의 후유증으로 미쳐버린 건지 지금은 사병들을 괴롭히는 낙으로 살았다.

"너희들 요새 휴가 외박 못 나간다고 다들 해이해진 것 같아서 아무래도 안 되겠다. 오늘 오후부터 통제본부랑 같이 북한 An-2기 다수가 저공침투한 걸로 상황 설정하고 훈련할 테니까 그렇게 알아라."

병사들의 표정이 어두워졌다. 말이 통하는 사람이라면 타협을 시도했겠지만 송 중사는 훈련에 있어선 믿을 수 없을 만큼 고지식하고 철저한 FM이다. 괜한 소리를 꺼내봐야 욕이나 먹는다는 걸 모두 알고 있었다. 그때 성규가 뜬금없이 박수를 치며 소리쳤다.

"그래, 열심히 훈련받아라. 나라 지켜야지. 자, 파이팅이다!"

제훈은 곁눈질로 성규를 째려보며 마음속으로 욕설을 퍼부었다. 성규는 말년이라 훈련 열외다. 인원 점검 때 얼굴만 비치면 나머지는 온전히 그만의 시간이라 무슨 일을 하건 아무도 상관하지 않았다. 요즘에는 내무실에서 홀로 시를 쓰고 있었다.

송 중사가 말했다.

"안성규, 무슨 소리야. 넌 훈련 안 해?"

"아휴 중사님. 저 제대 한 달 남았습니다. 제대하고 사회 적응하려면 지금부터 준비해야 돼요."

"내가 보기에 넌 군 체질이야. 사회 나가봐야 네가 할 거 하나도 없어. 그냥 말뚝 박아라."

"중사님, 아무리 그래도 군 체질이라는 말은 너무 심하십니다."

"안 되겠어. 넌 오늘 작업이나 해라. 내가 쫄대랑 비닐 줄 테니까 막사 주위 빙 둘러서 유리창 막아."

성규의 얼굴이 일그러졌다. 병사들은 송 중사의 결단에 마음속으로 환호를 보냈다. 하지만 이어지는 말에 다시금 절망할 수밖에 없었다.

"구보하고 점호 끝내자. 연병장 서른 바퀴. 군가는 〈진짜 사나이〉."

송 중사는 호루라기를 꺼내 힘차게 불었다. 담배를 끊어 좋은 점이 있다면 웬만큼 뛰어도 숨이 가쁘지 않다는 거였다. 제훈이 선두에 서서 달리자 짐승이라는 별명을 가진 최철우 일병이 제법이라는 듯 힐끔거렸다. 철우는 남들이 내무실에 모여 텔레비전을 볼 때 홀로 식당에서 역기를 드는 별종이었다. 부대원들에게 자길 '짐승남'이라 불러달라고 했는데, 제훈을 비롯한 후임들끼리는 마지막 한 글자를 빼고 부르고 있었다.

송 중사가 말했다.

"역시 철우랑 제훈이가 우리 부대 핵심 요원이야."

제훈은 일부러 숨을 몰아쉬면서 속도를 늦췄다. 핵심 요원이라고 월급을 많이 주는 것도 아니고, 제대가 빠른 것도 아니고, 오히려 전쟁 나면 제일 먼저 죽게 될 것이다. 하지만 철우는 그 말에 자극받았는지 스피드를 올려 앞으로 치고 나갔다.

동녘 하늘부터 조금씩 밝아지며 연병장의 모습이 눈에 들어오기 시작했다. 송 중사는 가로세로 22미터의 정사각형으로 된 연병장 한가운데, 커다랗게 H라고 쓰인 곳에 서서 병사들을 독려했다. 연병장을 빙 둘러싼 유도등이 붉게 빛나고 있었다. 부대원들이 달리는 연병장은, 사실 거대한 헬리포트였다. 바닥 아래 깔린 열선 덕분에 헬리포트 위의 눈은 어느새 거의 녹아 있었다.

헬리포트 주위를 빙 둘러 환풍기가 설치되어 있고 그 앞으로 난간까지 쭉 레일이 깔려 있다. 레일 끝에는 비상사태를 대비해 커다란 곤돌라를 설치해두었다. 그리고 곤돌라 너머는 서울 시내였다. 강남을 빽빽하게 채운 초고층 빌딩들. 8차선 도로는 새벽부터 차량들로 가득했다. 제훈의 부대와 가장 가까운 맞은편 외국계 보험사 건물 벽면에는 '올 한 해 수고하셨습니다'라고 적힌 대형 플래카드가 걸려 있었다.

영공 방어를 위해 수도권 고층 빌딩에 설치한 대공진지, 그중에서도 강남 한복판 특급 호텔의 옥상 위. 난간 아래를 내려다보면 각종 전광판을 통해 새로 나온 외제차부터 유행 중인 패션, 최신 영화까지 온갖 트렌드를 한눈에 파악할 수 있었다. 대한민국에서 가장 번화한 곳, 하지만 세상과 단절

된 그곳에서 제훈을 비롯한 제3방공포병여단 178대대 3포대 소속 1분대 군인 12명이 상주하며 하루 24시간 영공을 방위했다.

*

영주는 침대에 도로 누웠지만 잠이 오지 않았다. 인터넷에서 본 대로 이불을 뒤집어쓰고 발가락에서부터 천천히 온몸의 힘을 빼봤지만 시간이 지날수록 정신은 점점 말똥말똥해지기만 했다. 영주는 결국 잠을 포기하고 컴퓨터를 켠 뒤자주 가는 카페에 접속했다. 이른아침이라 그런지 새 글이많지는 않고 새벽 서너시에 작성된 글 몇 개가 눈에 띄었다. 새벽에 올리는 글들이야 뻔하다. 대부분 남편이나 애인에 대한 고민이었다. 애인이 다른 여자를 만나는 것 같아요, 이제는 얼굴을 봐도 떨리지 않아요, 다른 건 다 좋은데 ○○가 너무 작아요 등등. 영주는 습관처럼 그런 글들을 읽어내려가다한숨을 내쉬었다. 예전에는 이런 걸 읽으면 마음이 편해졌었다. 그래도 내 처지가 낫네, 하면서. 하지만 요즘은 이 사람들이나 자신이나 다를 게 뭔가 싶었다. 남자친구가 있으면뭐 해, 얼굴도 못 보는데. 가끔 통화라도 할라치면 화만 내고, 그놈의 휴가는 죽어도 안 나오고.

제훈이 입대할 때만 해도 제대까지 기다릴 자신이 있었다. 군대 간 남자친구를 기다리는 의리 있는 여자, 멋지지 않아? 나 제훈일 진짜 사랑하는 거 같아. 친구들한테 자랑도 많이 했다. 하지만 이제는 많이 힘들었다. 몸이 멀어지니 마음도 멀어진다는 말은 진짜였다. 게다가 곱씹을 추억이 많은 것도 아니다. 솔직히 오래 사귀지도 않았다.

작년 가을에 처음 만났고 제훈이 군대 간 게 올봄이니까 이젠 만난 시간보다 떨어져 있는 시간이 더 긴 셈이었다. 사귈 때는 좋았다. 하루라도 목소리를 안 들으면 그립고, 만나서는 그저 쳐다보고만 있어도 행복했다. 하지만 다른 남자애들 만날 때는 안 그랬나?

첫 만남은 색달랐다. 미팅으로 만난 것도 아니고, 같은 학교나 교회를 다닌 것도 아니었다. 제훈을 처음 본 건 편의점 알바를 할 때였다.

영주는 알바를 시작하고 나서 편의점이 의외로 남자를 만나기 쉬운 장소라는 사실을 깨달았다. 그녀는 사흘 만에 열 명의 남자에게 고백을 받았다. 어느 연애 상담 사이트에 매뉴얼이라도 있는 건지, 하는 짓도 대체로 비슷했다. 요구르트를 두 개 사서 하나를 영주에게 내밀면서 고백한다든지,

먹을 걸 조금 고르고는 카드 대신 '첫눈에 반했다'는 내용의 쪽지를 건넨다든지 하는 식이었다. 알바 3개월 차가 넘어가자 편의점에 들어서는 얼굴만 봐도 저놈이 물건을 사러 왔는지, 다른 속셈이 있는지 알아맞힐 정도였다. 그들 중 영주의 마음에 드는 남자는 한 명도 없었다. 처음 만난 편의점 알바를 사랑하게 됐다는 말이 진심인지 의심스러울뿐더러(그보다는 만만했던 게 아닐까?) 고백하는 방식이 지리멸렬하고 소심해서 싫었고, 무엇보다 고백 후의 기대에 찬 눈빛이 부담스러워서 싫었다. 왠지 애매하게 거절하면 나쁜년, 이라고 욕할 듯한 눈빛들. 그래서 영주는 더 매몰차게 거절했다.

처음에는 제훈도 비슷한 부류의 인간일 거라 의심했다. 매일 밤 비슷한 시간에 담배나 생수 등을 사 가는데 왠지 그러다 사랑한다고 말할 것만 같아 신경이 쓰였다. 귀여운 볼살이나 저음의 목소리는 꽤 괜찮았기에 차라리 그냥 한 번에 고백해오면 심사숙고하겠지만, 하루에 하나씩 물건을 사며 간을 보다 고백하면 이전 남자들과의 형평을 생각해서라도 거절할 수밖에 없었다.

하지만 어느 날부터 제훈은 오지 않았다. 아, 내 과민반응이었구나. 그냥 비슷한 시간에 학원이든 학교든 마치고 들르는 거였나보구나. 아쉬웠지만 지나간 버스였다. 영주는 며칠 후 편의점을 그만뒀고 제훈을 잊었다.

제훈을 다시 만난 건 술집 앞에서였다. 연애에 실패해 홧김에 술을 퍼먹고 골목에서 구역질을 하는데 누군가 다가와 등을 쳐줬다. 한결 편하게 토하고 고맙다고 돌아서 인사하다 보니 얼굴이 낯익었다. "괜찮으세요?" 저음의 목소리를 듣고 누군지 깨달았다. 아, 편의점. 그가 다시 괜찮은 거냐고 물은 순간 영주는 눈물이 났다. 그날 누구도 그녀에게 괜찮냐고 물어봐주지 않았기 때문이었다. 제훈은 새벽이 될 때까지 그녀의 넋두리를 듣다 버스가 다니는 시간이 되자 집까지 데려다주고 가버렸다. 가장 위로가 필요한 때 밤새 조용히 옆에 있어준 게 영주는 그렇게 듬직하고 고마울 수 없었다. 다음날 두 사람은 다시 만났고 자연스럽게 연인이 되었다.

하지만 정말 좋은 일뿐이었나? 생각해보면 사귀는 내내 많이도 싸웠다. 반년 동안 만나고 헤어지기를 몇 번이나 반복했는지 모르겠다. 첫 만남이 근사해서 그렇지, 냉정하게 말해 두 사람은 성격이 맞지 않았다. 영주는 그때그때 마음 가는 대로 결정하고 행동하는 기분파에 가까운 반면, 제훈은 매사에 신중하고 사소한 일도 길게 고민하는 성격이었다. 영주가 달리면서 생각하는 장수의 기질을 가졌다면 제훈은 달릴 이유와 가장 효율적인 동선을 따져보는 데 에너지를 쏟아붓는 지략가에 가까웠다. 이 두 성격이 합심해 전쟁을 치른 다면야 삼국을 통일하고 천하를 제패하겠지만, 둘이 하는 거라곤 주말에 어떤 영화를 볼지를 두고 티격태격하는 게 전부였다. 영주는 제훈을 좋아했지만 가끔은 제훈을 만나는 일이 너무 피로했다. 연애란 서로 좋자고 하는 거 아니었나? 이렇게 힘들게 사람을 만날 필요가 있을까?

어쩌면 제훈이 영장을 받았을 때가 헤어질 기회였는지 모른다. 그런데 왜 기다리겠다는 말을 했을까? 아마도 타이밍이 문제였으리라. 사귀는 도중 군대를 간 남자는 제훈이 처음이었으니까. 그래서인지 영주는 책임감을 느꼈다. 이 시점에서 헤어지자고 하는 건 의리 없고 속 보이는 짓이라는 생각이 들었다. 솔직히 연애하는 내내 무뚝뚝하던 녀석이 울적한 얼굴로 너를 못 보는 게 제일 슬퍼, 했을 때는 살짝 감격하기도 했다.

그때만 해도 2년은 아무것도 아니라고 생각했다. 군대 간 남친을 기다리는 모임인 '고무신 카페'에도 가입했다. 하지만 무슨 일이든 겪어보기 전에는 모르는 법이다. 한동안 열혈 회원으로 활동했는데 그 카페도 지금은 어떻게 돌아가는지 모르게 되었다. 한 달 넘게 안 들어갔으니 다들 깨졌다고 생각하려나.

영주는 책상 서랍을 뒤져 담배를 꺼냈다. 보름 전에 사두고 가끔 잠이 안 올 때 한두 개비씩 피웠는데 아직 몇 개비 남아 있었다. 부모님도 제훈도 그녀가 흡연자라는 걸 몰랐다. 알아봐야 잔소리나 잔뜩 할 테니 잘된 일이었다. 엄밀히 말해 스스로를 흡연자로 분류하기엔 무색한 흡연량이기도 했다. 그렇지만 가끔씩 꼭 담배를 피워야 할 것 같은 순간이 찾아왔다. 평소 안 하던 고민을 하거나 중요한 결단을 내려야 할 때. 바로 지금 같은 때.

영주는 연기를 서너 모금 빨아들인 후 창문을 열었다. 눈이 오고 있었다. 언제부터 내리기 시작했을까. 지난겨울 폭설이 쏟아졌던 날 제훈이 밖에 눈 온다며 지금 빨리 만나자고 했었는데. 늦은 밤 공원에서 만나 뽀드득뽀드득 소리를 내며 눈밭 위를 걸었고 다정하게 키스를 나눴다. 그런데 이제는 전화해서 다짜고짜 성질부터 내고 있으니 참 멋없다.

그녀는 제훈에 대한 애정이 식고 있음을 느꼈다. 제훈이 싫어진 것은 아니었다. 성격은 다를지언정 생각이 잘 통했고 섹스도 괜찮았다. 가끔 보고 싶을 때도 있었다. 하지만 얼굴 한번 보지 못하는 상황과 자기 할말만 하고 끊는 전화에 지쳐버렸다.

의심은 또 얼마나 많은지. 가끔 통화를 할 때도 제훈은 영주가 누굴 만나는지, 지금 어딘지, 주말 스케줄은 어떻게 되는지 알아내야 직성이 풀렸다. 아니면 목소리를 죽여 자기 고참 욕을 하면 했지, 절대 영주가 어떻게 지내고 있는지는 묻지 않았다. 그때마다 기분이 나빴지만 참았다. 군대에서 고생하는 애한테 싫은 소리를 하고 싶지 않았다.

하지만 여행도 가지 말라고 성질부리는 걸 들으며 완전히 학을 뗐다. 혼자 집에 처박혀 남친 제대할 날만 기다려야 만족하려나? 잘해줘야겠다고 다짐했다가도 그런 말을 들으면 마음이 싸늘해졌다. 요즘은 내내 비슷한 일의 연속이었다. 제훈에게 편지를 보낸 건, 더 자극하면 관계 자체가 위험해질 수도 있으니 조심하라는 경고였다. 그러면 조금이라도 착하게 굴 줄 알았는데 새벽부터 전화해서 자기 할말만 하고 끊어? 속이 부글부글 끓어야 마땅한 일인데 이상하게 기분이 나쁘지 않았다. 오히려 후련했다.

영주는 꽁초를 창밖으로 던졌다. 꽁초가 화단에 쌓인 눈 속으로 사라졌다. 영주는 숨을 깊이 들이마시곤 창문을 닫았다. 다시 자야지.

2

화장실은 똥을 싸려는 사람들로 붐볐다. 계급순으로 선 줄이 화장실 밖까지 늘어서 있고 경식과 인호가 맨 뒤에서 추위에 몸을 떨고 있었다. 총원 열두 명인 부대에 대변기는 두 개밖에 없는데 그중 하나가 간부용이라 생긴 비극이었다. 그나마 병장들은 눈치를 보며 간부 화장실을 썼지만 그 이하는 어림도 없었다.

제훈은 남들과 잡담을 나눌 기분이 아니었다. 그는 화장실 뒤편으로 돌아가 눈이 쌓이지 않은 처마 아래에 쪼그려앉았다. 앞뒤 건물의 좁은 틈으로 칼바람이 불어오지만 아무도 찾지 않아 혼자 있기는 괜찮은 곳이었다.

그는 시야를 가리고 있는 막사 건물의 허연 외벽에 시선을 두었다. 함석 슬레이트 지붕 위로 불쑥 튀어나온 연통에서 연기가 새어나오고 있었다. 막사 건물은 특급 호텔의 옥상에 있다고 보기 힘들 만큼 초라했다. 대공진지 구축에 드는 비용을 건물주가 부담하다보니 최대한 비용을 아낀 결과였다. 두 동으로 이뤄진 막사는 서로 마주보고 있는 형태로, 한 동은 내무실과 포대장실이고 다른 한 동은 식당과 샤워실, 화장실 등의 편의시설이었다.

제훈은 방한모를 벗고 머리를 쓸어올렸다. 머리가 차갑게 식자 마음도 한결 가라앉았다. 강영주. 첫사랑이자 현재진행형인 여자친구. 하지만 어쩌면 조만간 과거형이 될지도 모른다. 그렇다면 이제 어떻게 해야 할까?

그녀를 처음 만난 건 집 근처 편의점이었다. 아르바이트생이던 그녀는 두꺼운 책을 읽다가 그가 생수 한 병을 들고 다가서자 책을 내려놓고 계산을 해주었다. 눌러쓴 모자 아래로 하얀 피부와 빨간 입술이 보였다. 거스름돈을 건네는 손길은 부드러웠고 목소리는 상냥했다.

"영수증 필요하세요?"

"아뇨."

제훈이 간신히 대답하자 그녀는 영수증을 쓰레기통에 버리고 다시 책을 보기 시작했다. 제훈은 생수를 들고 편의점을 나서며 슬쩍 눈을 돌려 책의 제목을 확인했다.

최후의 유혹.

무슨 이야기일까. 제목만 봐서는 뜨거운 사랑을 담은 로맨스 소설 같은데. 저런 책을 읽는다는 건 사랑에 빠지고 싶다는 거겠지? 다시 말해 남자친구는 없다는 뜻이고. 제훈은 운명이라고 느끼곤 다음날 학교에 가자마자 도서관에서 책을 찾았다. 예상했던 것과 달리 『최후의 유혹』은 니코스 카잔차 키스가 쓴 예수 그리스도에 대한 소설이었다. 프롤로그부터 어딘가 의미심장했다.

고뇌는 강렬했다. 나는 내 육체를 사랑하기에 그것이 죽지 않기를, 내 영혼을 사랑하기에 그것이 썩어 없어지지 않기를 바랐다. 너무나 상반되는 이 두 힘은 적이 아니라 함께하는 동료에 가까우므로, 나는 그들이 화해하고 조화롭기를, 그리고 나 또한 더불어 기쁨을 누리게 되기를 바라며 투쟁했다.

육체와 영혼이라. 제훈도 비슷한 생각을 문득문득 했었다. 특히 자위할 때. 할 때는 좋지만 끝내고 나면 부끄럽다. 고등학생 때는 진지하게 화학적 거세를 고려한 적도 있었다. 그러면 서울대도 갈 수 있을 것 같았다.

지난 몇 년간 교과서와 참고서, 문제집과 웹툰 외에는 읽은 게 없는 제훈에게 그 책은 너무 어려웠다. 비록 영주가 읽던 게 연애소설은 아니었지만 애정이 사그라지지 않았다. 오히려 예쁜데 머리까지 좋은 애라는 생각에, 영주를 떠올리기만 해도 심장이 쿵쿵대며 뛰었다.

제훈은 그날 밤부터 출근 도장 찍듯 영주를 보러 편의점을 찾아갔다. 아무것도 안 사고 그냥 나올 수가 없어 담배며 생수며 과자 등을 하나씩 사기 시작했는데 열흘 사이에 한 달 용돈을 다 써버린 건 나쁜 일이요, 영주와 가까워진 건 좋은 일이었다. 그렇다고 대단한 사이가 된 건 아니었고, 그녀도 제훈을 알아보기 시작한 정도였달까. "오늘은 물만 사 가세요?" "말보로 레드 맞죠?"라면서.

어느 정도 분위기가 무르익었다 싶어졌을 때 제훈은 편의점 출입을 딱 끊었다. 그래야 호기심이 생길 거라는 게 친구의 조언이었다. 제훈은 사흘을 기다렸다가 꽃을 사 들고 편의점에 찾아갔다. 그녀가 어디 갔다 왔냐고 반가워할 때 짠 하고 꽃을 내밀며 고백할 생각이었다.

그런데 편의점에는 영주 대신 뚱뚱한 안경잡이가 있었다. 녀석은 제훈을 힐끔 쳐다보고는 카운터 위에 올려놓은 아이패드로 시선을 옮겼다. 혹시 근무시간을 바꿨나? 제훈은 물건을 고르는 척 두리번거리다 참지 못하고 물었다.

"저기요, 여기서 일하던 여학생⋯⋯"

안경잡이는 제훈이 들고 있는 꽃을 보고 감 잡았다는 듯 웃더니 밝은 목소리로 말했다.

"그만뒀는데요."

그때만 해도 인생이 끝장나는 줄 알았다. 제훈은 밤새 술을 마시며 편의점에 발을 끊으라고 조언했던 친구에게 전화로 쌍욕을 했다. 그리고 얼마 후, 학교 근처 술집에서 그녀와 다시 만났다. 그녀는 창가에 홀로 앉아 맥주를 마시고 있었다. 그러나 제훈은 영주에게 말을 걸어야 할지 말아야 할지 고민했다. 다시 못 볼줄 알았던 여자가 떡하니 눈앞에 있는데도 쪼르르 달려가지 못한 이유는, 미팅 때문이었다. 그날 그는 5대 5 미팅을 위해 그곳에 있었다. 그가 빠지면 미팅은 엉망이 될 게 뻔했다.

제훈은 흥분 상태인 동기들에게 이끌려 자리로 가서 미리 와 있던 주선자의 설레발을 들었다. 어렵게 만든 자리다…… 미인대회 입상자도 있고…… 성격도 그렇게 좋을 수가 없어…… 제훈은 주선자의 말을 한 귀로 흘리며 영주를 곁눈질했다. 젠장, 왜 하필 이런 데서 만났을까. 혹시 날 알아봤으면 어떡하지. 하지만 영주는 창밖을 쳐다보며 술만 마시고 있었다. 무슨 일 때문에 저러나 싶어 제훈은 속이 탔다. 마침내 여자들이 도착하고 자기소개 후 건배가 이어질 때까지 그의 시선은 영주를 떠나지 못했다.

"야 인마, 너도 말 좀 해야지."

친구 한 놈이 옆구리를 찌르며 말했다. 그때 영주가 가방을 챙겨 메고 비틀거리며 계산대로 향했다. 제훈은 마음을 정했다. 이건 운명이다. 신의 계시다. 이제훈 인생 '최후의 유혹'이다. 미팅은 다른 때도 할 수 있지만 저 사람은 다시는 못 본다. 그는 벌떡 일어나 친구들에게 비장하게 말했다.

"미안하다. 행운을 빈다."

뭔 개소리냐며 고함치는 친구들을 뒤로하고 제훈은 영주를 따라 밖으로 나갔다.

그런데 거리 어디에도 그녀는 보이지 않았다. 제훈은 당황해 주위를 두리번거렸다. 미팅까지 파투 냈는데 그녀에게 말한마디 못 걸고 끝난다면 그보다 한심한 일이 없었다. 다행히 영주는 술집 옆 좁은 골목 안에서 담벼락에 머리를 댄 채서 있었다. 제훈은 손을 번쩍 쳐들고 영주에게 다가갔다.

"저기요, 이런 데서 만나니 반갑……"

제훈은 말끝을 흐렸다. 처음에는 그녀가 어깨를 들썩이는 걸 보고 우는 줄 알았는데, 자세히 보니 토하고 있었다. 제훈은 어색하게 손을 든 채 뒤에 서 있다가 탁탁 등을 쳐주었다.

"웩! 웩!"

막힌 속이 뚫렸는지 영주는 크게 한 번 토하고 숙였던 고개를 들어 천천히 제훈을 돌아보았다. 눈가에 눈물이 그렁그렁 맺혀 있었다. 그녀는 제훈에게 꾸벅 인사했다.

"고맙습니다."

기우뚱 쓰러질 뻔하다 벽을 짚고 서는 모양새를 보니 많이 취한 듯했다. 얼굴은 멀쩡해 보이는데. 제훈은 얼른 가방을 뒤져 손수건을 꺼냈다. 미팅 상대에게 어필하려고 챙겨온 거였는데 이렇게 써먹게 될 줄은 몰랐다. 영주는 다시 고맙다고 인사하곤 손수건으로 입술을 닦았다. 눈물 닦으라고 준 건데.

"그런데 누구?"

"저 누군지 모르시겠어요? 편의점에서 여러 번 뵈었는데."

영주는 눈을 동그랗게 뜨고 제훈을 보더니 배시시 웃었다.

"아, 말보로."

"예, 말보로."

"이렇게 다시 만나네요. 정말 신기하네."

과하다 싶을 만큼 쾌활하게 말하는 영주에게 제훈은 조심스럽게 물었다.

"그런데 무슨 일이세요? 술 드신 거예요?"

"술. 예. 술 먹었죠."

영주가 고개를 숙이고 다시 비틀거려서 제훈은 급히 그녀를 부축했다.

"괜찮으세요?"

"예. 괜찮아요."

말과는 달리 그녀는 괜찮지 않았다. 영주는 조금씩 어깨를
떨다 울기 시작했다. 제훈은 그녀를 안아주지도 못하고 부축
한 팔을 풀지도 못한 채 엉거주춤 서서 그나마 자유로운 왼
손으로 등을 토닥여주었다.

"괜찮아요, 괜찮아. 다 잘될 거예요."

그러자 영주가 더욱 목놓아 울었다. 제훈은 난감했지만 그
녀가 기대어오는 것을 막지 않았다. 아, 이러면 안 되는데.
진심으로 위로해줘야 하는데. 영주는 짝사랑하던 오빠가 캠
퍼스 커플이 되었다는 소식을 듣고 술을 마셨다고 했다. 제
훈은 밤새 그녀를 위로하며 술이 깰 때까지 기다렸다가 집에
데려다주었고, 다음날 다시 만나 처음부터 좋아했다고 고백
했다. 역시 우린 운명이었어. 영주가 오케이했을 때 제훈은
확신했다.

그뒤로 크고 작은 위기가 있었지만 연애는 무사히 이어졌
다. 보름이 지났을 때 키스하는 데 성공했고 두 달 후엔 첫
섹스를 했다. 모텔에서 영주가 옷을 벗었을 때 무심코 "너 생
각보다 글래머구나"라고 말하는 바람에 그 자리에서 차일
뻔했지만, 다리를 부여잡고 사과한 끝에 용서를 받았다.

제훈은 영주를 만나며 많은 것을 알게 되었다. 여성 심리

의 미묘함을 배웠고, 말싸움을 하면 무조건 져줘야 한다는 걸 알게 되었고, 로맨틱 코미디와 멜로영화도 볼만하다는 사실을 깨달았고, 커피숍에서 아메리카노 한 잔으로 시간 때우는 기술과 모텔에서 자연스럽게 대실하는 요령도 터득했다. 가끔 불행할 때도 있었지만 대체로 행복했다. 그야말로 인생의 황금기였다.

그러다 입대 영장이 나오면서 문제가 생겼다. 대부분의 커플들이 그렇듯 그가 군대에 간 사이 흐지부지 관계가 끝날 가능성이 높았다. 예쁘고 똑똑하고 성격도 시원시원한 영주를 마음에 담고 있는 놈팡이가 한둘이 아니라는 걸 제훈은 잘 알았다. 그는 고민 끝에 불알친구인 진욱에게 사정을 설명하고 뒷일을 부탁했다. 진욱은 제훈이 아는 최고의 연애 고수로, 영주와의 연애에 있어서도 많은 도움을 받았다. 편의점에 사흘간 발길을 끊으라고 조언해줬던 것도 녀석이었다. 성실하고 의리 깊고, 군면제자인데다 영주에 대해서도 잘 아는 친구이니 사랑의 파수꾼으로 적역이었다.

영주가 친구들이랑 여행을 가려 했다는 사실도 진욱이 귀띔해줬다. 화내면 안 되는 거였나. 생각하면 생각할수록 마음이 무거워졌다. 지금처럼 인생이 답답할 때 그녀마저 없다면 어떻게 해야 할까.

내무실로 돌아왔을 때, 텔레비전에서는 심각한 표정의 아나운서가 출혈성 플루의 확산이 한풀 꺾였다고 말하고 있었다.

"닷새째 사망자가 나오지 않음에 따라 정부는 출혈성 급성 호흡기 바이러스, 일명 '라히브RAHIV(Respiratory Acute Hemorrhagic Influenza Virus)'에 대한 국가전염병 재난 단계를 심각에서 경계로 하향 조정할 것을 검토중입니다."

제훈은 관물함에 방한모와 장갑을 던져넣으면서도 텔레비전에서 시선을 떼지 못했다. 재난 단계가 내려간다니, 어쩌면 한 달 넘게 중지된 휴가 외박이 재개될지도 모른다.

라히브는 새로운 종류의 인플루엔자 바이러스로 8월 초 중국에서 처음 발견되어 전 세계로 퍼져나갔다. 신종플루 때와 마찬가지로 감염률은 높되 치사율은 낮은 편이지만, 죽음이 지저분하다는 점이 문제였다. 고열이 지속되다가 갑자기 열이 내리며 피를 토하고 죽는다. 군 내 감염자가 늘어나면서 당국에서는 전력 손실을 막기 위해 휴가 외박을 모두 중지했다. 덕분에 제훈의 휴가 스케줄도 완전히 꼬여버렸다.

난로에 바짝 붙어 있던 성규가 호탕하게 웃으며 말했다.

"나 제대한다니까 전염병도 끝나는 거 봐라. 휴가 나가도 분위기 삭막하면 어쩌나 했는데. 캬, 이놈의 운이란 무서울 정도라니까."

제훈은 성규가 대통령보다 부러웠다. 제대라니 얼마나 좋을까. 성규는 부대의 우울한 분위기에서 벗어나 있는 유일한 남자였다. 이런 상황에서도 말년 휴가는 내보내주니까.

아나운서가 말했다.

"지금까지 전체 접종 대상자 460만 명 중 250만 명이 백신 접종을 마친 상태로, 정부는 겨울방학이 끝나는 2월 초면 감염률이 크게 줄어들 것으로 기대하고 있습니다."

다들 집중해서 화면을 보고 있을 때 영만이 내무실로 들어오며 소리쳤다.

"뭐 해? 청소 안 하냐?"

병사들은 개미떼처럼 사방으로 흩어져 청소를 시작했다. 말년인 성규와 영만의 한 달 후임이자 의무병인 유병준 병장만이 침상 위에 앉아 텔레비전을 계속 보았다.

제훈은 전투모를 눌러쓰고 내무실을 빠져나갔다. 그에게는 청소보다 훨씬 중요한 임무가 있었다. 바로 밥 차리는 일이었다. 식당에 들어가 밥솥을 꺼내고 포장 이사 때 쓰는 파란 플라스틱 박스를 접고 있는데 뒤따라 들어온 정계영 상병이 말했다.

"야, 이제 나갈 수 있나보다. 방금 무슨 박사가 그러는데, 대유행 단계는 지난 것 같대."

"정말 그러면 좋겠습니다."

제훈의 부모님은 얼마 전 케냐 사파리에서 출발하는 아프리카 일주를 떠났다. 아프리카 여행은 아버지의 평생 소원이었는데, 기어이 퇴직 후 바로 떠난 것이다. 제훈은 이 틈에 휴가를 나가 영주와 끝내주는 데이트를 하겠다는 계획을 가지고 있었다. 그날을 위해 군인 월급에, 집에서 보내주는 용돈까지 모두 모았다. 나가면서는 호텔 1층의 티파니 매장에 들러 커플링을 살 생각이었다. 티파니. 이름을 많이 들어봐서 엄청 비쌀 줄 알았는데 은반지는 제대할 때까지 헛돈 쓰지 않고 밥만 먹겠다고 작심하면 살 수 있는 금액이었다. 그런데 휴가는 고사하고 이놈의 옥상조차 벗어나지 못하고 있으니. 이러다 간신히 휴가를 나갔는데 영주가 다른 놈과 여행 가고 없다면, 혹시 그놈과 눈이라도 맞는다면…… 제훈은 고개를 흔들며 좋지 않은 생각을 떨치려 애썼다.

계영이 제훈이 만든 상자를 집어들며 말했다.

"아침 가지러 가자."

아침 먹을 생각을 하니 기분이 나아졌다. 군인이란 단순한 존재라 밥 먹을 때와 잠잘 때만큼은 인생의 온갖 고민과

시름을 잊고 행복해진다. 제훈은 계영과 함께 서쪽 비상구로 향했다. 태양은 완전히 떠올랐지만 구름 속에 숨은 것처럼 희끄무레했다. 계영이 상의 단추를 풀고 목걸이에 달린 열쇠로 비상구의 철문을 열었다. 그는 보급병이자 취사병이라, 밖으로 나가는 열쇠를 항상 지니고 있었다. 제훈은 부러운 눈으로 계영을 바라보았다.

계단을 내려가자 대공진지와 호텔 펜트하우스를 오가는 엘리베이터가 보였다. 군용으로 따로 만든 거라 관리가 허술해 고장이 잦은 편이었다. 오늘도 버튼을 누르고 한참을 기다렸지만 엘리베이터는 나타날 기미를 보이지 않았다. 층 표시도 없어 올라오고는 있는지, 몇 층에 멈춰 있는지 알 수가 없었다.

계영이 투덜댔다.

"또 고장인가보다. 가운데로 가자."

"아래에서 지랄할 텐데 말입니다."

"그럼 굶을래?"

옥상 중앙에 비상구가 하나 더 있었다. 호텔 측에서 직원용이니 사용하지 말라고 당부했지만 엘리베이터가 작동을 안 하니 어쩔 도리가 없었다. 중앙 비상구의 철문을 열고 아래로 내려가자 1층과 직통으로 연결되는 직원용 엘리베이터와 라운지로 나가는 연베이지색 철문이 보였다.

제훈은 엘리베이터를 곁눈질했다. 저것만 타면 자유로운 세상으로 나갈 수 있는데. 친구들은 서울 한복판에서 군생활하니 얼마나 좋으냐고 부러워하지만, 실제로는 유혹에 시달리느라 하루하루가 미칠 것 같았다. 제훈은 차라리 근처에 멧돼지와 고라니밖에 없는 강원도 산골 부대로 들어가고 싶었다.

문을 열고 라운지로 나가자 따스한 공기가 얼굴을 간질였다. 찬바람이 몰아치는 옥상이나 칙칙한 층계와는 완전히 다른 별세계가 바로 거기 있었다. 짙은 레드와인색의 두툼한 양탄자와 나뭇결이 살아 있는 천연목으로 마감한 벽. 그 앞에는 부드럽고 폭신해 보이는 짙은 갈색의 가죽 소파와 마호가니로 만든 테이블이 놓여 있고, 제훈의 허리까지 오는 큰 화병에는 풍성한 생화가 가득했다. 드높은 천장에는 화려하게 빛을 반사하는 수만 개의 크리스털로 된 거대한 샹들리에가 매달려 있었다. 이름 모를 클래식 음악이 귓가에 파고들었다.

양쪽으로 확 트인 라운지는 외벽 전체가 유리로 되어 있어 시내 전경이 한눈에 내려다보였다. 제훈은 1층까지 내달리고 싶은 마음을 참기 위해 심호흡했다. 양복 차림의 남자

둘이 소파에 앉아 잡담을 나누다 군복 차림의 계영과 제훈을 보고 흥미로운 시선을 던졌다. 복도 한쪽에는 정오부터 리셉션 룸에서 '22세 슈퍼개미 유동철의 주식투자 시크릿' 강좌가 열린다는 팻말이 붙어 있었다.

안내 데스크의 직원이 얼굴을 찌푸린 채 급히 두 사람을 향해 다가왔다. 그녀는 라히브 때문인지 투명한 플라스틱 마스크를 쓰고 있었다.

"그쪽들 쓰라고 엘리베이터 만들어줬잖아요. 근데 왜 이리로 와요. 여긴 VIP들 많이 다니는 곳이라 드나들면 곤란하다고 몇 번을 말해요?"

"운행 멈췄던데요."

호텔 입장에서 계영이나 제훈은 불청객이었다. 장교도 아닌 일반병 나부랭이가 펜트하우스의 라운지를 들락거리다니. 노숙자가 나타나는 것보다 안 좋다. 노숙자는 쫓아낼 수 있지만 군인은 쫓아낼 수도 없으니까.

주방과 연결된 문을 열어주며 직원이 말했다.

"다음부터는 꼭 엘리베이터로 다녀요."

"운행 안 한다니까요."

직원은 흥, 하는 콧소리를 내고선 문을 닫았다. 계영은 닫힌 문을 바라보며 이를 갈았다.

"제훈아, 나 제대하면 쟤한테 복수할 거다."

"어떻게 말입니까?"

"손님으로 와서 이것저것 클레임 걸고 죽도록 괴롭혀야지. 한 말 또 하고 또 하게 할 거다."

"제가 아침 가지러 올 때 꼭 보여주십시오."

주방에서는 아침식사를 만들기 위해 요리사와 보조들이 바쁘게 움직이고 있었다. 누군가는 샐러드를 섞고 누군가는 베이컨을 구웠다. 메인 셰프 파울로는 그들 사이를 종횡무진하며 큰 목소리로 이것저것 지시했다. 주방 한쪽엔 갓 구운 빵이며 신선한 야채, 햄, 치즈 등이 산더미처럼 쌓여 있었다.

그들이 사병 신분에 어울리지 않게 호텔 밥을 먹게 된 데는 나름의 이유가 있었다. 처음에 방공포병 사령부에서는 일주일에 두 번씩 호텔로 밥차를 보내 보급 문제를 해결할 생각이었지만, 호텔 측의 격렬한 반대로 무산되었다. 호텔에 군용 밥차가 들락거리면 사람들의 눈에 띌 수밖에 없고, 그렇게 되면 특급 호텔의 이미지가 손상된다는 것이었다. 호텔 측에서는 역으로 직원 식당에서 밥을 먹으면 안 되겠냐는 제안을 했지만 이번에는 사령부가 거절했다. 사병들의 근무지는 대공진지로 한정되기 때문에 한 층이라도 내려가면 근무지 이탈, 즉 탈영이란 거였다.

결국 끼니때마다 호텔 측에서 밥을 가져다주는 것으로 절충이 되었다. 하지만 거기에도 문제가 있었다. 직원들이 배달을 빼먹기 일쑤였던 것이다. 군인에게 밥 못 먹는 것만큼 서럽고 화나는 일도 없다. 몇 번이고 항의를 했지만 식사 시간은 한없이 늦어지기만 했다. 어느 날 머리끝까지 화가 난 송 중사가 레스토랑에 내려가 대기업 사장단 오찬 모임 앞에서 플로어 치프와 담판을 지었고, 결국 사병들이 내려와 밥을 가져가는 것으로 결론을 봤다.

파울로가 식재료의 수량이 맞는지 체크하다 계영과 제훈을 보고 호들갑을 떨며 반겼다.

"밤에 북한 애들은 못 봤고? 뽀글이 아들 너무 무서워."

파울로는 감정이 풍부한 이탈리아계 미국인이다. 아직 서른도 안 됐는데 어릴 때부터 요리를 시작해 경력이 대단하다고 했다. 도쿄의 이탈리안 레스토랑에서 일하다 한국에 들어와 특급 호텔에서만 3년을 보냈다. 한국말도 제법 능숙하고, 한국 사정도 잘 알았다. 얼마 전 계영이 북한의 독재자였던 김정일의 별명이 뽀글이라고 알려주자, 몹시 좋아하며 툭하면 그 단어를 썼다.

파울로는 요리만 잘하는 게 아니라 얼굴도 잘생겼다. 때

묻은 주방복을 입고 있음에도 런웨이 모델 같은 포스를 풍겼고, 라면 면발처럼 구불구불한 머리칼 아래 커다란 눈이 보석처럼 반짝반짝 빛났다. 피부는 매끈하고 코는 오뚝하며 호리호리한 몸매는 근육질이었다. 그가 디너 코스 요리를 먹는 손님이 원하면 볼에 가볍게 키스해준다는 사실이 알려지자 코스 매상이 두 배로 뛰었다는 소문도 있었다. 제훈은 파울로를 보며 세상은 불공평하다는 생각을 했다. 쟤는 키도 크고 잘생긴데다 군대도 안 가고.

파울로는 부대원들과 사이가 좋았다. 그건 그가 군인을 존경해서가 아니라 엄청난 애연가이기 때문이었다. 호텔 내에서는 무조건 금연이라, 파울로는 틈날 때마다 옥상에 올라와 담배를 피웠다. 그때마다 그는 살라미나 화덕에 구운 피자 같은 걸 진상물로 가져왔는데, 송 중사는 물건을 받는 대가로 드나드는 걸 눈감아주었다.

파울로의 간덩이는 조금씩 붓기 시작해 간경화가 의심될 만큼 커졌다. 얼마 전에는 한밤중에 여자를 데리고 옥상으로 올라와 손을 만지작거리며 야경을 구경하다 갔을 정도였다. 그건 내무실 최고참인 성규의 도움이 있었기에 가능했던 일로, 성규는 제대 후 파울로와 함께 강남 클럽을 제패할 계획을 꾸미고 있었다.

제훈이 빵과 슬라이스햄을 상자에 담는 사이, 계영은 수프로 밥솥을 채웠다. 조리가 필요한 재료는 받을 수 없다는 게 원칙이었다. 호텔 측에서 화재의 위험이 있다고 옥상에 주방을 만들어주지 않았기 때문이다.

계영이 물었다.

"파울로, 오늘 점심은 뭐야?"

"크림소스 뇨끼."

"뇨끼가 뭔데?"

"감자와 밀가루를 섞어서 으깬 거. 우리 엄마가 많이 해줬지. 맛있어. 먹어봐."

보통 점심으로는 '오늘의 파스타'나 '오늘의 리조또' 중 양이 많은 쪽을 받았고, 저녁에는 메인 디시 중 남은 걸 먹었다. 운이 좋은 날에는 호주산 와규 스테이크가 나왔다. 남들이 들으면 부러워할지 모르지만 제훈 입장에서는 전혀 기쁘지 않았다. 똥밭을 굴러도 이승이 낫다는 말이 있다. 군대와 사회의 관계도 대충 비슷했다. 제훈은 삼시 세끼 편의점 삼각김밥만 먹어도 밖에 있는 게 훨씬 좋다고 생각했다.

계영이 화장실에 간 사이, 파울로가 실실대며 물었다.

"제훈, 여자친구는 언제 데려올 거야?"

제훈은 억지로 웃으며 말했다.

"휴가를 나가야 데려오지. 때 되면 얘기할게."

"내가 책임지고 여자친구 기분좋게 만들어줄 테니까 꼭 데려와."

파울로가 전망 좋은 창가 자리를 잡아주고, 뵈브 클리코 한 병을 서비스로 주겠다고 약속했다. 그래, 일단 나가기만 하면 어떻게든 될 거다. 싹싹 빌고 재롱떨고 이곳으로 데려 와 준비한 이벤트를 하면 영주도 분명히 감동하겠지.

제훈은 마음을 다잡았다.

"파울로만 믿을게. 참! 한 가지 확실히 하자. 내 여자친구 한테 뽀뽀하면 안 된다. 노 키스. 네버. 오케이?"

"리얼리?"

파울로는 실망한 표정으로 반문하다가 제훈의 굳어진 얼 굴을 보고 호탕하게 웃으며 알았다고 대답했다.

3

제훈과 계영이 아침을 가지고 부대로 돌아왔을 때, 병사 들은 진지 주위의 눈을 치우고 있었다. 말년병장은 내무실에 틀어박혀 있는지 보이지 않았고, 김영만 병장만이 성질 사나운 시어머니처럼 뒤편에 서서 여기 치워라 저기 치워라 지시를 내렸다.

두 사람은 식당으로 들어가 짐을 풀었다. 제훈은 찬장 깊숙한 곳에 숨겨둔 가스버너 두 개와 프라이팬을 꺼냈다. 둘 다 송 중사가 집에서 가져온 물건이었다. 그는 훈련에 관해서라면 철저하게 규정을 지켰지만 먹는 일에 있어선 무법자처럼 행동했다. 그때 문이 벌컥 열리고, 낡은 깔깔이를 걸친 성규가 나타났다.

"준비 다 됐냐?"

"예. 거의 다 됐습니다."

제훈은 허둥지둥 앞치마를 꺼내 성규의 허리에 묶어주었다. 성규는 콧노래를 흥얼거리며 불을 올리고 프라이팬을 달궜다. 파울로가 인심 좋게 넣어준 두툼한 베이컨을 프라이팬에 올리고, 베이컨이 바삭하게 익자 한쪽으로 밀어둔 뒤 빈자리에 계란을 깨뜨려 넣었다. 짭짜름하니 고소한 냄새가 식당 가득 퍼져나갔다.

성규는 재게 손을 놀려 베이컨과 계란을 계속 구워냈다. 그는 제대 후 삼성역 앞에서 토스트 장사를 시작하겠다는 계획을 가지고 있었다. 그걸로 500만원 정도 모은 다음 주식 파생상품 시장에서 열 배로 튀겨 부동산경매로 넘어가겠다고 했다.

계영이 다른 가스버너에 곡물빵을 굽는 동안, 제훈은 가져온 야채를 씻어 물기를 뺀 뒤 파울로가 준 특제 드레싱을 뿌려 샐러드를 만들었다. 그런 다음 식당 한쪽에 식판을 쌓아두고 수프가 가득 든 밥솥을 내려놓았다.

잠시 후 눈을 치운 병사들이 식당에 들어왔다. 마지막으로 인호가 끙끙대며 텔레비전을 식당 한쪽 테이블에 올려놓고 전원과 안테나를 연결했다. 다른 때라면 여자 아이돌 뮤직비디오를 봤겠지만, 지금은 모두의 신경이 출혈성 인플루엔자의 동향에 집중되어 있었다. 인호가 채널을 YTN으로 맞췄다.

아나운서는 우리나라뿐 아니라 전 세계적으로 확진 판정을 받은 감염자의 수가 줄고 있다고 보도했다. 집중적인 치료제 투약과 백신 접종이 효과를 발휘하고 있다는 것이었다.

유병준 병장이 심각하게 말했다.

"역시 음모야."

"무슨 음모 말입니까?"

경식이 빵을 우물거리며 물었다.

"미국 정부와 대형 제약회사의 음모라고. 백신 팔아먹으려고 수작 부리는 거라니까. 생각해봐. 인플루엔자라는 게 뭐냐? 감기 아냐. 지구가 생긴 이래 쭉 있어왔던. 그런데 21세기 초입에 갑자기 동물과 인간의 감기 바이러스가 하나로 합쳐졌다는 게 말이 되냐?"

"듣고 보니 그렇습니다."

인호가 제훈의 귓가에 속삭였다.

"사실은 가능합니다. 바이러스는 복제하고 변화하도록 만들어져 있어서 그렇습니다. 에이즈가 그런 경웁니다. 면역결핍 바이러스는 원래 원숭이를 숙주로 삼았는데, 원숭이를 사냥하던 침팬지에게 변형된 바이러스가 옮겨갔고, 다시 침팬지와 접촉한 인간에게 옮겨져서 사람도 감염되는 바이러스가 된 겁니다."

제훈은 녀석을 노려보았다. 이 새끼가 돌았나. 뜬금없이 무슨 소리야. 그는 목소리를 죽여 말했다.

"조용히 안 하냐, 이 바보 같은 자식아. 유병준 병장님이 무슨 말씀을 하시든 맞다고 해야지. 개소리하다 걸리면 죽어."

"그래서 작게 말씀드리는 거 아닙니까."

인호는 자기도 알 건 다 안다는 듯 눈을 찡긋하며 속삭였다. 제훈은 한숨을 쉬었다. 역시 고문관은 고문관이야. 대개 고문관은 생각이란 걸 할 줄 모른다고 여기기 쉬운데, 그건 오해다. 오히려 자기 생각이 너무 확고해서 탈이었다.

병준이 열을 냈다.

"첫 환자가 발생한 지 한 달 만에 치료제가 개발된 건 어떻고? 임상시험 같은 건 언제 했대? 위험하다고 난리치다가 약 팔아먹을 만큼 팔아먹은 다음 이제 끝났다고 선언하려는 거지. 까놓고 말해서 출혈성 플루로 죽은 사람이 얼마나 되냐? 인구 천 명당 한 명? 두 명? 그 정도면 그냥 계절 독감이잖아? 아니지, 사망률로 따지면 계절 독감만도 못하지. 거기다 WHO에서 뭐라고 했나? 날 추워지면 전염성이 더 심해질 거니까 빨리 백신 맞으라고 난리를 치더니, 이제 와서 다 끝났다고? 너무 웃기지 않냐?"

병준은 의대 1년을 마치고 입대했다. 영만 다음 서열로 부대의 실세임에도, 짬밥 행세 없이 조용히 자기 할일만 하는 타입이라 인기가 높았다. 단지 음모론에 심취해 뭐든 삐딱하게 본다는 게 문제였다. 경제위기가 한창일 때는 이 모든 게 프리메이슨과 유대계 자본의 음모라고 주장했고, 네이트 판에 정부 비판 글을 올렸다가 IP 주소가 특정되는 바람에 들켜 군기교육대에 다녀온 일도 있었다. 제훈은 내심 병준이 이번만은 틀렸다고 생각했다. 출혈성 플루가 미국 정부와 대형 제약회사의 음모일지는 몰라도, 별것 아닌 독감은 아니었다.

그는 라히브로 죽은 사람을 본 적이 있다. 지금은 호텔 옥상에서 영공 방어중이지만 이전에는 두 달에 한 번씩 근무교대를 했다. 좁은 호텔 옥상에 혈기왕성한 군인들을 처박아두고 제대할 때까지 거기서 살라고 하면 누구든 미쳐버린다는 걸 윗대가리들도 잘 알았기 때문이다. 다른 분대와의 근무교대 후에는 대대본부로 복귀해 일반적인 내무생활을 했다. 제훈이 호텔 옥상 근무를 마치고 복귀했을 때였다. 밥을 먹던 상병 하나가 기침을 하다 피를 흘리기 시작했는데, 나중에는 호스에서 물을 뿜듯 피를 토해내 천장이고 바닥이고 할 것 없이 피범벅으로 만들었다. 그때 제훈은 피냄새가 얼마나 지독한지, 사람 몸속에 얼마나 피가 많이 들어 있는지 알게 되었다. 엄청난 핏물. 지독한 냄새. 온몸의 물기가 빠진 앙상한 시체. 그 모든 일이 10분 이내에 벌어졌다. 그런 무시무시한 병을 그저 백신 팔아먹으려고 만들었을 것 같진 않았다.

제훈이 바라는 건 하나였다. 음모든 지랄이든 상관없으니 휴가나 나갔으면 좋겠다는 것. 이왕 죽어야 한다면 사회에서 죽고 싶다. 가능하다면 영주를 만나 손을 잡고 끌어안으며 화해한 뒤 영주의 품안에서 하늘을 올려다보고 죽었으면 좋겠다. 미친 사내놈들과 생의 마지막을 함께하고 싶지 않다.

하늘에서 제훈의 기원을 들었는지, 문이 열리고 행정병 한상원 일병이 들어왔다. 그는 발을 동동 굴러 군화에 묻은 눈을 털어내며 말했다.

"방금 공문 떨어졌는데, 오늘부터 휴가 외박 재개하랍니다."

사방에서 환호성이 터졌다. 휴가가 대책 없이 밀려 있는 전형배 상병과 최철우 일병은 서로 끌어안고 난리였다. 제훈역시 식탁 아래 감춘 주먹을 불끈 쥐며 기뻐했다.

"전형배 상병님, 나갈 준비 하십쇼. 철우야, 너도 준비해라."

"지금?"

"예. 휴가 인원이 너무 밀려 있어서 바로바로 내보내랍니다. 포대장님한테 신고하고 바로 나가는 거니까 빨리 준비하십쇼."

형배와 철우는 밥도 먹다 말고 밖으로 튀어나갔다. 제훈은 당황했다. 그럼 나는? 그는 간절한 눈으로 상원을 쳐다봤지만 상원은 아무 말 없이 식판에 음식을 담아 피자 가방에 넣었다. 박 소위와 송 중사는 보통 포대장실에서 밥을 먹었다. 피자 가방은 피자헛 로고가 새겨진 진짜 업소용으로, 식판 여러 개를 한꺼번에 나를 때 유용하게 쓰였다. 누군가 피자 집에서 슬쩍해온 모양인데 성규 말로는 그가 이등병이던 시절부터 부대에 있었다고 했다.

그때 텔레비전 속의 아나운서가 입을 열었다.

"지금 들어온 속보입니다. 처음으로 백신 접종을 실시했던 뉴욕에서 새로운 형태의 감염자가 발생했습니다. 감염자는 지난달 백신 접종을 마친 40세의 백인 여성으로, 토혈 후 갑작스럽게 발작을 일으켰다고 합니다. 보건 당국에서는 변종 바이러스가 출현한 것으로 의심하고 있습니다."

성규가 말했다.

"새로운 바이러스라니, 휴가 또 취소되는 거 아니냐?"

상원은 고개를 흔들었다.

"공문 다시 내려오려면 최소한 이틀은 걸릴 테니까 괜찮을 겁니다. 다음에 나가는 사람은 문제가 될 수도 있겠습니다만."

제훈의 마음이 급해졌다. 그는 남은 빵과 음식을 잽싸게 입에 쑤셔넣고 지저분한 식판을 한 손에 든 채 상원을 따라나갔다. 상원은 피자 가방을 두 손으로 들고 조심조심 포대 장실로 걸어가고 있었다.

"한상원 일병님."

상원이 제훈을 힐끔 쳐다보았다.

"왜?"

"전형배 상병님이랑 저랑 같은 날짜에 나가는 걸로 되어 있었는데 말입니다. 제 이름은 명단에 없습니까?"

"한꺼번에 다 나가면 부대는 누가 지키냐? 너는 본부 돌아간 다음에 나가는 걸로 결정됐다. 2주만 기다려."

이런 상태로 2주? 제훈은 낭떠러지로 굴러떨어지는 기분이었다. 영주가 내릴 사형선고를 상상하며 2주를 더 보내야 한다니. 걔 분명히 혼자 여행 갈 텐데. 이대로는 안 된다. 제훈은 사정했다.

"여자친구랑 꼭 만나야 되는데, 어떻게 안 되겠습니까?"

상원은 어이가 없다는 듯 웃다가 갑자기 인상을 굳혔다.

"너 지금 여자친구 있다고 재는 거냐?"

"아닙니다."

"여자친구 있는 놈 먼저 내보내고 나머지 찌끄러기들은 부대에 처박혀 있을까? 그럼 난 제대할 때까지 밖에 못 나가겠네?"

제훈은 아차 싶어 고개를 숙였다. 상원은 여자친구에게 차였다. 휴가 내내 잘 놀다가 복귀하는 날 헤어지자고 했단다. 그런 꼴을 당하고도 부대로 복귀한 정신력은 칭찬할 만하지만 그후에 보인 행동은 영 좋지 않았다. 포대장실의 대공 통제용 통신망으로 여자친구에게 전화하다 걸려서 감염병 사태가 끝나는 대로 군기교육대가 예정되어 있었다. 그나마 후임들을 괴롭히는 일은 없지만, 말수가 줄고 음침해져 말을 걸기 영 껄끄러웠다. 그런 놈에게 여자친구 만나러 휴가 나가겠다고 했으니 기분이 좋을 리 없었다. 제훈은 후회했지만 이미 엎질러진 물이었다. 상원은 눈을 희번덕거리며 말했다.

"그러잖아도 다들 나한테 휴가 외박 물어보는데 아주 피곤해서 뒈질 지경이야. 행정병이 무슨 호구로 보이나. 어떤 새끼는……"

상원은 엿듣는 사람이 없는지 주변을 살핀 다음 말을 이었다.

"말년휴가에 포상 붙여달라고 지랄이고, 어떤 새끼는 휴가 다 썼으면서 외박 내보내달라고 징징대고. 근데 이제는 일병 1호봉 나부랭이가 생떼를 부리네? 야, 너 군생활 꼬이고 싶어?"

"아닙니다."

"억울하면 탈영해, 새끼야. 내무실에 수류탄 하나 던져넣고."

"아닙니다."

"너 이 새끼 살살 눈치보면서 영만이 말만 듣는 거 다 아는데, 너랑 군생활 오래할 사람은 영만이가 아니라 나야. 긴장해라."

상원은 몇 마디 욕설을 남기고선 포대장실로 가버렸다. 제훈은 참지 못하고 벽을 힘껏 걷어찼다. 에이씨! 차라리 전쟁이나 나버려라, 다 같이 죽게!

제훈은 식당 정리를 마치자마자 공중전화기로 달려가 진욱에게 전화를 걸었다. 진욱은 사정을 듣고 심각하게 말했다.

"큰일인데 그럼."

"왜? 또 무슨 일 있어?"

"내가 알아보니까 말이지, 이번에 들어온 신입생 중에 영주를 되게 좋아하는 놈이 있어. 1학년 주제에 벤츠 모는 놈인데, 그 자식이 지난번 여행도 주선했다더라고. 걔가 규슈 유후인에 별장이 있는데 다들 거기 갔다 왔나봐. 근데 영주만 빠진 거고. 영주 화 많이 났어."

제훈은 전화를 끊고 헬리포트 위를 터덜터덜 걸었다. 헬리포트 끝에서 경식이 난간에 팔을 걸치고 담배를 피우고 있었다. 제훈은 옆에 서서 아래를 내려다보았다.

번잡한 강남의 거리. 사람들이 까마득하게 멀어 보였다.

제훈은 당장이라도 펄쩍 뛰어내려 영주의 집으로 달려가고 싶은 충동을 느꼈다. 하지만 그랬다간 장례식장에서 영주의 조문을 받게 되겠지. 어쩌면 거기에도 안 올지 모르고.

대부분의 남자는 십대 때 자신이 총을 맞아도 안 죽을 거란 착각을 품고 산다. 제훈도 그랬다. 세상이 자신을 중심으로 돈다고 믿었다. 하지만 군대에 와보니 희망은 깨지고 현실만 남았다. 제훈은 이제야 인생이 그리 녹록지 않고 뜻대로 되는 일도 거의 없다는 사실을 뼈저리게 느꼈다.

8차선 대로 건너편의 건물들은 매일매일 키가 자라는 것처럼 높아지고 화려해졌다. 그중 한 건물 전면에 다음주에 개봉하는 영화 포스터가 걸려 있었다. 영주랑 저기서 영화 많이 봤는데. 제훈은 포스터를 쳐다보며 생각했다. 그 모든 게 오래전 일처럼 느껴졌다. 다음주 개봉 영화는 〈게임의 왕〉이라는 한국영화였다. 포스터에는 황금색 비키니를 입은 여자가 입술을 살짝 내민 채 칼을 꼬나들고 서 있고 그 옆에 '그녀를 위해 용을 잡았다!'라는 홍보 문구가 보였다. 주연배우는 아이돌 스타인 최지은. 그녀에게 잘 보이려고 게임 속 용을 잡는 오타쿠의 이야기라고 했다. 멍청한 놈. 지가 좋아하는 거 말고 여자가 좋아하는 일을 해야지. 최지은이 게임 모델을 할 때 실제 겪었던 일을 바탕으로 만든 영화라는데, 얼마나 재미있을지는 모를 일이었다.

한 가지 분명한 건 영주가 최지은보다 훨씬 예쁘다는 점이었다. 솔직히 영주는 그에게 과분할 정도로 예뻤다. 그녀가 고백을 받아줬을 때 제훈은 내가 전생에 독립운동을 했나보다 생각했다. 이제 와서는 다 부질없는 얘기지만.

제훈은 영화에 대해 한마디하려고 경식을 쳐다보다 입을 다물었다. 경식은 맞은편 빌딩의 옥외 전광판을 바라보고 있었다. 일본계 대부업체의 대출 광고가 보였다. 신원 조회 후 즉시 입금. 첫 달 이자 면제.

경식의 처지는 부대의 다른 누구보다도 불안했다. 그는 일반 영업직인 줄 알고 취직한 회사가 불법 다단계여서 빚만 잔뜩 지고 군대로 도망쳤다. 다행히 사채업자들도 군대까지 쫓아오지는 못했지만, 빚은 계속 불어나는 중이라고 했다. 수면 밑에 가라앉아 있다 경식이 사회로 복귀하면 튀어나와 발목을 잡을 것이었다.

언젠가 경식은 쓸쓸하게 웃으며 말했다. 난 가끔 집에 가는 꿈을 꾸는데…… 그러다가 퍼뜩 깨서 내무실인 걸 알면 얼마나 안심이 되는지 몰라. 웃기지 않냐? 나한테는 제대하는 꿈이나 입대하는 꿈이나 다 악몽이야.

난간에 기댄 경식이 제훈을 보더니 히쭉 웃었다. 제훈은 먼저 손을 내밀며 말했다.

"담배 한 대만 주십쇼."

경식이 오히려 놀라 되물었다.

"너 휴가는 어떡하려고?"

"언제 나갈지도 모르는 휴가, 하루 줄어들면 어떻습니까. 주십쇼."

제훈은 경식이 건넨 담배를 입에 물고 불을 붙였다. 연기가 목구멍에 들어가자 저절로 기침이 났다. 눈물이 핑 돌았다. 오랜만에 피우는 거라 그런지 맛도 그리 좋지 않았다. 경식이 사형선고를 내리듯 말했다.

"포대장님한테 보고할 거다."

제훈은 고개를 끄떡이며 깊이 연기를 빨아들였다.

그만하자. 그만하자고. 영주는 그렇게 말했다. 이젠 끝내려고 하는 걸까. 휴가를 나가봐야 흐지부지 아무것도 아닌 사이가 되어버리는 걸까. 사실 문제는 영주도 아니고, 벤츠를 몬다는 1학년 양아치도 아니다. 그가 믿지 못하는 건 영주가 아니라 그 자신이다. 여기 갇혀 있어야만 하는 무력하고 비굴한 인간. 제훈은 담배 연기를 길게 내뿜었다. 연기가 시야를 뿌옇게 가리자 눈이 따가웠지만 눈물은 나오지 않았다. 벌써 담배가 익숙해진 모양이었다. 빠르든 늦든 결국 편해지는 때가 온다. 힘든 건 그 과정일 뿐.

4

오늘따라 화장이 잘 먹지 않았다. 파운데이션을 고루 펴 바르고 스펀지로 열심히 두들겨도 표면이 들뜨고 각질이 만져졌다. 밤잠을 설쳐서 그런 모양이었다. 영주는 세안부터 다시 시작할까 고민하다 그러지 않기로 했다. 눈화장은 시작도 못했는데 약속 시간까지 10분밖에 남지 않았다.

남은 건 차에서 해야지. 그녀는 파우치에 화장품을 쓸어 담고 옷장 문을 열었다. 외출하기 전 옷을 고르는 건 언제나 힘들다. 학생 신분에 가지고 있는 아이템이야 빤하지만, 언제나 옷장의 반은 뒤집어야 간신히 그날 입을 옷을 골라낼 수 있었다. 하지만 오늘은 이것저것 매치해볼 여유가 없어 겨울철 가장 만만한 차림인 청바지에 스웨터를 입고 롱패딩을 걸친 뒤 목도리를 둘둘 감았다.

"저 친구 만나요."

영주는 거실 소파에 앉아 있는 엄마한테 소리치고는 현관 앞에 놓인 구두를 흘끗 보았다가 편한 뉴발란스 운동화에 발을 꿰고 후다닥 집을 나섰다. 집 앞에 벌써 차가 도착해 있었다. 진욱이 조수석 문을 열어주었다.

"고마워요."

영주는 인사하며 차에 올랐다. 차 안은 따뜻하고 포근했다. 진욱이 아버지에게 물려받은 차라는데 관리를 잘해서 그런지 낡은 느낌은 없었다. 진욱이 말했다.

"갑자기 보자고 했는데 안 놀랐어요?"

"예. 그렇잖아도 갑갑했거든요. 오늘 안 좋은 일이 좀 있어서 어디든 나가 바람 쐬고 싶었는데. 저 기분 꿀꿀한 거 어떻게 아셨어요?"

진욱은 살짝 움찔하더니 갑자기 허허허 웃었다.

"왠지 그럴 것 같아서요. 우리 텔레파시가 통하나보다."

영주는 어쩌면 정말 그럴지도 모른다는 생각에 기분이 좋아졌다.

"음악 틀어도 돼요?"

"그럼요."

영주는 아이폰을 오디오시스템에 연결했다.

"근데 우리 어디 가는 거예요?"

"글쎄요. 제가 다 준비했으니 절 믿고 그냥 편하게 따라오세요."

예전 같았으면 깜짝 이벤트도 아니고 뭔 소리야, 라고 생각하며 속으로 콧방귀를 뀌었겠지만 오늘은 왠지 진욱의 태도가 마음에 들었다. 뭔가 대접받는 기분이랄까. 한동안 잊고 있던 감정이었다. 그녀는 늘 재미있는 연애, 가슴 두근거리는 데이트를 꿈꿨다. 누굴 만나더라도 행복해지고 싶었다. 불행해지려고 연인을 만드는 사람이 세상에 어디 있겠나. 하지만 제훈이 군대를 간 후로는 한순간도 행복하지 않았다. 곁에 없어서이기도 했지만, 제훈이 밤마다 존재감을 드러내서 그렇기도 했다.

제훈은 매일 밤 9시에서 10시 사이에 전화를 걸어왔다. 가끔 전화가 안 오는 날도 있었는데, 집합이 있거나 선임 중 누군가 점호 시간까지 통화할 때였다. 제훈은 주로 휴가 계획에 대해 이야기했고 가끔씩 목소리를 죽여 고참 욕을 했다. 처음에는 제훈이 안쓰러워 어떻게든 도움을 주려고 노력했다. 조금만 참아라, 그 사람도 네가 싫어서 그런 건 아닐 거다 어쩌고저쩌고. 제훈을 얼마나 좋아하는지 얘기해줬고 나중에 휴가 나오면 무슨 소원이든 들어주겠다고 달래보기도 했다. 하지만 아무리 위로해도 소용없었다. 영주가 하는 말을 들을 때는 잠깐 괜찮아졌다가도 제훈은 다음날이면 다시 우울한 목소리로 전화했다. 미치광이 고참 욕을 하다가 영주가 멀어지는 것 같다며 징징거렸다. 똑같은 시간, 똑같은 주제, 똑같은 목소리가 어찌나 지겹던지 나중에는 나한테 이러지 말고 고참에게 터놓고 물어보란 말이 목구멍까지 차오르는 걸 간신히 삼켰다.

제훈과 달리 영주는 답답한 속을 풀 데가 없었다. 군대 간 애인이 있는 친구들에게 조언을 구하면 "어느 부댄데?" 하고 묻기 마련인데, 서울 한복판 5성급 호텔 옥상에 있다고 말하면 다들 배꼽을 잡고 웃었다. "우리 성우는 강원도 철원에 있어." "최전방 수색대대라고 들어는 봤니?" 그러면서 제훈이 관심병사라서 거기 간 모양이라고 아는 척했다. 진짜 그런 거 아냐? 영주조차 가끔 의심이 들었다.

그래도 제훈과의 의리를 지키려 노력했다. 모범생처럼 조용히 살았고 미팅, 소개팅, 클럽 등 각종 제안도 모두 거절했다. 딱 한 번 소개팅에 나간 적은 있지만 그건 땜빵이었고 그마저도 밥만 먹고 나왔다. 누군가 그녀를 욕할 수 있다면 밥값을 낸 소개팅남이지, 매일 밤 전화해 그녀의 기운을 뺏는 제훈은 아니었다.

하지만 오늘은 괜찮은 걸까. 이건 배신이 아닐까. 진욱이 곁눈질하는 영주의 시선을 눈치채고 살짝 웃었다.

"왜요? 제 얼굴에 뭐 묻었어요?"

"아뇨. 그냥."

영주는 말끝을 흐리며 앞을 보았다. 하긴, 오늘은 그냥 바람 쐬는 거니까. 진욱이 강남역에 새로 생긴 프렌치 레스토랑 얘기를 꺼냈다. 일본인 셰프가 방사능을 피해 와서 차린 곳이라는데 그렇게 맛이 좋다고 소문이 자자하다고. 거기 가려는 모양이구나. 영주는 감을 잡았다.

"한번 가보고 싶네요."

진욱의 입꼬리가 또 말려올라갔다.

"그렇죠? 괜찮겠죠?"

"근데 플루는 괜찮을까요? 강남역이면 사람들 많을 텐데."

"오늘 뉴스 보니까 거의 끝나간다던데요. 회사도 대부분 정상 업무 시작했다고 하고요."

"하긴 그렇네요."

"제 주위에도 걸린 사람이 몇 명 있었는데 다 약 먹고 나았어요. 제가 보기엔 대단한 병 아니에요. 영주씬 건강하니까 진짜 별일 없을 거고요. 아니, 걸릴 거란 얘기가 아니고요, 애초에 걸리지 않을 거란 뜻이에요."

"알아요."

그러다 영주는 문득 진욱과 제훈 이야기를 한 적이 없다는 사실을 떠올렸다. 그간 진욱을 남자로 생각하지도, 자주 만나지도 않았지만 그래도 이렇게 따로 만나는 것에 대해 죄의식 같은 걸 느낀 탓일까. 뭐가 나쁜 일이라고? 사실 연애에 옳고 그름이 어디 있나? 영주는 숨을 크게 들이마셨다. 그래, 걱정거리는 잊고 하루쯤 즐겁게 노는 것도 괜찮아. 골치 아픈 일은 그다음에 생각하자.

진욱이 말했다.

"근데 우리 너무 점잖은 거 아닌가? 여러 번 만났는데 서로 존댓말 쓰고."

"그럼 말 놓을까?"

"그래. 그래야 서로 편하게 얘기하지. 영주야, 오늘 내가 네 기분 확실히 풀어줄게."

그때 누군가 차 앞으로 뛰어들었다. 진욱이 급정거를 했을 때는 이미 늦었다. 사람이 앞 유리에 부딪혔다 튕겨나갔다. 눈앞의 유리가 단숨에 쩍 갈라졌다. 영주는 비명을 질렀다.

*

호텔 옥상에는 자주대공포 K30 비호 두 대가 설치되어 있다. 오전 일과는 비호 점검과 가상의 적기를 상정해 레이더를 록온Lock-on하고 대공포를 쏘는 간단한 훈련이었다. 서울 한복판에서 실탄을 쏴가며 훈련할 수는 없으니 쏘는 시늉만 할 뿐, 실제로 방아쇠를 당기진 않는다.

선임들이 비호 안에서 모의 훈련을 준비하는 동안 제훈은 다른 일병들과 함께 대공포 주위에 쌓인 눈을 치우고 위장 막을 손질했다. 오늘 같은 날은 하루쯤 쉬고 싶었지만, 졸병 주제에 빠질 수는 없는 법이다. 제훈은 땀을 뻘뻘 흘리며 일 하다 고개를 들어 문득 하늘을 보았다. 벌써 해가 중천에 떠 있었다. 내키지 않는 일이라도 하다보면 집중하게 되고, 그 러다보면 시간은 어이없을 정도로 빨리 지나갔다. 그는 길 게 한숨을 쉬었다. 포대장실의 문이 열리고 박 소위가 얼굴 을 내밀었다. 그는 병사들을 쭉 살피다가 제훈에게 손짓을 했다.

"이제훈, 이리 와봐라."

포대장실은 한증막처럼 더웠다. 한상원 일병이 걸레로 창 틀에 고인 물을 닦고 있었고, 송 중사는 구석의 야전침대에 앉아 핸드폰을 들여다보고 있었다. 평소와 달리 눈빛이 흐릿 한 게 어딘가 이상해 보였다. 원래도 특이한 구석이 있지만 요즘 더 심해진 듯했다. 조울증 같달까. 활기차게 병사들을 괴롭히다가도 어느 순간 잠이 덜 깬 사람처럼 멍해져서 뭔가 딴생각에 빠졌다. 성규 말로는 이혼을 겪으며 맘고생이 심했다는데, 그것 때문에 사람이 저렇게까지 망가질 수 있는 건가 싶을 정도였다. 원래도 그렇게 가정적인 위인으로 보이진 않았는데 말이다.

박 소위는 열쇠와 10리터짜리 기름통 두 개를 건네며 말했다.

"주유소 가서 기름 좀 사 와라. 호텔 대공부대에서 왔다고 하면 알 테니까 따로 돈 낼 필요는 없다. 혼자 가져오기 무거우면 누구 한 명 데려가고."

제훈은 자신에게 닥친 이 행운이 믿기지 않았다. 잠깐이지만 밖에 나갈 수 있다. 다시 말해, 영주를 만날 수 있다.

그는 서쪽 비상구로 향하는 짧은 시간 동안 재빨리 계획을 다듬었다. 주유소까지는 걸어서 10분, 왕복하면 20분. 주유소에 사람이 많아서 기다렸다고 하면 20분에서 30분 정도더 벌 수 있다.

영주는 송파에 산다. 방학이니까 집에 있을 것이고. 나가자마자 전화를 걸어 호텔 근처로 오라고 하면 반시간 정도이야기를 나눌 수 있다. 문제는 영주를 만나는 동안 기름을받아올 사람이 필요하다는 점이다. 누가 좋을까? 경식이한테 얘기해볼까?

"이제훈 일병님, 어디 가십니까?"

마치 운명처럼 인호가 둘둘 만 비닐을 겨드랑이에 낀 채 창고를 나오며 말을 걸었다. 제훈은 눈을 번쩍 떴다. 그래, 이놈이 있었지. 부대에 한 명밖에 없는 후임병.

"너 지금 여기서 뭐 하나?"

"안성규 병장님이 유리창에 붙일 비닐 가지고 오라고 해서 말입니다."

"잠깐 나 좀 따라와라."

"예? 안성규 병장님한테 혼날 텐데……"

"괜찮아. 소위님한테 허락받았으니까."

아마 안 괜찮을 거다. 박 소위가 아니라 참모총장이라고 해도 성규 성질에 절대 가만있을 리 없다. 자길 병신 취급했다고 길길이 날뛰겠지. 하지만 제훈에게 선택의 여지는 없었다. 나중에 무슨 날벼락이 떨어지더라도 지금은 나가야 했다. 그리고 제훈 대신 기름을 받을 후임은 인호밖에 없었다. 제훈은 유혹하듯 말했다.

"주유소에 기름 사러 가는 건데. 싫어?"

그 말에 인호의 눈빛이 달라졌다. 군인이라면 스포츠신문 한 장만 있어도 지고의 행복을 느낄 수 있다. 그런데 바깥 구경이라니. 이등병 입장에서 그보다 더 좋은 일은 없다.

인호는 비장하게 말했다.

"죽어도 가겠습니다."

녀석은 비닐을 바닥에 내려놓았다. 두 사람은 열쇠로 문을 따고 비상계단을 내려갔다. 그러나 엘리베이터는 여전히 운행하지 않았다.

"이 새끼들 여태 안 고쳤네."

기계실에 전화하면 늦는다. 라운지의 직원에게 싫은 소리를 듣겠지만 기름 사고 영주까지 만나려면 1분 1초가 아쉬운 상황이었다. 두 사람은 옥상으로 올라와 중앙 비상구를 통해 라운지로 향했다.

인호는 라운지에 들어서자마자 우와 하고 감탄했다. 어안이 벙벙한 인호의 얼굴을 보고 제훈은 살짝 웃었다. 머리로는 부대 아래 호텔이 있다는 걸 알지만 실제로 내려오면 충격을 받기 마련이다. 부대와 너무 차이가 나니까. 그야말로 천국과 지옥이 붙어 있는 형국이랄까. 인호가 황홀한 목소리로 말했다.

"꿈꾸는 것 같습니다."

이러니 탈영하고 싶은 마음이 안 들 수가 있나. 안내 데스크 직원이 양복 차림의 노인들을 일식집으로 인솔하고 있었다. 잘됐군. 제훈은 틈을 놓치지 않고 인호의 팔을 잡고 엘리베이터로 뛰었다.

하지만 엘리베이터엔 호텔의 플로어 치프인 박은수가 타고 있었다. 늑대를 피해 달아나다 호랑이를 만난 격이었다. 은수는 심각한 표정으로 거울의 얼룩을 닦다 두 사람을 보고 얼굴을 일그러뜨렸다. 인호는 그것도 모르고 제훈에게 말했다.

"밖에 보셨습니까? 오늘 정오부터 주식투자 시크릿 강좌가 있다는 거…… 유동철 저놈, 유명한 온라인 게임 유저였는데 언제 주식투자로 성공했는지 모르겠습니다."

제훈은 인호의 옆구리를 찔러 말을 멈추게 했다. 과묵하게 있어도 한소리 들을 판에, 촌발 날리는 관광객처럼 조잘거리는 모습이 좋게 보일 리 없었다. 아니나다를까 박은수가 퉁명스럽게 말했다.

"뭐야? 너희들, 왜 이걸 타? 니들 타라고 엘리베이터도 따로 만들어줬잖아."

제훈은 억지로 웃으며 우물쭈물 대답했다.

"운행 안 하던데요."

"그게 왜 운행을 안 해? 운행을 안 하면 관리실에 전화해서 고쳐달라고 해야지 왜 이쪽으로 와? 전두환 때였으면 니들 총살이야."

하필이면 이 새끼를 만나냐. 엘리베이터에 다른 손님이 없는 것도 참 안타까웠다. 사람이 한 명이라도 있다면 이렇게 노골적으로 사람을 몰아붙이진 못할 텐데.

어쨌든 노친네가 옷 잘 입는 거 하나는 인정해줄 만했다. 오늘 그는 남색 블레이저에 짙은 회색 바지, 그에 어울리는 와인색 스트라이프가 들어간 짙은 회색 넥타이를 착용하고 있었다. 짙은 고동색 구두에 가로 주름이 약하게 두 줄 가 있었지만 그 외엔 티끌 한 점 없었다. 그는 제훈과 인호를 째려보다 거울을 닦던 포켓치프를 탁탁 털어 재킷 주머니에 도로 넣었다.

제훈은 분위기를 바꿔보려고 말을 돌렸다.

"직접 청소도 하시네요?"

"호텔은 더러우면 안 되니까. 근데 내가 아무리 노력해도 니들이 꼬질꼬질한 전투복 입고 돌아다니면 엉망 되는 거야."

박은수는 대공진지와 군인들을 누구보다도 싫어했다. 호텔의 품위에 맞지 않는다는 것이 이유였지만 그보다는 대기업 사장단이 보는 앞에서 송 중사에게 개망신을 당한 원한 때문인 게 틀림없었다. 그래도 불쌍한 군인들에게 화를 내는 건 너무하지 않나? 호텔 옥상에 군부대를 만든 사람이 제훈인

것도 아닌데. 그보다는 전두환일 가능성이 높을 것 같은데.

"이번 일은 너희 부대장한테 내가 분명히 항의할 테니까…… 근데 넌 뭔데 모자도 똑바로 못 써?"

은수가 인호의 모자를 똑바로 씌워주며 말했다. 제훈은 마음속으로 대답했다. 고문관이요. 그때 쿵, 하고 엘리베이터가 멈췄다. 박은수는 쓰러질 듯 휘청거리다 제훈의 팔을 잡고 버텼다.

"괜찮으세요?"

박은수는 얼굴이 벌게져 제훈의 팔을 뿌리쳤다.

"너 없었어도 안 넘어졌어 인마."

엘리베이터의 불이 꺼졌다. 어둠에 눈이 익는 데 잠시 시간이 걸렸다. 세 사람은 벽에 붙어서서 엘리베이터가 추락할까봐 긴장했지만 다행히 그런 일은 없었다. 박은수는 비상버튼을 누르며 그 밑에 설치된 스피커폰에 대고 고함을 질렀다.

"관리실, 무슨 일이야?"

지직거리는 잡음 사이로 누군가의 목소리가 들렸지만 뭐라고 하는지 알아들을 수 없었다.

"뭐라는 거야. 이 새끼들 또 아침부터 술 처먹었나."

박은수는 계속 버튼을 누르며 관리실과 대화를 시도하다

문득 제훈과 인호에게 시선을 던졌다. 그는 갑자기 얼굴빛을 풀며 말했다.

"금방 운행 재개할 테니까 걱정 마라. 호텔 서비스라는 게 그렇게 만만한 게 아냐."

존나 만만하구만 뭘. 에이씨, 그렇잖아도 시간 없는데. 제훈은 터져나오려는 짜증을 꾹꾹 누르며 지금 할 수 있는 일 중 무엇이 최선일지 생각했다. 어차피 부대로 돌아가면 허락도 없이 인호를 데리고 내려갔다고 혼쭐이 날 게 분명하다. 좋다. 이판사판이다.

그는 박은수에게 손을 내밀며 말했다.

"아저씨, 핸드폰 좀 빌려주세요."

"왜? 119에 전화하게? 그럴 필요 없다니까."

"그게 아니라, 전화할 데가 있어서요."

박은수는 잠시 얼굴을 찡그리고 있다가 핸드폰을 내밀었다. 제훈은 영주에게 전화를 걸었지만 연결이 되지 않았다. 어디 놀러 나갔나? 제훈의 얼굴이 어두워지는 걸 보고 박은수가 말했다.

"여자친구냐? 포기해라. 여자는 한번 마음 바꾸면 안 돌아와. 여자가 뭔가 말을 꺼냈을 때는 결정이 끝난 거야. 네가 무슨 말을 해도 소용없어."

말투가 심각하니 더 열이 올랐다. 제훈은 이를 갈며 말했다.

"영주 그런 애 아니거든요."

"두고 봐라, 누구 말이 맞나."

제훈은 은수의 멱살을 잡고 싶은 충동을 간신히 억누르고 핸드폰으로 시선을 돌렸다. 그는 폰 빌려서 연락한다고, 문자를 확인하는 즉시 호텔 커피숍으로 와달라는 메시지를 남기고 은수에게 핸드폰을 돌려주었다.

"엘리베이터 금방 다시 운행한다면서요. 도대체 언제 해요. 우리 엘리베이터는 아예 전기도 안 들어오더니."

박은수는 턱으로 천장을 가리키며 말했다.

"급하면 올라가서 확인해봐. 무슨 일인지."

"그런 걸 우리가 어떻게 해요."

"군인이잖아."

"군인이 무슨 슈퍼맨이에요? 우리나라 남자 중에 군인 아니었던 사람이 얼마나 된다고. 119에 전화하셔야죠. 구해달라고. 아, 그러면 호텔 이미지가 손상될까봐 싫으시죠?"

"너 정말 이상한 애구나. 그래가지고 사회생활할 수 있겠어?"

"걱정 마시고 여기서 내보내주세요. 저희 바빠요. 인호야, 우리가 얼마나 바쁜지……"

인호를 돌아보던 제훈이 말을 멈췄다. 인호는 구석에 쪼그려앉아 꾸벅꾸벅 졸고 있었다. 은수가 비웃었다.

"정말 바쁜가보네."

제훈은 인호의 발끝을 걷어찼다.

"야! 일어나."

"이병! 이인호!"

인호가 벌떡 일어나며 소리쳤다. 조금만 따뜻하면 잠드는 게 군인이긴 해도 이 새끼는 너무하지 않나. 그때 불이 켜지더니 위잉 하는 소리와 함께 엘리베이터가 운행을 재개했다. 은수가 말했다.

"후임병 잠 좀 재워라. 불쌍하다."

뭐라 쏴붙이고 싶었지만 떠오르는 말이 없었다. 제훈이 은수를 노려보며 씩씩거리는 사이 엘리베이터가 1층에 도착했다. 문이 열리자 마주하게 된 것은 배를 움켜잡은 채 서 있는 피투성이 남자였다. 제훈과 은수, 인호의 눈이 휘둥그레졌다. 남자는 반쯤 넋이 나간 표정으로 제훈에게 손을 내밀었다.

"살려……"

남자의 손바닥은 온통 피범벅이었다.

1

"만지지 마! 플루면 어떡하려고?"

제훈은 남자를 부축하려다 은수의 말에 손을 거뒀다. 남자
가 비틀거리다 승강기 문가에 머리를 부딪히고 주저앉았다.
한쪽 손으로 배를 누르고 있었지만, 복부 어딘가에 구멍이
뚫렸는지 손가락 사이로 핏물이 쉬지 않고 흘러내렸다. 발밑
에 동그랗게 피 웅덩이가 생겼다.

인호가 떨리는 목소리로 속삭였다.

"플루는 아닌 것 같은데 말입니다."

인호의 말이 맞다. 플루에 걸렸다고 배에 구멍이 나진 않
는다. 하지만 남자를 돕고 싶진 않았다. 정확한 이유는 알 수

없지만 그랬다가 아주 나쁜 일에 휘말릴 것 같았다.

인호와 은수도 비슷한 생각인지 벽에 붙어 남자를 바라보기만 할 뿐 움직이지 않았다. 엘리베이터 문이 몇 번이고 닫히려다가 남자의 다리에 걸려 다시 열리기를 반복했다. 어디선가 젊은 여자의 울음소리가 들렸다. 울음소리는 곧 비명으로 변했다.

대체 무슨 일이래? 테러리스트가 호텔을 장악했나? 아니면 폭탄 테러? 별별 생각이 다 들었지만 뭐 하나 그럴싸하지 않았다. 은수가 119로 전화를 걸더니 인상을 썼다. 제훈은 물었다.

"왜 그래요?"

"통화중이야."

핸드폰 액정을 확인한 은수가 얼굴을 찌푸리며 말했다. 그는 제훈을 쳐다보며 말을 이었다.

"그보다 너 아까 문자 보낸 거……"

그때 남자가 꺼억 하고 신음을 흘렸다. 트림을 하는 듯한 기묘한 소리. 지독한 악취가 코를 찔렀다. 남자의 입술을 타고 주르륵 핏물이 흘러내렸다. 그는 썩은 나무처럼 뒤로 나자빠지더니 더이상 움직이지 않았다.

은수가 침을 꿀꺽 삼키곤 핏물을 밟지 않도록 조심하며 엘리베이터 밖으로 빠져나갔다. 그리고 뒤도 돌아보지 않고 로비로 달려가며 소리쳤다.

"프런트 데스크! 너희 다 이리 와!"

제훈은 조심스럽게 엘리베이터 밖으로 나가 남자의 코 밑에 손을 대보았다. 숨을 쉬지 않았다. 인호가 다가와 말했다.

"죽었습니까?"

"그런 거 같다."

제훈은 손을 떼고 급히 일어서며 말했다. 시체를 만진 손가락이 찜찜해 바지에 대고 문질렀다. 손끝에서 전신으로 냉기가 전해지는 것처럼 몸이 부르르 떨렸다. 제훈은 주먹을 쥐었다 펴며 뒤로 물러섰다.

은수는 복도 끝에 못 박힌 듯 서 있었다. 저 사람은 저기서 뭘 하고 있지? 119를 부르든가 다른 직원을 부르든가 하지 않고. 제훈은 은수를 향해 걸어갔다.

"아저씨, 지금 뭐……"

모퉁이를 돌자 로비가 보였다. 제훈은 말을 멈췄다.

로비는 엉망진창이었다. 대리석 바닥은 온통 검붉은 피투성이였고, 벽도 할퀸 것 같은 붉은 핏자국으로 뒤덮여 있었다. 로비 한구석에 가지런히 놓여 있던 안락의자들과 마호가니 탁자 대부분이 부서졌고, 단단한 목재로 만든 데스크도 피로 얼룩진 채 상판이 산산조각나 있었다. 데스크에 있어야 할 직원들도 보이지 않았다. 폐허와 같은 광경 사이사이에 사람들이 쓰러져 있었다. 제훈은 후들거리는 다리에 애써 힘을 주었다. 영화나 게임에서 이런 거 많이 봤는데…… 실제 피바다가 눈앞에 펼쳐지니 소파에 누워 피자에 콜라를 먹으면서 봤을 때와는 완전히 달랐다. 아마도 냄새, 냄새 때문이리라. 혀를 잘못 씹었을 때 입안 가득 퍼지는 녹슨 쇳내, 그걸 백 배쯤 증폭시켜놓은 듯한 지독한 비린내가 건물 전체를 가득 채우고 있었다.

"세상에. 지진이라도 났던 겁니까?"

인호가 다가오며 말했다. 제훈은 정신을 차렸다. 그럴지도 몰라. 지진 때문에 건물이 흔들리자 엘리베이터가 멈췄던 거고 사람들이 다친 거다. 하지만 뭔가 이상하다. 제훈은 눈앞에 펼쳐진 광경에 위화감을 느꼈다. 부서진 테이블과 의자 사이로 부상자에게 심폐소생술을 시도하는 건장한 남자의 뒷모습이 보였다. 남자는 맨체스터유나이티드 폴로티를 입고 있었는데, 남자가 몸을 들썩일 때마다 부상자가 경련을 일으켰다.

인호가 기름통을 바닥에 내려놓더니 제훈에게 결연한 표정으로 말했다.

"이 일병님, 뭐 하십니까. 저희도 도와야죠. 부상자들 구하면 포상 떨어질지도 모릅니다."

"아, 그래."

제훈은 간신히 고개를 끄떡였다. 그는 앞장서 걸어가는 구부정한 인호의 등을 보며 생각했다. 이 새끼 이럴 땐 엄청 냉철하네. 피냄새도 안 나나? 별별 생각이 다 들었다. 저 자식 저거 고문관도 다 연기 아냐? 군생활 쉽게 하려고……
제훈은 인호를 따라 움직이려다 동작을 멈췄다. 잠깐만. 지진이 났는데 왜 건물은 멀쩡하지? 벽이나 바닥에 금 하나 가지 않았고, 쓰러진 건 오직 테이블과 의자, 화분 등의 집기류뿐이다.

제훈은 심폐소생술을 받는 여자에게 시선을 주었다. 여자는 눈을 부릅뜬 채 죽어 있었다. 남자가 몸을 움직일 때마다 여자의 머리가 앞뒤로 흔들거렸다. 제훈은 등골이 오싹해졌다. 그는 인호의 팔을 잡아당겼다.

"가면 안 돼."

인호가 영문을 모르겠다는 듯 말했다.

"왜 그러십니까? 저희도 도와야……"

"돕는 게 아니야! 자세히 봐!"

인호는 무슨 소린지 모르겠다는 듯 눈을 깜빡거렸다. 그때 맨체스터유나이티드 티를 입은 남자가 두 사람을 향해 고개를 돌렸다. 입가가 온통 피투성이였고 한 손에 여자의 복부에서 떼어낸 살점을 쥐고 있었다. 눈에는 검은자가 없고 오직 흰자위만 보였다. 제훈과 인호는 겁에 질려 뒤로 물러섰다. 하지만 은수는 여전히 상황 파악이 안 되는지 그 자리에 서 있다가 뭔가 깨달은 듯 고개를 끄떡였다.

"지금 영화 찍는 거지? 너희들 누구 허락 받고 여기서 촬영을……"

그는 맨체스터유나이티드를 향해 한 걸음 다가갔다. 맨체스터유나이티드가 으르렁거렸다.

"이상한 소리 그만 내고 말을 해, 인마!"

그때 누군가 몸을 날려 은수를 잡아챘다. 두 사람은 한 덩어리가 되어 바닥을 나뒹굴었다. 검은색 피코트를 입은 도어맨이었다. 도어맨이 은수의 가슴 위에 올라타 목을 물어뜯었다. 은수가 눈을 부릅뜬 채 경련을 일으켰다. 맨체스터유나이티드가 도어맨과 합세해 은수를 잡아먹기 시작했다.

그때 누군가 몸을 일으켰다. 맨체스터유나이티드에게 복부를 물어뜯기던 여자였다. 여자는 제훈을 노려보았다. 예쁘장한 얼굴이지만, 산발한 머리로 핏물을 질질 흘리는 지금은 전혀 예뻐 보이지 않았다. 무엇보다도 눈빛이 문제였다. 생기 없이 하얀 눈은 공허 그 자체였다. 커다랗게 구멍이 뚫린 여자의 복부에서는 내장이 흘러나와 바닥에 늘어져 있었다. 여자가 짐승처럼 으르렁댔다. 아니, 짐승이 맞다. 사람은 절대 저런 소리를 낼 수 없다. 인호가 침을 꿀꺽 삼켰다. 두 사람은 주춤주춤 물러서다가 누가 먼저라고 할 것도 없이 돌아서서 뛰었다.

제훈은 죽을힘을 다해 뛰다 뭔가에 다리가 걸려 고꾸라졌다. 돌아보니 엘리베이터 앞에 쓰러져 있던 피투성이 남자가 발목을 잡고 있었다. 반쯤 벌린 입술을 타고 피와 타액이 섞인 걸쭉한 액체가 흘러내려 제훈의 군화를 적셨다. 제훈은 소름이 돋는 것을 느끼며 다른 쪽 발로 남자의 머리를 걸어 찼다. 일격에 코가 부러졌지만 남자는 제훈을 잡아당기는 손을 놓지 않고 오히려 그의 군화를 물어뜯었다. 단단한 고무 밑창이 단번에 찢겨나갔다.

이런 미친 개끼.

제훈이 겁에 질려 몸부림칠 때, 인호가 화분으로 남자의 머리를 내리찍었다. 남자의 머리가 앞뒤로 흔들렸다. 제훈은 두 다리를 굽혀 몸쪽으로 당겼다가 녀석의 가슴을 힘껏 걸어 찼다. 남자가 멀찍이 나가떨어졌다. 인호가 제훈을 부축하며 말했다.

"이 일병님, 일어나십쇼."

남자가 두어 바퀴를 구르다 오뚝이처럼 일어섰다. 목이 부러졌는지 머리가 엉뚱한 방향으로 돌아가 있었다. 남자의 등 뒤로 맨체스터유나이티드와 배에 구멍이 난 여자가 맹렬하게 뛰어오고 있었다. 팔다리를 휘저으며 달리는 모습이 짐승처럼 빨랐다.

제훈과 인호는 미친듯이 뛰었다. 인호가 먼저 비상구로 뛰어들었고 제훈이 뒤따랐다. 돌아서서 문을 닫으려 할 때, 매니큐어를 바른 손톱이 제훈의 얼굴을 아슬아슬하게 스치고 지나갔다. 여자의 팔이 끼어 문이 닫히지 않았다. 인호가 합세했지만 놈들의 힘은 상상을 초월했다. 한 번의 충돌만으로 두 사람은 뒤로 나가떨어질 뻔했다. 제훈은 입술을 깨물었다. 힘으로 안 된다면……

그는 문을 열었다. 인호가 비명을 질렀다.

"이 일병님! 무슨……"

여자가 바로 앞에 있었고, 다른 두 놈은 두어 걸음 떨어진 곳에 서 있었다. 문을 들이받을 생각이었는지 괴물들이 물러서 있는 찰나의 순간, 제훈은 여자를 밀치고 문을 닫았다. 쾅! 쾅! 철문이 움푹 팼다. 제훈이 벽에 기대 가쁘게 숨을 몰아쉬고 있는데, 인호가 혼잣말처럼 중얼거렸다.

"손잡이를 돌릴 줄 모르나봅니다."

지능은 낮고 힘은 세고. 영락없는 괴물이군. 제훈은 이마의 땀을 닦으며 생각했다. 그는 턱짓으로 문을 가리키며 말했다.

"뭘까? 저것들."

"모르겠습니다."

"목 돌아가고도 뛰어오는 거 봤지?"

"죽은 사람도 살아났습니다."

잠시 침묵이 흘렀다. 쿵. 쿵. 놈들이 문을 두들기는 소리만 계속 들릴 뿐이었다. 두 사람 다 조금 전 광경을 설명할 방법을 찾아 머리를 굴렸지만 아무 생각도 떠오르지 않았다.

인호가 주저하며 말했다.

"몰래카메라가 아닐까 싶은데 말입니다."

제훈은 어이가 없어 웃었다.

"누굴 속이게? 너? 나?"

"아, 듣고 보니 그렇습니다."

제훈은 인호를 힐끔 쳐다보며 확실히 특이한 놈이란 생각을 했다. 일반인과 생각하는 게 달라. 쿵. 쿵. 경첩이 조금씩 우그러들기 시작했다.

"빨리 튀자."

"어디로 갑니까?"

"뭘 어디로 가. 부대로 돌아가야지. 여기 있다가 죽을래?"

"기름 가져가야지 말입니다."

"이 미친 새끼야. 네가 가서 가져올래?"

"아닙니다."

두 사람은 계단을 뛰어 올라갔다. 10층 정도에 다다르자 다리에 힘이 풀렸다. 잠깐 쉬었다 가고 싶었지만 괴물들이 언제 문을 부수고 올라올지 몰라 마음이 급했다.

제훈은 문득 밖은 어떤지 궁금해져 창문을 내다보았다. 거리는 여느 때처럼 평화로웠다. 행인들이 바쁘게 걸음을 옮겼고 8차선 대로는 승용차며 버스로 가득했다. 사거리 맞은편에서는 새로 문을 연 빵집이 비보이를 불러다놓고 오픈 행사를 하고 있었다. 거리 어디에도 괴물 비슷한 건 보이지 않았다.

"밖에 봐라. 아무 일도 없어. 여기서 이러는 걸 아무도 모르나봐."

인호가 창문을 열고 소리쳤다.

"여기요! 도와주세요! 사람이 죽어요!"

"아무도 안 쳐다볼걸."

제훈은 혼잣말처럼 중얼거렸다. 그의 말이 옳았다. 무심한

행인들은 그들에게 시선 한번 주지 않았다. 군대에 오면 세상이 자신을 중심으로 돌지 않는다는 걸 깨닫게 된다. 더이상 인생의 주인공이 아니라 거대한 조직의 부속품에 불과한 존재가 된다. 매일매일 칼바람을 맞으며 대공포를 닦고, 선임에게 끌려나가 죽도록 욕먹고, 휴가가 뒤로 밀려도 하소연할 곳 하나 없으며, 그러다가 피를 토하고 죽어도 세상은 아무 일 없다는 듯 굴러간다. 다들 살아가는 것만으로도 바빠 남은 신경쓰지 못한다. 그래도 이건 너무하지 않나? 사람이 잔뜩 죽었는데 이렇게까지 잠잠할 수가 있나.

제훈은 왠지 기운이 빠져 계단에 주저앉았다.

"잠깐 쉬었다 가자."

시계를 보니 9시 50분이었다. 기름을 가지러 내려온 지 40분이 지나 있었다. 체감상 2시간 이상 흐른 것 같은데……어쨌든 영주를 만나기는 글렀다. 제훈은 인호에게 말했다.

"아깐 고마웠다."

"뭐가 말입니까?"

"너 아니었으면 꼼짝없이 당했을 거야."

"별거 아닙니다."

"아니긴 뭐가 아니야, 내가 고맙다는데. 근데 너 무슨 배짱으로 날 도운 거냐? 뒤에서 다른 새끼들도 쫓아......

같으면 겁나서 그냥 도망쳤을 거야."

인호는 당연하다는 듯 대답했다.

"혼자 돌아가면 선임들한테 혼나지 않습니까."

괴물보다 선임이 무섭다 이건가. 제훈은 어이가 없어 헛웃음이 나왔다. 같은 졸병으로서 인호의 심정을 이해하지만 그래도 웃기는 건 어쩔 수 없었다.

두 사람은 30층에 도착했다. 제훈은 라운지로 나가는 철문 앞에서 망연자실해졌다. 이쪽 비상구에는 옥상으로 통하는 길이 없다는 걸 깜빡했던 것이다. 부대로 돌아가려면 중앙의 라운지 홀과 연결된 비상구, 혹은 서쪽 끝에 있는 군부대 전용 엘리베이터를 이용해야 한다. 하지만 엘리베이터가 고장났으니 중앙 비상구로 가는 수밖에 없었다.

제훈은 망설이다 문을 열었다. 은은한 클래식 음악이 들려올 뿐, 라운지는 사람 하나 없이 고요했다.

제훈이 문을 닫자 인호가 물었다.

"어떻습니까?"

"조용해."

"그럼 괜찮은 거 아닙니까?"

"너무 조용해서 그렇지."

"그럼 어떡합니까?"

"잘 모르겠다. 그냥 기다릴까?"

"나가는 게 좋을 거 같은데 말입니다."

제훈은 얼굴을 찡그렸다. 고문관 녀석이 왜 갑자기 용감한 척하는지 적응이 안 됐다.

"밖에 뭐가 있는지도 모르는데 왜 나가? 나가서 같이 죽자고?"

"여기 있어도 위험하긴 마찬가집니다. 아까 1층에서 경첩 구겨지는 거 봤잖습니까? 그 사람들 조금 있으면 문 부수고 올라올 겁니다."

인호의 목소리는 으스스했다. 제훈은 놈들이 계단을 뛰어 올라오는 상상에 몸서리를 치며 난간 아래를 살폈다. 다행히 아직은 아니었다.

"약담을 해라 인마. 좀 기다리면 경찰 오겠지."

"경찰로는 안 됩니다. 군대가 동원되지 않으면 못 막을 겁니다. 아까 보셨습니까. 내장이 몸 밖으로 나왔는데도 펄쩍펄쩍 뛰어다니는 거. 경찰이 쓰는 6연발 리볼버로는 백날 쏴도 소용없습니다. 일단 총 맞기도 전에 반은 죽을 겁니다."

제훈은 입맛을 다셨다. 평소에는 왼쪽 오른쪽도 구별 못해 바보 소리를 듣던 녀석이 어쩜 이렇게 똑 부러지게 상황 판단을 하는지 모르겠지만, 인호의 말에 일리가 있었다,

"알았어. 그럼 나가서 죽자. 그게 좋겠다 이거지?"

제훈이 마음을 굳게 먹고 문을 열려는데 인호가 말했다.

"그전에 무기를 챙기는 게 좋겠습니다."

"무슨 무기?"

인호는 대답 대신 계단 뒤쪽의 비품실을 가리켰다.

안으로 들어가자 소독약 냄새가 코를 찔렀다. 침대 시트며 수건, 목욕 가운이 층층이 말끔하게 쌓여 있고 한쪽에는 먼지떨이며 진공청소기, 대걸레 등이 놓여 있었다. 제훈은 대걸레 자루를 집어들었다. 이걸로 때린다고 그놈들이 아파할지는 모르겠지만 없는 것보단 나을 것 같았다. 인호는 섬유 탈취제 스프레이의 마개를 열어 세제 몇 가지를 섞고 휘휘 저었다.

"너 뭐 하냐?"

"무기 만듭니다."

그러고는 엉뚱한 소리를 했다.

"좀비가 아닐까 싶습니다."

"뭔 소리야?"

"아까 그놈들 말입니다. 좀비인 것 같지 말입니다."

제훈은 콧방귀를 뀌었다.

"말이 되는 소릴 해라. 좀비는 영화나 만화에 나오는 거 아냐. 반쯤 썩은 얼굴로 느릿느릿 움직이면서 사람 잡아먹는."

인호는 고개를 흔들었다. 녀석의 얼굴은 의외로 심각했다.

"좀비는 그렇게 간단하게 생각할 수 있는 존재가 아닙니다. 우리가 알고 있는 좀비의 이미지는 영화감독 조지 로메로가 좀비 삼부작을 만들면서 확립한 건데 말입니다. 로메로의 좀비는 이지理智를 잃은 흡혈귀에 가까운 존재로서 피와 살로 이뤄진 것이면 뭐든 먹어치웁니다. 로메로가 말하고 싶었던 건 대량생산 대량소비의 현대 산업사회에서 자아를 잃고 오직 소비하는 존재인 인간을 풍자하는 일종의 메타포로서……"

"그래서 하고 싶은 말이 뭔데?"

제훈은 이 고문관 새끼야, 라고 덧붙이고 싶은 걸 꾹 참았다. 그래도 덕분에 목숨을 건졌으니 한 번은 봐줘야지.

"진짜 좀비는 말입니다. 아이티의 민속신앙인 부두교에서 유래된 겁니다. 부두교는 아프리카의 주술에 로마가톨릭의 제의가 혼합된, 굉장히 복잡하고 체계적인 종교입니다. 부두교의 사제는 인간에게서 영혼을 빼내는 영능을 지닌다고 알려져 있습니다. 사제에게 영혼을 빼앗긴 자는 좀비가 되어 사제가 시키는 대로 행동해야 한다고 합니다. 그래서 아이티에서는 사람이 죽으면 36시간 정도 지켜보거나, 팔다리를 잘라 좀비가 되지 못하도록 막습니다."

"그게 말이 되냐. 멀쩡한 사람을 좀비로 만드는 재주가 있으면 전 세계 사람들이 부두교를 믿어야지. 나 같아도 부두교로 갈아타겠다."

"실제로 좀비를 목격한 사람의 증언이나 사진 등의 자료가 지금도 많이 남아 있습니다. 행동이 아주 느리고 넋이 나간 듯 멍청하지만 사제가 시키는 일이라면 뭐든 실행에 옮긴다고 말입니다."

제훈은 약간 혹했다.

"그래?"

"현대 과학은 부두교의 좀비가 인체를 산소결핍 상태로 만들어 전두엽을 손상시키는 방식으로 만들어진다고 추측하고 있습니다. 전두엽이 손상되면 바보가 되기 때문에 독자적으로 행동할 수 없으니까 말입니다."

"그럼 아까 그놈들도 전두엽이 손상되어서 그렇다고?"

"그럴지도 모릅니다. 세뇌가 되었다든가 바이러스에 감염되었다든가…… 좀비 관련 영화나 만화, 소설이 인기를 얻는 건 인류가 머지않아 멸망할 것이란 공포를 기저에 깔고 있기 때문입니다. 세상이 복잡해지고 과학이 발전할수록 누구 한 사람의 실수만으로도 큰 재앙이 닥칠 수 있으니까 말입니다. 방금 전 벌어진 일도 누군가 만들어낸, 인공적인 재앙으로 볼 여지가 충분하지 않습니까."

이번에는 욕을 해줘도 되지 않을까? 제훈은 잠시 고민했다. 그가 보기에 아까 그놈들은 전두엽이 문제가 아니었다. 죽은 놈들이 살아 움직였다는 게 문제다. 그냥 움직이는 것도 아니고 겁나 빨리 움직이면서 멀쩡한 사람들을 잡아먹으려 했다는 게 더 문제고.

"그런데 라이터 있으십니까?"

"갑자기 왜 딴소리냐? 그리고 나 담배 끊었……"

제훈은 말을 멈췄다. 경식과 담배를 피울 때 라이터를 받아 주머니에 넣은 기억이 났다. 인호는 제훈이 건넨 라이터를 켜더니 불꽃에 대고 스프레이를 뿌렸다. 붉은 화염이 전면으로 뿜어져나갔다. 제훈은 깜짝 놀라 옆으로 물러섰다. 벽에 검게 그을린 자국이 생겼다.

인호는 득의만만하게 웃었다.

"처음 만들어보는 건데 제대로 작동해서 다행입니다."

이 자식 혹시 북한에서 보낸 간첩 아닐까? 어떻게 보면 타고난 고문관인데 또 어떻게 보면 다 알면서 뭉개는 거 같고. 제훈은 인호를 째려보며 말했다.

"너 뭐 하는 놈이야?"

"무슨 말씀이십니까."

"지금 네가 들고 있는 화염 스프레이도 그렇고, 아까 좀비 이야기도 그렇고. 생각해보니 아침에 바이러스에 대해서도 전문가처럼 떠들었지. 너 전공이 컴퓨터 프로그래밍이라며. 그런데 갑자기 무슨 서바이벌 달인처럼 구는 게 이상하잖아."

"제가 게임 만들다가 군대 온 거 아시잖습니까."

"그래서?"

"폴룩스 엔터테인먼트에서 제가 개발한 게 인류가 멸망하고 좀비만 남은 근미래 배경의 일인칭 액션 게임이었습니다. 혹시 모르십니까? 〈디케이드 제로〉라고."

"모르겠는데. 잘됐냐?"

"망했습니다. 베타테스트 반응이 별로였는데 회사 경영권 다툼까지 터져서…… 전 대표였던 최중경씨가 회사 인수를 위해 적대적 합병을 시도하는 바람에 게임 개발에 대한 지원이 끊겼습니다. 그래서 팀 해체되고 저도 입대하게 된 겁니다. 그때 개발하던 게 액션에 어드벤처, 롤플레잉 장르까지 섞여 있는 게임이라 좀비랑 서바이벌 관련해서 공부를 좀 했습니다."

"네가 만든 게임에서는 사람들이 왜 좀비가 됐는데?"

"종말론에 심취한 과학자가 연구 목적으로 만든 바이러스를 일부러 퍼뜨렸다고 설정했습니다."

제훈은 그 게임 망했다며, 라고 쏘아붙이고 싶은 걸 참고 다른 말을 꺼냈다.

"솔직히 누가 바이러스를 만들었을 것 같진 않은데. 미치지 않고서야 사람을 저렇게 만드는 바이러스를 왜 만들겠냐. 그보다 난 라히브가 신경쓰인다. 그거 돌고 이렇게 된 거잖아. 그 합병증, 아니 후유증 같은 거 아닐까?"

"그럴 수도 있습니다. 바이러스는 화학원소와 생명체의 중간적 존재입니다. 생명체라면 마땅히 해야 할 대사작용도 동화작용도 하지 않고 오직 유전자 정보를 한 곳에서 다른 곳으로 옮기는 게 하는 일의 전부라서 더욱 그렇답니다. 살아 있는 것도 죽은 것도 아니라는 측면에서 좀비와 비슷하지 말입니다. 바이러스가 담고 있는 유전자 정보가 무엇이냐에 따라……"

이런 척척박사 같은 놈.

제훈이 헛웃음을 짓는 순간, 쾅! 하는 쇳소리가 귀청을 때리고 짐승이 울부짖는 소리가 들렸다. 제훈은 목덜미가 오싹해졌다. 놈들이 결국 문을 부순 모양이었다.

"그 이야기는 나중에 듣고 일단 나가자."

*

영주는 감았던 눈을 떴다. 이 모든 게 그저 꿈이길, 눈을 뜨면 자신의 방 침대 위이길 바랐지만 현실은 그렇지 않았다. 그녀는 진욱의 차 안 조수석에 앉은 채였다. 거미줄처럼 금이 간 앞 유리에는 점점이 피가 묻어 있었고, 차 앞에 대자로 뻗은 사람은 미동도 하지 않았다. 그때 갑자기 와이퍼가 움직여 창문을 문질러 닦기 시작했다. 벌건 피가 엷어지며 창유리 전체로 퍼져나갔다. 영주는 비명이 터져나오려는 걸 간신히 참았다. 말로만 들었지 실제로 차에 치인 사람을 보는 것은 처음이었다.

어떡해 어떡해.

영주의 핸드폰 알림음이 울렸다. 문자가 온 것 같은데 내용을 확인할 정신은 없었다. 진욱이 굼뜬 동작으로 자신의 핸드폰을 꺼내며 영주에게 말했다.

"저 사람이 갑자기 뛰어든 거 봤죠? 내 잘못 아닌 거 알죠?"

당황해서 서로 말을 놓기로 했다는 건 생각 안 나는 모양이었다.

"지금 그게 중요한 게 아니잖아."

영주가 덜덜 떨리는 손으로 간신히 안전벨트를 푸는 동안 진욱은 여전히 얼빠진 표정으로 핸드폰을 만지작대고 있었다.

"뭐 해. 그냥 앉아 있을 거야?"

진욱이 액정을 확인하더니 울상이 돼서 말했다.

"보험사에 전화가 안 돼요…… 아니, 안 돼."

"그런 얘기가 아니잖아! 저 사람, 마냥 저렇게 둘 거냐고!"

"그럼 어떡해? 아, 119. 119가 있구나."

진욱은 번호를 생각하는 듯 한참 인상을 쓰고 있더니 로또 고르듯 신중하게 자판을 눌렀다. 영주는 진욱과 더 이야기하기를 포기하고 차에서 내렸다. 살짝 어지러운데다 다리에 힘이 들어가지 않아 비틀, 쓰러질 뻔했다가 간신히 차를 짚고 똑바로 섰다. 급정거로 인한 충격 때문인지 목이 뻐근했다.

차에 치인 건 외국인 남자였다. 얼굴은 붉은빛 도는 금발 머리칼에 덮였고 골반은 엉뚱한 방향으로 꺾였다. 쓰러진 남자 주위로 선홍빛 핏물이 눈을 녹이며 퍼져나갔다. 차에 치였을 때 신발이 벗겨졌는지 브라운색 옥스퍼드 구두가 질퍽질퍽한 눈 위를 뒹굴었고 고동색 양말을 신은 발은 반복적으로 경련을 일으켰다. 사람들이 하나둘 차 주위로 모여들었다. 어머 세상에. 저 사람 차에 치였나봐. 구급차는 불렀대?

영주의 눈에 눈물이 핑 돌았다. 어쩜 좋아. 아직 나이도 젊어 보이는데. 너무 미안하고 무서웠다. 겁이 나서 몸이 움직여지지 않았다. 심장이 미친 말처럼 뛰었다. 그때 등뒤에서 찰칵! 사진 찍는 소리가 들렸다. 돌아보니 고교생으로 보이는 남자애들이 핸드폰으로 남자의 사진을 찍고 있었다. 다른 사람들은 멀찍이 떨어져 서서 바라보기만 했다.

영주가 크게 소리쳤다.

"그냥 보고 있지만 말고 좀 도와주세요! 여기 응급처치 할 줄 아시는 분 없어요?"

다들 서로를 쳐다볼 뿐 아무도 나서지 않았다. 영주는 답답했다. 사람이 다쳤는데 도대체! 그때 코와 입술에 피어싱을 한 청년이 다가와 조심스럽게 말했다.

"제가 학교 다닐 때 심폐소생술을 배웠는데, 괜찮을까요?"

괜찮을지 알 수 없었지만 우선은 반가웠다. 두 사람은 금발 외국인에게 다가갔다.

"괜찮으세요? 내 말 들려요?"

금발은 눈을 감은 채 대답하지 않았다. 피어싱 청년이 언

어의 문제라고 생각했는지 영어로 약간의 억양을 섞어 말을
건넸다.

"아 유 오케이? 두 유 히어 미?"

금발이 여전히 대답이 없자 피어싱 청년은 영주에게 걱정
스럽게 물었다.

"설마 죽은 건 아니겠죠?"

코 밑에 손을 대보니 미미하게 호흡이 느껴졌다. 영주는
안도했다.

"아니에요."

"저기요, 근데 머리에서 피 나는데요."

피어싱 청년의 말대로였다. 남자가 숨을 쉴 때마다 옆머리
에서 울컥울컥 피가 쏟아지고 있었다. 피로 물든 머리칼 아
래로 두개골이 움푹 팬 걸 보고 영주는 급히 고개를 돌렸다.
하지만 이대로 모른 척할 순 없는 일이었다. 영주는 지혈할
천 따위를 찾아 차로 가려다 목도리에 생각이 미쳤다. 그녀
는 목도리를 풀어 금발의 머리를 감쌌다. 작년 겨울에 큰맘
먹고 산 버버리. 그녀가 가진 유일한 명품이지만 아깝지는
않았다.

피어싱 청년이 말했다.

"일단 인도로 옮기는 게 낫지 않겠어요?"

그래야 하려나? 하지만 옮기다가 뼈가 잘못되기라도 하면? 영주는 어떻게 해야 할지 결정을 내릴 수 없었다. 이런 때 진욱은 뭘 하고 있는 걸까? 그녀는 차를 돌아보았다. 진욱은 여전히 운전석에 앉아 누군가와 통화중이었다. 보험사 직원한테 보험료 산정받고 있나? 울컥 화가 치밀었다. 사람이 죽어가는데 저기 앉아서 뭐 하는 거래? 제훈이라면 이러지 않았을 텐데.

영주는 말했다.

"일단 119 올 때까지 기다리는 게 좋겠어요."

그녀는 문득 문자가 왔었다는 걸 떠올리고 핸드폰을 꺼내 확인했다. 제훈이었다. 호텔 커피숍에서 보자고? 영주는 눈을 동그랗게 떴다. 잠깐 외출이라도 나온 걸까? 혹시나 하는 마음에 문자가 온 번호로 전화를 해봤더니, 신호는 가지만 아무도 받지 않았다. 영주가 초조해할 때 진욱이 차에서 내렸다. 영주는 전화를 끊고 진욱에게 화를 냈다.

"거기서 뭐 해! 사람이 다쳤는데!"

"119가 전화를 안 받아."

"뭐?"

여태 119에 전화중이었단 말이야? 순간적으로 화가 났지만 이윽고 뭔가 이상하다는 생각이 들었다. 119가 통화중이라고? 거기는 항상 전화가 되어야 하는 거 아닌가? 그때였다. 등뒤에서 귀청을 찢는 굉음이 들렸다. 영주는 깜짝 놀라 고개를 돌렸다.

반대쪽 차선에서 대형 컨테이너 트럭이 앞서가던 차를 들이받고 있었다. 승용차 몇 대가 납작하게 깔리거나 좌우로 밀려나갔다. 트럭은 속력을 늦추지 않고 계속 내달려 그대로 십여 대의 차량을 부수고 가로수에 부딪쳐 멈춰 섰다. 순간적으로 거리가 고요해졌다. 잠시 후 사방에서 비명소리와 고함소리가 한꺼번에 터져나왔고 부서진 차량에서 하나둘 사람들이 내렸다. 하지만 그것으로 끝이 아니었다. 찌이이이익. 강철이 찢어지는 소음과 함께 트럭 뒤에 붙어 있던 컨테이너가 관성을 이기지 못하고 앞으로 밀려나왔다. 천천히, 하지만 가로막는 모든 걸 밀어내며. 차들이 부딪칠 때보다는 느린 움직임이었지만 훨씬 위압적이었다. 차에서 내린 사람들이 사방으로 흩어졌다. 걸음이 느린 중년 여성을 컨테이너가 쓸고 지나갔다. 세상에. 영주는 입을 딱 벌렸다.

진욱이 영주의 손을 잡았다. 영주는 진욱이 이끄는 대로 움직이다 금발 외국인에 생각이 미쳤다. 우리 때문에 다친 사람이다. 이대로 도망칠 순 없다. 그녀는 진욱을 뿌리치고 쓰러진 금발에게 달려갔다. 팔을 잡아당겼지만 미동도 하지 않았다. 피어싱 청년이 달려와 그녀를 도왔다. 두 사람이 힘을 합쳐도 사람을 옮기는 건 쉬운 일이 아니었다. 컨테이너가 기우뚱, 모로 쓰러져 영주가 있는 차선을 가로막았다. 급히 핸들을 꺾은 승용차 한 대가 진욱의 차를 들이받았다. 간발의 차로 영주와 피어싱 청년은 금발을 질질 끌어 인도로 옮겼다. 뒤따라오던 차들이 잇따라 충돌했다. 거리는 삽시간에 아수라장이 되었다.

영주는 금발 옆에 주저앉아 차도를 바라보았다. 손가락이 화끈거리는 게 손톱이 부러진 것 같았지만 거기에 신경을 쓸 여유는 없었다. 엄청난 사고였다. 한두 사람이 다친 게 아니었다. 도대체 119가 언제 올지, 온다면 누구부터 병원으로 옮겨야 할지 가늠이 되지 않았다. 진욱이 부서진 차를 바라보며 씨발, 어떡하지 씨발, 하고 계속해서 욕설을 내뱉었다. 영주는 피로해졌다. 문득 제훈이 보고 싶었다. 지금 어디 있을까. 커피숍에서 기다리고 있을까. 그녀는 피어싱 청년을 돌아보며 말했다.

"고마워요. 도와줘서."

"정태식이에요."

청년이 손을 내밀었다. 영주는 다치지 않은 손으로 그와 악수했다.

114

"강영주예요."

태식이 코의 피어싱을 만지며 말했다.

"저 좀 이상해 보이지 않아요? 사람들이 너무 순하게 생겼다고 해서 피어싱 해봤는데 괜찮나요?"

지금 같은 때 그런 게 궁금한가. 영주는 의아했지만 태식의 이마를 타고 흘러내리는 땀을 보고 깨달았다. 너무 놀라서 무슨 말이든 내뱉지 않고는 견딜 수가 없는 거다. 영주는 진심을 담아 말했다.

"괜찮아 보여요."

태식은 피어싱한 코를 만지작거리며 어색하게 웃다가 갑자기 눈을 크게 떴다.

"어? 아저씨 괜찮으세요?"

금발이 바닥을 짚고 몸을 일으키고 있었다. 고동색 양말을 신은 발끝은 영주와 태식을 향하고 있지만 틀어진 골반 때문인지 시선은 인도의 다른 사람들을 향하고 있었다. 태식이 다가가 금발을 부축했다. 영주가 감아준 목도리가 금발의 얼굴을 가리고 있어 어떤 표정을 짓고 있는지는 보이지 않았다. 뚝. 뚝. 금발의 턱을 타고 피가 떨어졌다. 이제 보니 오른쪽 다리도 한쪽으로 비틀려 있었다.

"아저씨, 금방 구급차 올 테니까요…   ."

영주가 금발을 향해 한 걸음 다가섰다. 그때 금발이 고개를 들어 태식의 어깨를 덥석 물어뜯었다. 태식은 신음소리 한번 내지 못하고 눈을 홉떴다. 주위에 있던 사람들이 놀라 비명을 지르며 물러섰다. 핏물이 순식간에 두 사람의 옷을 흠뻑 적셨다. 태식은 부들부들 떨며 상대를 밀어내려 했지만 금발은 두 팔로 태식을 꼭 끌어안았다. 핏물이 바닥으로 맹렬히 쏟아졌다. 순식간에 태식의 피부가 잿빛이 도는 자주색으로 변했다. 태식은 무력한 눈으로 영주를 쳐다보았다. 코와 입술에 걸린 피어싱이 파르르 떨렸다. 하지만 영주는 아무것도 할 수 없었다. 태식은 영주를 쳐다보며 버둥대다 서서히 고개를 떨어뜨렸다.

금발이 태식을 밀쳤다. 고꾸라진 태식의 등 위로 목도리가 떨어졌다. 금발이 돌아서 영주를 바라보았다. 영주는 그 자리에 못 박힌 듯 서 있었다. 도망가야 한다는 걸 본능으로 알았지만 발이 떨어지지 않았다. 금발의 두 눈은 검은자 없이 흰자위만 보였다. 영주의 머릿속이 공포로 하얗게 변했다. 아무것도 보이지 않고 누가 하는 말도 들리지 않았다. 세상에 자신과 미친 금발만 있는 것 같았다. 금발이 그녀를 향해 걸어왔다.

2

"송 중사님, 커피 한잔하십쇼."

송 중사는 정신을 차리고 고개를 들었다. 박 소위가 어색한 미소를 띤 채 종이컵을 내밀고 있었다. 그는 고맙다고 웅얼거리며 컵을 받았다. 박 소위가 맞은편 의자에 앉더니 조심스럽게 말을 꺼냈다.

"식사 안 하세요?"

"아, 예. 괜찮습니다."

"송 중사님, 요즘 많이 힘드시죠? 이럴 때 휴가라도 나가시면 좋은데 상황이 이러니 그럴 수도 없고. 대대장님께 부탁드려보긴 했는데 지금은 곤란하다고 하시네요."

송 중사는 컵 속을 들여다보았다. 살짝 기름이 떠 있는 검은 물. 표면 위로 김이 피어올랐다. 오래전 침투 훈련을 위해 완전무장한 채 저수지를 건너던 일이 생각났다. 위장크림을 바르고 소총을 머리 위로 쳐들어 조심스럽게 헤엄쳐 가던 그때. 탁한 물의 빛깔과 막 뜨기 시작한 태양 아래 피어오르던 연무. 박 소위의 말이 희미하게 멀어지며 송 중사는 다시금 혼자만의 상념에 빠져들었다.

그날 동료 한 명이 물에 빠져 죽었다. 팀원 중 최고로 꼽히던 중사였다. 크고 작은 작전만 백여 차례 뛴 베테랑이었는데 어쩌다 소리 한번 못 내고 그 꼴이 됐는지 다들 의아해했다. 죽음은 한순간이고 닥치기 전에는 예측할 수 없다.

후회 없는 삶을 위해 열심히 살았다. 수없이 많은 작전을 뛰었고 평화유지군으로 중동아시아는 물론 아프리카에도 가봤다. 조국을 위해 목숨을 걸고 싸웠다. 하지만 이제 그에게 남은 건 툭하면 물이 차는 망가진 무릎과 위궤양, 무좀, 그리고 약간의 예금이 다였다. 몇 푼 안 되는 퇴직금도 모조리 정산해서 아내에게 줬다.

그렇다면 잃은 것은? 송 중사는 쓴웃음을 지었다. 그에게 남은 건 아무것도 없었다. 여기 앉아 있는 건 그저 미친개 송호철의 껍데기일 뿐이다. 하나밖에 없는 딸이 죽는 순간 그는 속이 텅 빈 인간이 되고 말았다. 공허한 인생. 공허한 인간.

그애가 살아날 수 있다면 무슨 짓이든 할 텐데. 그때로 돌아갈 수만 있다면, 돌아가서 아이의 죽음을 막을 수만 있다면 내 생명을 내줘도 아쉽지 않을 텐데. 갑자기 주르륵 눈물이 흘러내렸다. 송 중사는 정신을 차리고 눈물을 닦았다. 사람들 보는 앞에서 이게 무슨 꼴이냐. 어떤 말이든 해서 수습해보려 했지만 어느새 박 소위는 헛기침을 하며 자리에서 일어서고 있었고 상원은 모니터를 들여다보는 척하며 딴청을 피웠다. 송 중사는 입을 달싹거리다 그만두고는 고개를 숙인 채 조용히 커피를 마셨다. 입안이 썼다. 혀를 굴려봐도 커피 맛을 알 수 없었다.

그나마 일과 시간에는 부하들이 옆에 있으니 나았다. 그들과 함께 뛰고 땀흘리며 훈련하다보면 현실을, 지옥을 잊을 수 있었다. 하지만 잠시라도 혼자 있게 되면 그때로 돌아갔다. 머릿속에서 수백 수천 번 되풀이되는 기억. 눈을 감아도, 잠을 자려고 해도 잊을 수 없는 그날의 사고가 반복되었다. 어떻게 하면 사고를 막을 수 있었을까. 어떻게 하면 시현이를 구할 수 있었을까. 조금이라도 빨리 움직였다면. 아니, 애초에 시현이 손을 잡고 있었더라면.

초여름이었다. 작전을 마치고 몇 주 만에 집에 들어간 그는 아내와 딸아이를 데리고 가까운 공원에 산책을 나갔다. 공원 앞 사거리. 빨간불이었다. 아내는 두어 걸음 뒤처져 장모님이 통화하고 있었고 그는 시현이와 함께 길가에 서서 신호를 기다렸다. 시현이는 기분이 좋은지 계속 방방 뛰어다녔다. 아내가 핸드폰을 손으로 막으며 말했다.

"위험하니까 손잡아줘."

작전 기간 내내 야전침대에서 쪽잠을 자서 그런지 허리가 좋지 않았다. 호철은 몸을 기울여 시현의 손을 쥐었다가 허리를 펴면서 검지 끝만 살짝 걸쳐 잡았다. 그래도 허리가 쿡쿡 쑤셨다. 아이의 손바닥은 땀으로 촉촉했고 목덜미에도 땀이 송송 맺혀 있었다.

"아빠, 나 아이스크림."

시현이가 가리키는 길 건너편에 아이스크림을 파는 노점이 보였다.

"무슨 맛 먹을래?"

그때 파란불이 되었다. 시현이가 손을 놓고 뛰어나갔다. 지프 한 대가 코너를 돌아 횡단보도를 지나쳐 갔다. 순간 아이가 시야에서 사라졌다. 호철의 얼굴에 축축한 액체가 튀었다. 차는 횡단보도를 지나 2, 3미터 나아간 뒤 급정거했다. 운전자가 뒤늦게 누른 경적 소리가 귀청을 찔렀다. 아스팔트 위에 시현이의 신발 한 짝이 나뒹굴었다. 아내가 비명을 질렀다. 호철은 지프를 향해 달려가 창문을 미친듯이 두들겼다. 비켜, 비키라고! 차 안의 운전자가 창백한 얼굴로 뭐라 말했지만 호철의 귀에는 들리지 않았다. 아직 바퀴 아래 아이가 깔려 있었다. 차에 부딪혀 튕겨나가기엔 몸집이 너무 작았던 탓이었다.

그다음 일은 호철도 명확하게 기억나지 않는다. 정신을 차렸을 때 이미 시현이는 차갑게 식어가고 있었고 그의 온몸은 끈적끈적한 피투성이였다. 시현이의 마지막 말만은 기억난다. 아빠, 너무 아파. 그때 왜 손을 잡아주지 않았을까. 왜 평소에 좀더 잘해주지 못했을까.

아내는 그를 용서하지 않았다. 장례식을 마치고 그녀는 호철을 떠났다. 그와 함께 있으면 시현이 생각이 나서 견딜 수 없다고 했다. 자기 자신을 견딜 수 없는 건 호철도 마찬가지였다. 그렇게 그는 텅 빈 인간이 되어버렸다.

다른 건 아무래도 괜찮다. 시현이가 살아 돌아오기만 한다면, 그렇다면 뭐든 내놓을 수 있다. 하지만 40년 넘게 살며 깨달은 건 지나간 일은 돌이킬 수 없다는 사실뿐. 받아들여야 하고, 좋은 추억만 기억하려고 애쓰며 계속 살아가야 한다.

하지만 그는 지금도 시현이가 살아 돌아오기를, 어느 날 문득 잠에서 깨면 시현이가 멀쩡한 얼굴로 자신을 향해 웃고 있기를 꿈꾸고 또 꿈꾸었다. 그것만이 그가 할 수 있는 유일한 일이므로.

라운지는 평화로워 보였다. 테이블과 의자들도 제자리에 놓여 있고 여느 때처럼 클래식 음악이 은은하게 사방에 울려퍼졌다. 단지 사람이 한 명도 보이지 않는다는 게 문젠데……

설마 전부 잡아먹힌 건 아니겠지.

제훈과 인호는 대걸레 자루와 화염 스프레이로 무장한 채 청소용 카트를 앞세워 복도로 나갔다. 카트는 일종의 방패였다. 미친놈들이 달려들면 카트로 막고 대걸레와 화염 스프레이로 끝장을 내주겠다. 제훈은 손바닥의 땀을 바지에 문질렀다. 차라리 괴물이 보이는 편이 낫지, 아무것도 없으니 오히려 더 불안했다.

인호가 속삭였다.

"이제훈 일병님, 저거 보십쇼."

유리로 된 외벽에 피로 물든 손자국이 나 있었다. 라운지 안쪽으로 들어갈수록 피비린내가 짙어졌고 곳곳에 흥건한 핏물이 보였다. 그 와중에 클래식 음악이 들리니 더욱 흉흉했다. 리셉션 룸에서 열린다는 주식 강좌 팻말은 갈가리 찢겨 바닥에 흩뿌려져 있었다. 슈퍼개미 유동철은 아직 살아

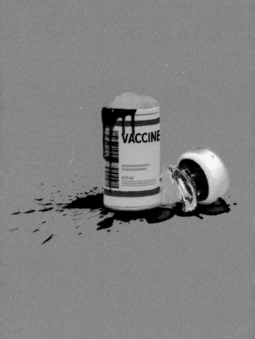

인플루엔자

출간일: 2024. 12. 10. | 작가명: **한상운**

▶▎ **판타지**

읽은 날짜

감상평

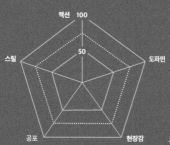

있으려나. 제훈은 문득 궁금해졌다.

"빨리 가자."

인호도 좀비가 된 유동철을 떠올렸는지 급히 고개를 끄떡였다. 라운지 중앙을 지날 때 어디선가 울음소리가 들렸다. 두 사람은 흠칫 놀라 동작을 멈추고 주위를 살폈다. 그러나 아무도 보이지 않았다. 구슬픈 울음소리만 계속 들릴 뿐이었다. 두 사람은 빠르게 걷다가 나중에는 죽을힘을 다해 달렸다. 그때 누군가 소리쳤다.

"저기요!"

제훈은 걸음을 멈췄다. 안내 데스크 아래에서 아까 잔소리를 늘어놨던 직원이 얼굴을 내밀었다. 처음에는 괴물인 줄 알고 대걸레를 휘두를 뻔했다. 우느라 화장이 망가져 얼굴에 검은 줄무늬가 죽죽 가 있었기 때문이었다. 여자는 제훈의 얼굴을 확인하더니 엉엉 울며 말했다.

"군인 아저씨, 살려주세요. 사람들이 미쳤어요. 갑자기 일본인 할아버지가 주방장 목을 물어뜯는데…… 피가 사방으로 튀고 정말……"

"괜찮아요. 이제."

제훈은 직원의 어깨를 토닥여주었다. 밉살맞은 여자라고 생각해오긴 했지만 그렇다고 모른 척할 수는 없는 일이니까.

직원은 더듬더듬 설명을 계속했다.

"경비들이 할아버지를 제압하고 119를 불렀어요. 그런데 주방장 아저씨가 갑자기 벌떡 일어나서는 매니저님 어깨를 물어뜯는 거예요."

직원의 목소리가 점점 커졌다. 이러다 주방장이랑 할아버지가 다 오겠다. 제훈은 겁에 질려 직원의 입을 막았다.

"그래서 그 사람들 다 어디 있는데요?"

직원은 레스토랑을 가리켰다. 멋들어진 간판 아래로 부서진 자동문이 열렸다가 닫히기를 반복하고 있었다. 제훈이 손을 떼자 그녀가 다시 격앙된 목소리로 말했다.

"다들 저리로 도망가니까 괴물들이 따라 들어갔어요."

제훈은 등골이 오싹해지는 걸 느꼈다. 불쌍한 파울로랑 요리사들 다 죽었겠네. 직원의 가슴팍에 붙어 있는 이름표가 보였다. '김보람'이라는 이름이었다.

"김보람씨, 조용히 따라와요."

보람은 다리에 힘이 풀려 제대로 걷질 못했다. 인호가 묘안을 냈다.

"카트에 태우는 게 좋겠습니다."

두 사람은 보람을 카트에 싣고 중앙 비상구로 움직였다. 인호가 작은 목소리로 속삭였다.

"다 왔습니다. 저기까지만 가면 됩니다."

말이 떨어지기가 무섭게 비상구 앞 복도에 한 놈이 나타났다. 일식집 주방장인지 일본 전통의상처럼 생긴 조리복을 입고 있었는데, 찢어진 복부 틈으로 내장이 흘러내려 바닥에 질질 끌렸고 한쪽 다리는 부러졌는지 파먹혔는지 엉뚱한 방향으로 휘어 있었다. 제훈은 바지에 살짝 오줌을 지렸다. 마음의 준비를 하고 있었음에도 그 무시무시한 몰골을 보는 순간 어쩔 수 없었다.

아무리 봐도 진작 죽었어야 할 놈이다. 백번 양보해도, 간신히 숨만 붙어 있다면 모를까 저렇게 팔팔하게 살아 있어서는 곤란하다. 제훈과 인호는 걸음을 멈추고 주방장을 주시했다. 그는 비틀거리며 복도를 왔다갔다하고 있었는데 특별히 이유가 있는 것 같지는 않았다. 지능이 닭 수준으로 떨어진 듯 보였다. 인호의 말대로 좀비 외에는 마땅히 설명할 단어가 없었다. 그래, 괴물이나 시체보다는 좀비란 표현이 어울렸다.

좀비가 제훈 일행을 발견하고 동작을 멈췄다. 제훈은 낮게 속삭였다.

"인호야, 마음 독하게 먹자. 단번에 뚫고 나가는 거다."

"알겠습니다."

인호가 비장하게 대꾸하며 라이터와 스프레이를 꽉 잡았
다. 제훈은 대걸레를 반으로 부러뜨려 하나를 보람에게 내밀
었다.

"보람씨도 이거 막 휘둘러요, 알았죠?"

그때 좀비가 괴성을 질렀다. 지축이 흔들리는 것처럼 느껴
질 정도로 큰 소리였다. 라운지 안쪽에서 다른 좀비들이 호
응하듯 괴성을 냈고 곧이어 요란한 발소리가 뒤따랐다.

뭐야 이 새끼들, 먹을 걸 보면 서로 연락하는 거야? 제훈
은 이를 악물고 카트를 밀고 나갔다. 좀비가 돌진했다. 보람
이 눈을 꼭 감고 중세시대 마상 창시합을 하는 기사처럼 대
걸레를 앞으로 내밀었다.

좀비가 달려들며 팔을 휘둘렀다. 쿵! 무지막지한 충돌이
이어졌다. 대걸레가 좀비의 가슴에 박혔다. 놈은 카트에 매
달린 채 보람의 얼굴을 할퀴려 들었다. 인호가 라이터를 켜
고 스프레이를 뿌렸다. 푸르스름한 화염이 좀비의 얼굴을 휘
감았다.

제훈은 소리쳤다.

"밀어!"

인호가 카트를 밀었다. 그와 동시에 제훈은 보람을 끌어
당겨 카트 밖으로 끄집어냈다. 불은 순식간에 좀비의 전신으

로, 다시 카트로 옮겨붙었다. 카트는 좀비와 함께 불덩어리가 되어 복도 끝으로 굴러가 벽에 부딪쳤다. 좀비가 나가떨어지고 벽과 천장에 불이 옮겨붙었다. 화재가 발생하자 스프링클러에서 물이 쏟아졌다.

숨 돌릴 틈도 없었다. 레스토랑에서 튀어나온 십여 명의 좀비가 그들을 향해 달려왔다. 세 사람은 중앙 비상구로 뛰어들었다. 제훈은 문을 잠근 다음 뒤로 물러섰다. 쿵. 쿵. 놈들이 문을 두들기기 시작했다. 순식간에 문짝이 우그러들었다. 머릿수가 많아 문이 부서지는 것도 금방일 듯했다.

계단을 올라가며 제훈이 말했다.

"보람씨, 이리 와요."

보람은 겁에 질린 표정으로 제훈을 쳐다보고는 다시 철문 오른편의 엘리베이터에 시선을 주었다. 1층과 식당 라운지만을 운행하는 직원용 엘리베이터였다. 그녀는 설레설레 고개를 흔들며 말했다.

"전 나갈래요. 옥상 막혔잖아요."

보람이 엘리베이터로 다가가 버튼을 눌렀다. 제훈은 소리쳤다.

"안 돼요! 1층에도 괴물들이 있어요."

그때 문이 부서지고 좀비들이 뛰어들어왔다. 보람이 비명을 질렀다. 그녀는 순식간에 좀비들에 의해 산산이 분해되었다. 제훈은 뒷걸음쳤다. 보람을 구해야 한다는 생각은 들지 않았다. 오히려 그녀가 좀더 오래 먹히기를, 그래서 도망칠 시간을 벌어주길 바랐다.

좀비 중 하나가 두 사람에게 시선을 주었다. 제훈과 인호는 계단을 뛰어 올라갔다. 계단 끝에 대공진지로 들어가는 철문이 있었다. 제훈은 철문 옆의 벨을 미친듯이 눌렀다.

끝장이야. 계단을 올라오는 좀비를 보며 제훈은 다리에 힘이 풀리는 것을 느꼈다. 대공진지로 들어갈 때는 반드시 포대장실의 인터폰으로 신분을 확인해야 한다. 그리고 포대장실의 느림보들은 절대 단번에 문을 열어주는 일이 없다. 최소한 2, 3분은 버텨야 될 텐데, 절대 불가능하다.

인호가 놈들을 향해 스프레이를 쐈다. 불이 뿜어져나가자 좀비들이 주춤 뒤로 물러섰다. 지능은 떨어지지만 그래도 불은 무서워하는구나. 제훈은 정신을 차렸다. 그렇다면 얼마간 더 버틸 수 있겠어.

그때 인호가 외쳤다.

"라이터 가스가 없습니다. 빨리 어떻게든 해보십시오!"

씨발, 못 버티겠구나.

제훈은 절망적으로 벨을 눌러가며 좀비로 되살아나는 게

나을지 그냥 죽는 게 나을지 생각했다. 한 놈이 으르렁대며 걸음을 앞으로 내디뎠다. 인호가 스프레이를 쐈다. 녀석들이 뒤로 물러섰지만, 이번에는 라이터가 켜지지 않았다. 좀비들이 멈칫했다가 다시 달려들었다.

제훈은 문에 철썩 붙었다.

영주야 사랑해. 엄마 아빠 미안해요.

그때 기적처럼 문이 열렸다. 제훈은 인호의 목덜미를 잡고 옥상으로 뛰어들어 힘껏 문을 닫았다. 쿵. 쿵. 좀비들이 문을 두들기기 시작했다. 제훈은 철문을 쳐다보며 가쁜 숨을 내쉬었다. 이번에는 괜찮다. 옥상 철문은 두께가 3센티미터에 가까워 사람의 힘으로는 절대 부수고 들어올 수 없다. 그때 뒤에서 목소리가 들렸다.

"너 뭐 하나?"

깨끗한 군복으로 갈아입은 전형배와 최철우, 그리고 열쇠를 든 정계영이 뒤에 서 있었다. 세 사람은 어리둥절한 표정으로 제훈과 인호를 쳐다보았다.

"아래…… 그러니까 저 아래에……"

제훈은 침을 꿀꺽 삼키고 말을 꺼냈지만 뭐라고 설명해야 할지 알 수 없었다. 밖에 사람을 잡아먹는 놈들이 있다고 말해봤자 씨알도 안 먹힐 게 분명했다. 죽다 살아난 그조차도

방금까지 겪은 일이 믿어지지 않는데.

계영이 얼굴을 찌푸렸다.

"근데 너 어떻게 밖에 나갔어?"

"박 소위님이 나가서 기름 사 오라고 열쇠를 주셔서……"

"근데 기름은 어디 있어?"

제훈은 할말을 잃었다. 기름통을 버리고 온 이야기를 하려면 괴물에 대해서도 설명해야 하는데 그건 여전히 불가능했다. 그가 우물쭈물하자 계영이 더욱 인상을 썼다.

"왜 말을 안 해? 이 새끼야."

등뒤에서 괴물들이 계속 문을 두들겨댔다. 형배가 인상을 썼다.

"근데 밖엔 어떤 새끼야? 왜 부대 문을 저렇게 두들겨대?"

철우가 문을 열려고 손잡이를 잡았다. 제훈은 화들짝 놀라 철우의 팔에 매달렸다.

"안 됩니다. 문 열면 우리도 저놈들처럼 됩니다."

철우가 눈을 치켜떴다.

"너 지금 나한테 명령하는 거냐? 이거 안 놔?"

제훈은 반사적으로 손을 뗐다가 다시 철우의 팔을 잡았다. 새벽 2시에 화장실로 끌려가 빠따를 맞는 게 차라리 낫다.

문을 열면 다 죽는다. 제훈은 간절하게 말했다.

"정말 열면 안 됩니다. 저 아래 미친놈들이 있어요."

"이 새끼가 정말…… 말로 할 때 나라. 밖에 뭐가 있든 난 휴가 나갈 거니까."

저 괴물을 뭐라고 설명하지? 제훈의 머릿속이 하얗게 변했다. 그때 인호가 불쑥 입을 열었다.

"밖에 좀비 있습니다."

싸늘한 침묵이 흘렀다. 사람들의 시선이 인호에게로 쏠렸다. 형배가 이놈이 그런 놈이지, 하듯 헛웃음을 지었고 철우는 눈을 부라렸다. 인호는 고문관답게 앞뒤 없이 설명을 쏟아냈다. 부두교의 교리에 대해서도, 조지 로메로 감독의 좀비 삼부작에 대해서도 설명했다. 냉전시대 하에 서로를 믿지 못하는 인간에 대한 메타포로…… 우리도 서로를 믿어야…… 듣고 있자니 이미 내용을 알고 있는 제훈조차 때리고 싶을 정도였다. 인호는 나사가 풀린 것처럼 정신없이 주절거리다가 철우에게 조인트를 까인 다음에야 입을 다물었다.

"미친 새끼가 뭔 소리를 하는 거야? 아주 뒈지고 싶나."

형배가 감 잡았다는 듯 고개를 끄떡였다.

"이 새끼들, 안성규 병장님이 우리 겁주라고 시켰구나. 하여간에 그 인간, 말년 돼가지고 장난만 늘어서."

제훈은 고개를 흔들었다.

"아닙니다. 인호 말이 맞습니다. 사람들이 좀비……"

그는 형배의 얼굴이 굳는 걸 느끼고 급히 말을 바꿨다.

"……비슷한 괴물로 바뀌고 있습니다. 보이는 건 뭐든 잡아먹으려고 들지 말입니다. 밖에 이상한 낌새는 없었습니까? 갑자기 교통사고가 많아졌다든지 누가 사람을 덮쳤다든지……"

철우가 딱 잘라 말했다.

"헛소리하지 말고 비켜라. 아주 죽는다."

형배 역시 결연하게 목소리를 높였다.

"내가 휴가 며칠 밀렸는지 알아? 밖에 좀비 아니라 좀비 할아버지가 있어도 나간다. 비켜, 이 자식아!"

제훈도 그렇게 생각했던 순간이 있었다. 차라리 전쟁이든 전염병이든 지구 멸망이든 무슨 사건이 터져서 부대를 떠날 수만 있으면 좋겠다고. 하지만 막상 미친 좀빈지 괴물인지를 보니 생각이 달라졌다. 아무리 더럽고 치사하고 시간이 안 가도, 여기 있는 게 죽는 것보다는 낫다. 하지만 형배는 그걸 몰랐다. 그는 제훈을 밀치고 다짜고짜 문을 열었다. 제훈과 인호가 급히 물러섰지만 형배는 문을 활짝 연 채 좀비들의 몰골에 말문이 막힌 듯 가만히 서 있기만 했다.

"너희들 뭐……"

그가 가까스로 입을 떼는 순간, 얼굴에 피칠갑을 한 좀비가 형배를 덮쳤다.

형배가 비명을 질렀다. 철우와 계영이 달려들어 형배에게서 좀비를 떼어냈다. 살점이 찢어지면서 붉은 핏방울이 사람들의 얼굴에 흩뿌려졌다. 형배가 근육까지 찢겨나간 자신의 팔을 보며 부들부들 떨었다. 그때, 좀비가 다시 형배에게 달려들어 피를 빨았다. 문 뒤에 있던 다른 좀비들도 피를 보고 환장해 한꺼번에 튀어나오려다 좁은 문틈에 끼여 버둥댔다. 그들은 잡히는 건 뭐든 할퀴고 잡아당기고 물어뜯기 위해 손을 내밀어 미친듯이 휘저었다. 철우가 군홧발로 놈들을 걷어차고 형배를 물어뜯는 좀비를 잡아당기며 소리쳤다.

"야! 너희들 뭐 해! 얼른 와서 이 새끼 잡아!"

씨발, 안 되겠어. 이러다 전부 죽어.

제훈은 입술을 깨물었다. 도망치고 싶은 마음이 간절했지만 그랬다간 좀비들과 숨바꼭질이나 하다 살해당할 게 뻔했다. 옥상에는 도망칠 곳이 없었다. 어떻게든 놈들이 안으로 들어오지 못하게 막아야 했다. 인호는 넋 나간 표정으로 뒷걸음치고 있었다. 그는 인호에게 손을 내밀며 소리쳤다.

"스프레이!"

제훈은 스프레이와 라이터를 받아들고 앞으로 나갔다. 형배를 물어뜯던 좀비가 제훈을 돌아보았다. 놈의 아가리를 향해 스프레이를 내밀었다. 그리고 깨달았다.

맞다. 라이터 가스 떨어졌지.

딱 한 번. 딱 한 번만 켜져라. 제훈은 엄지손가락 살갗이 벌겋게 쓸리는 줄도 모르고 라이터돌을 굴리고 또 굴렸다. 철컥. 철컥. 좀비의 살짝 벌린 입술 사이로 피와 침이 섞인 걸쭉한 액체가 흘러내렸다. 눈동자가 없는 차가운 눈. 피로 물든 얼굴. 제훈의 심장이 오그라들었다. 이렇게 죽는 건가. 좀비가 제훈을 노려보며 입을 벌렸다. 그때 인호가 어디서 구했는지 스프레이 앞에 새 라이터를 갖다댔다.

"쏘십쇼!"

철컥. 불이 올라왔다. 제훈은 스프레이의 방아쇠를 눌렀다. 화염이 뿜어져나와 좀비의 머리를 휘감았다. 녀석은 손바닥으로 불타는 얼굴을 문질렀다. 그러면서 계속 짐승 같은 소리를 질러댔는데 고통을 느끼는 것인지 아닌지는 알 수 없었다. 제훈은 있는 힘을 다해 녀석의 가슴을 걷어찼다. 좀비는 붕 뒤로 날아가 문을 박차고 나오려던 다른 좀비들과 한덩어리가 되어 계단 아래로 굴러떨어졌다. 계영이 급히 문을 닫고 자물쇠를 잠갔다.

제훈은 안도의 한숨을 쉬며 인호를 쳐다보았다.

"라이터 어디서 났냐?"

"정계영 상병님한테 빌렸습니다."

"고맙다 씨발……"

인호가 갑자기 눈을 크게 떴다.

"이제훈 일병님. 발, 발에……"

군화에 불이 붙어 있었다. 제훈은 깜짝 놀라 눈이 쌓인 곳에 발을 쑤셔넣었다. 3, 4초 기다렸다가 빼봤지만 여전히 발등 위로 푸르스름한 불길이 보였다. 질겁한 제훈은 다시 눈속에 발을 쑤셔넣었다. 형배가 비틀거리다 털썩 주저앉았다. 그는 살점이 떨어져나간 팔을 부여잡고 있었는데, 얼굴이 백짓장처럼 창백했다. 상처에서 계속 피가 흘러내려 바지와 군화를 축축하게 적셨다. 철우가 다가서며 말했다.

"전형배 상병님, 괜찮으십니까?"

형배는 경련을 일으킬 뿐 대답하지 못했다. 입을 타고 하얀 거품이 흘러내렸고 눈빛이 흐릿했다. 제훈은 지혈, 구급, 응급조치 등의 단어를 떠올렸지만, 그쪽 방면에 대한 지식이라고는 훈련소에서 교관의 시범을 본 게 전부였다. 다른 병사들도 마찬가지인지 딱딱하게 얼어붙어 있었다.

그때 등뒤에서 쿵! 하는 소리가 들렸다. 병사들은 놀라 뒤

를 돌아보았다. 좀비들이 다시 문을 두들겨대고 있었다. 철
우가 떨리는 목소리로 물었다.

"저 새끼들 뭐냐? 왜 사람을 물어?"

좀비라고, 인호가 설명하지 않았느냐고 외치고 싶었지만
그런다고 이제 와서 그 말이 맞구나 좀비가 맞았어, 하고 이
해해줄 것 같지 않았다. 계영이 먼저 정신을 차리고 형배를
부축하며 말했다.

"일단 안으로 옮기자. 제훈아, 팔 잡아."

제훈은 고개를 끄떡이고 급히 형배의 다른 팔을 잡았다.
계영이 말했다.

"인호 너는 포대장실에 가서 보고해! 철우는 유병준 병장
님 찾아서 의무실로 데려오고."

"알겠습니다."

두 사람이 날듯이 달려갔다. 제훈과 계영은 형배를 부축해
의무실로 갔다. 문을 열자 퀴퀴한 냄새가 코를 찔렀다. 평소
에는 보급품을 보관하는 창고로 쓰였기 때문에 수건이며 칫
솔, 휴지 따위의 비품들이 산처럼 쌓여 있었다.

두 사람은 간이침대 위에 놓여 있던 휴지와 치약 무더기를
옆으로 밀치고 형배를 눕혔다. 형배가 허리를 뒤로 꺾으며
경련을 일으켰다. 온몸의 근육이 팽팽하게 당겨지자 환부에

서 피가 뿜어져나왔다. 제훈과 계영은 형배의 팔다리를 잡아 진정시키려고 애썼다. 두 사람의 옷이 순식간에 피로 물들었 다. 형배가 제훈의 멱살을 꽉 잡더니 무슨 할말이 있는 것처 럼 입을 달싹거리다 아무 말도 못하고 축 늘어졌다. 그때 병 준과 철우가 의무실로 뛰어들어왔다. 병준은 피투성이가 된 형배를 보고 놀란 표정을 지었다.

"어쩌다 이렇게 된 거야?"

세 사람은 대답을 못한 채 서로 눈치를 보았다. 조금 전 본 괴물을 어떻게 설명하면 좋을지 마땅한 방법이 떠오르지 않 았다. 선임의 질문에 대답을 안 할 수도 없는 노릇이라, 결국 막내인 제훈이 우물쭈물 입을 열었다.

"그게, 누가 팔을 물어뜯었는데……"

병준은 구급상자를 열고 탈지면과 지혈제 등을 꺼냈다.

"개야? 호텔에 개가 있어?"

"아닙니다. 사람입니다."

"사람? 사람이 왜 사람을 물어? 형배 팔 잡아."

철우와 제훈은 급히 형배의 팔을 잡았다. 병준이 수술용 가위로 소매를 찢어내자 상처가 드러났다. 형배가 숨을 쉴 때마다 피가 흘러나왔다. 병준은 탈지면을 상처에 대고 눌렀 다. 솜이 금세 피로 물들었다. 솜을 걷어내자 움푹 파인 상처

안으로 하얀 뼈가 보였다. 그걸 보고 철우가 질겁하며 입을 막았다. 상처 주위는 어느새 검게 변해 악취를 풍겼다. 병준은 상처를 바라보다 간신히 입을 열었다.

"사람한테 물렸다고? 진짜냐?"

이번에도 다들 대답을 못하고 망설이는데, 형배가 몸을 비틀며 발광을 했다. 병준은 형배의 팔을 잡아 누르며 말했다.

"119에 연락은 했지? 언제 온대?"

"모르겠습니다."

"119 기다리다간 일 터집니다. 유병준 병장님이 어떻게든 해보십쇼!"

"내가 뭘 어떻게 해. 그냥 살짝 찢어진 줄 알았지 이렇게 박살이 난 줄 알았나. 나 이런 거 처음 본다고, 씨발."

"의대 다녔다고 하셨잖습니까."

"1학년 때는 이론만 배운단 말이야!"

그럼 어쩌지? 다들 당황해서 어쩔 줄 몰랐다. 사람이 죽어가는데 그저 팔다리 붙들고 있는 것 말고는 할 줄 아는 게 없었다. 그때 의무실 문을 열고 송 중사가 나타났다. 그는 경련을 일으키는 형배를 보자마자 상황을 알아차렸다.

"쇼크야. 못 움직이게 팔다리 잡아."

제훈과 계영, 철우에 병준까지 합세해 형배를 잡았다. 송 중사는 두 손으로 형배의 가슴을 눌러 심폐소생술을 시도했다. 단호하면서도 정확한 손놀림이었다.

하지만 송 중사의 노력도 소용없었다. 형배는 몸을 크게 떨더니, 울컥 피를 토하고는 축 늘어졌다. 그리고 더이상 움직이지 않았다. 송 중사는 1, 2분 정도 더 심폐소생술을 이어가다 형배의 맥을 짚어보고는 우울한 어조로 말했다.

"팔다리 놔도 돼."

병사들은 손을 놓고 물러섰다. 잠시 정적이 흘렀다. 형배는 침대 위에 죽어 있고 남은 사람들은 숨을 헐떡이며 시체를 바라보고 있었다. 조금 전까지 팔팔하게 살아 움직이던 동료의 시체를. 제훈은 피가 흥건한 손바닥으로 얼굴을 문질렀다. 얼굴에 피가 묻을 거란 생각은 미처 하지도 못한 채였다. 지금 어떤 감정을 느껴야 하는지도 알 수 없었다.

송 중사가 말했다.

"무슨 일이야? 형배 왜 이렇게 된 거야?"

"저, 그게……"

계영이 침을 꿀꺽 삼켰다. 그때 멀리서 자동차가 급정거하다 부딪치는 소리가 들렸다. 충돌음은 쉬지 않고 십여 번이나 계속되었다. 그리고 비명소리. 마치 전쟁이라도 난 것 같았다.

"이건 또 뭐야?"

송 중사는 얼굴을 찌푸리며 밖으로 뛰어나갔다. 병사들은 머뭇거리다 차례로 송 중사의 뒤를 따랐다. 밖에 무슨 일이 있는지 궁금해서가 아니라 시체 옆에 더이상 있고 싶지 않았기 때문이었다.

막사를 나오자마자 맞은편 빌딩이 활활 타오르는 것이 보였다. 부서진 창문 사이로 검은 연기가 뭉게뭉게 비집고 나왔다. 젊은 여자가 비명을 지르며 창문을 박차고 밖으로 뛰어내렸다.

제훈은 병사들과 함께 옥상 끝으로 뛰어가 난간을 붙잡고 아래를 내려다보았다. 크고 작은 차량 십여 대가 8차선 도로 한가운데 뒤집혀 있고 연쇄추돌을 일으킨 차량들이 그 뒤에 다닥다닥 붙은 채 연기를 뿜어내고 있었다. 붉은색 버스 한 대가 유니클로 매장 쇼윈도에 처박힌 채 맹렬하게 공회전을 했다.

사람들은 사냥꾼에 쫓기는 사슴처럼 뛰어다녔고 피로 물든 좀비들이 그 뒤를 쫓았다. 멈춰 선 버스 주위로 새로운 좀비들이 몰려들어 차창을 부수고 들어갔다. 어디선가 경찰차가 나타났지만, 경찰 역시 총 한 방 제대로 쏴보지 못하고 좀비들의 먹이가 되었다.

믿어지지 않는 광경에 다들 말을 잇지 못했다. 송 중사가 담배를 꺼내 입에 물며 중얼거렸다. "세상이 망하는 것도 나쁘지 않네." 다른 사람들은 그가 하는 말을 듣지 못했지만 제훈은 똑똑히 듣고 놀란 눈으로 송 중사를 쳐다보았다.

1

영주는 과자와 라면이 쌓인 편의점 진열대 뒤에 쪼그려앉아 있었다. 스피커를 타고 감미로운 피아노 음악이 흘러나왔다. 저게 무슨 노래더라. 영화에 나왔었는데. 제훈이랑 본 영화였나.

영주는 욱신거리는 눈을 문질렀다. 일부러 딴생각을 하려고 노력했지만 자꾸 눈물이 나왔다. 이게 다 꿈이라면 얼마나 좋을까. 영주는 소매로 눈물을 닦아내며 생각했다. 하지만 온몸에 묻은 끈적끈적한 피가, 욱신거리는 손톱이 이 모든 일이 현실임을 증명하고 있었다. 그녀는 손톱이 부러진 자리를 핥았다. 안쪽의 예민한 살에 혀끝이 닿자 소름이 끼쳤다.

밖에서 누군가 살려주세요, 소리를 질렀다. 또 시작이다. 영주는 무릎 사이에 머리를 박고 두 손으로 귀를 막았다. 하지만 비명이 계속해서 귓가에 울렸다. 먹이를 발견한 괴물들의 괴성이 이어지고 살려달라는 고함은 찢어지는 비명으로 바뀌었다. 영주는 피어싱 청년이 죽어가던 광경을 떠올리며 몸을 떨었다.

비명이 잦아들었다. 괴물들이 흩어졌는지 다시 피아노 음악이 들렸다. 영주는 한숨을 내쉬며 귀에서 손을 뗐다. 당장 비명이 들리지 않는다 뿐이지, 밖에서 엄청나게 많은 사람들이 죽어가고 있다는 사실을 알았다. 하지만 죽음의 소리를 듣지 않는 것만으로도 기뻤다.

그때, 음악이 꺼졌다. 영주는 깜짝 놀라 진열대 너머로 시선을 던졌다. 진욱이 카운터 안으로 팔을 뻗어 오디오를 끄고 있었다.

"왜 꺼."

"저 새끼들이 소리 듣고 오면 어떡해."

진욱은 짜증을 내곤 영주 옆에 털썩 주저앉았다. 그에게서 자극적인 땀내가 풍겨왔다. 모공 하나하나에서 풍기는 공포의 냄새가 영주는 마음에 들지 않았다.

진욱이 신경질적으로 변한 건 편의점에 들어오고 나서부터였다. 그전까지는 어쩔 줄 몰라하며 영주를 따라오더니 안전한 곳에 들어오자마자 갑자기 자기가 결정권을 가진 책임자인 양 행세를 하더니 말투며 태도가 난폭해졌다. 마치 무기력한 자기 자신에 대한 화풀이를 애먼 그녀에게 하는 것 같았다. 누구 덕분에 여기까지 무사히 오게 됐는데…… 영주에게 고마워하고 지금부터라도 뭐든 함께 해볼 생각을 하기는커녕, 매사에 이래라저래라 명령조였다. 무엇보다 영주는 갑자기 달라진 진욱의 말투가 싫었다. 서로 편하게 말을 놓자고 했더라도 상대를 무시하듯 툭툭 내뱉는 말투는 좀 아니지 않나. 이럴 때 제훈이라면 어땠을까. 진욱처럼 강한 척하며 차갑게 굴지는 않았을 것이다. 자기도 무서워 죽겠다고 털어놓으며 이제 어떻게 하면 좋을지 계속 의논하려 들었겠지. 제훈은 유치했지만 솔직했고 최소한 유머 감각은 있었다. 지금 진욱이 아닌 제훈과 함께 있었더라면. 영주는 한숨을 내쉬었다. 그녀 자신을 위해서라도 진욱이 이성을 찾도록 도와야 했다. 그렇잖아도 지옥 같은 이곳에서 딱 한 명 같이 있는 사람조차 짜증나는 인간이라면 도저히 견딜 수 없을 것 같았다. 영주는 애써 쾌활한 목소리로 조심스럽게 말을 건넸다.

"그나마 다행이야. 우리가 여기 있는 건 모르나봐."

"다행은 뭐가 다행, 밖에서 사람들이 죽고 있는데!"

진욱이 벌컥 화를 냈다. 침묵이 흘렀다. 영주는 머릿속으로 피아노 선율을 되뇌며 마음을 진정시키려 애썼다. 심장이 쿵쿵대며 뛰었다. 여차하면 한 대 칠 기세였어. 완전 미친 새끼 아냐? 자기만 무섭고 심각해? 나도 너 못지않게 무섭고 힘들다고…… 서럽고 억울해 눈물이 날 정도였다. 그녀가 무릎을 감싸안고 몸을 한껏 웅크리자 진욱은 손바닥으로 이마의 땀을 닦으며 중얼거렸다.

"씨발, 도대체 뭐가 어떻게 되고 있는 건지."

그러고는 슬그머니 일어나 냉장고에서 이온음료를 꺼내 건네며 한풀 꺾인 어조로 말했다.

"미안하다. 내가 좀 예민해져서."

너만 예민한 거 아니야. 영주는 마음속으로 대답하며 음료를 받아 한 모금 마시고 캔을 이마에 댔다. 머리가 차가워지니 조금이지만 정신이 들었다. 진욱이 말했다.

"대체 저것들 뭘까?"

"나도 모르지."

"북한에서 만든 무슨 생체병기 아냐? 씨발, 전쟁 난 거 아닐까?"

영주는 대답하지 않았다. 진욱의 추측이 황당하게 느껴졌지만, 조금 전 봤던 끔찍한 광경을 생각하면 무슨 일이 일어났대도 이상하지 않았다. 어쩌면 세상이 끝나려는 건지도 몰랐다.

"어쨌든 우린 죽지 않았잖아. 경찰, 아니 군대가 올 때까지만 참으면 될 거야."

진욱은 잘못 알고 있었다. 놈들에게 물려도 죽진 않는다. 놈들과 비슷한 괴물이 될 뿐이다. 영주는 피를 빨린 태식이 벌떡 일어나 사람들에게 덤벼드는 걸 똑똑히 보았다. 하지만 그렇게 사는 게 과연 사는 걸까. 원래대로 돌아갈 수 없다면 차라리 죽는 편이 낫지 않을까. 청년의 흰자위만 남은 눈을 떠올린 탓일까. 갑자기 오줌이 마려웠다. 영주는 진열대를 짚고 일어섰다. 엉덩뼈가 쿡쿡 쑤셨고 오른쪽 다리에 통증도 상당했다. 지하철 플랫폼에서 미끄러졌을 때 다친 탓이었다. 그때는 괜찮았는데 긴장이 풀리기 시작하자 안 아픈 곳이 없었다. 두통까지 지독했다. 영주는 다 마신 음료 캔을 쓰레기통에 버리고 카운터 뒤에서 담배를 한 갑 꺼냈다. 아스피린도 찾아볼까 싶었지만 지금은 담배가 더 급했다.

그녀는 담배를 입에 물고 조심스럽게 문으로 다가갔다. 겁이 났지만 바깥 상황이 어떤지 궁금했다. 유리문은 굳게 닫혀 있었다. 문밖에 셔터까지 내려진 상태라 괴물들의 눈에 떨 걱정은 안 해도 되었다. 그녀는 몸을 숙여 유리문에 바짝 얼굴을 대고 셔터 밑 틈으로 바깥을 살폈다.

바깥 천장의 전등이 깜빡거리고 있었다. 그때마다 지하상가가 밝아졌다가 어두워졌고 정적 속에서 환풍기가 윙 하고 돌아가는 소리가 들렸다. 맞은편 핸드폰 가게 쇼윈도에 젊은 남자가 머리를 처박고 있는 게 보였다. '전국에서 가장 싼 집'이라 적힌 플래카드가 남자의 등을 덮고 있었다. 흐릿한 조명 아래서 피가 검은색으로 보였다. 멀리서 좀비의 괴성이 들렸다. 그리고 요란한 발소리. 또 어디선가 희생자를 발견한 것일까.

영주는 문에서 시선을 떼고 벌떡 일어나 진열대에서 물티슈를 꺼냈다.

진욱이 물었다.

"뭐 해?"

"화장실 가려고."

진욱의 눈이 휘둥그레졌다.

"밖에 나간다고?"

"아니."

쟤는 누굴 바보로 아나. 영주는 진욱을 째려보았다. 아무리 겁이 나도 그렇지, 머리가 아예 돌아가질 않는 모양이었다. 영주는 더이상 설명하기 귀찮아 말없이 편의점 안쪽 창고로 들어갔다. 편의점 크기로 봐서 뭐든 있을 거라 생각했다. 산더미처럼 쌓인 과자와 음료수 상자 뒤에 예상대로 간이화장실이 있었다. 바닥이며 벽, 천장 모두 타일 한 장 깔리지 않은 생시멘트 마감에 좌식변기와 호스 하나가 고작이었지만 충분했다. 편의점 알바를 한 경력이 이렇게 도움이 될 줄은 몰랐다.

영주는 신발을 벗고 땀에 전 양말을 쓰레기통에 던져넣었다. 발등이 벌겋게 까져 있었다. 그녀는 바닥에 맨발로 서서 호스로 물을 뿌렸다. 쓰라렸다. 피가 섞인 물이 바닥의 홈을 따라 배수구로 흘러내려갔다. 그걸 보자 구역질이 났다. 하루 사이에 너무 많은 피를 봤기 때문이리라. 영주는 피가 더이상 나지 않을 때까지 물을 뿌렸다.

바지를 내리고 쪼그려앉아 담배에 불을 붙였다. 손가락이 조금씩 떨렸다. 금발이 태식을 죽이고 자신을 노려보던 순간이 생각났다. 그때 죽지 않았다는 것만으로도 운이 좋았다. 하지만 아마 금발의 그 얼굴은 평생 잊지 못할 것이다. 늦은 밤 악몽이 되어 잠을 깨울 것이고, 평화로운 한낮에도 문득문득 떠올라 그녀를 괴롭힐 것이다.

영주가 죽지 않은 건 다른 사람의 불행 덕분이었다. 영주와 금발이 마주선 순간 다른 승용차 한 대가 연쇄추돌한 차량을 피해 인도로 올라와 멈췄고, 조수석에서 열 살 남짓으로 보이는 남자애가 내렸다. 금발은 영주가 아니라 꼬마를 덮쳤다.

영주는 울음을 참았다. 아이가 죽은 데엔 내 책임도 있지 않을까. 조금만 더 주의깊게 행동했다면, 더 냉정하고 현명했다면 뭔가 달라지지 않았을까. 하지만 정신을 차렸을 때는 벌써 진욱이 이끄는 방향으로 도망치고 있었다. 아이가 어떻게 됐나 걱정돼서 뒤돌아보았을 땐 태식이 벌떡 일어나 아이의 아버지로 보이는 남자의 목덜미에 이빨을 박아넣고 있었다.

세상은 핏빛 지옥으로 변했다. 곳곳에서 사고가 나 검은 연기가 하늘로 피어올랐고 피투성이 괴물들이 사람들을 덮쳤다. 이 많은 괴물은 다 어디서 나타난 걸까. 영주는 현기증을 느꼈다. 끔찍한 비명이 귀청을 찢고 하얀 눈 위로 붉은 피가 번져나갔다. 사방에 괴물들이 있어 도망칠 곳이 없었다. 진욱은 영주를 이끌고 건물 안으로 들어가려다 돌아섰다. 회전문 안에서 괴물이 누군가의 피를 빨고 있었다. 호스로 물을 뿌리는 것처럼 유리가 피로 뒤덮였다.

도망칠 곳은 지하뿐이었다. 두 사람은 지하철역으로 내려갔다. 지하가 더 위험하다고 해도 어쩔 수 없었다. 당장 여기서 죽는 것보다는 나으니까. 비슷한 생각을 한 사람이 많았는지 지하철역은 사람들로 가득했다. 수없이 많은 사람들이 한 덩어리가 되어 움직였다. 다른 출구로 나갈 방법은 없었다. 거기서도 피투성이 사람들이 쏟아져 내려오고 있었다. 대열이 이끄는 대로 따라갈 수밖에 없었다. 개찰구 앞에 서울 메트로 직원들이 서서 고함을 질러댔다.

"아래로 내려가세요, 아래로! 빨리요!"

그 소리에 사람들의 움직임이 빨라졌다. 사람들은 달리고 또 달렸다. 거친 숨소리가 들리고 땀내가 코를 찔렀다. 영주는 대열을 따라 달리다 다른 사람의 발에 차이고 팔꿈치로 얼굴을 얻어맞았지만 걸음을 늦추지 않았다. 뒤처지면 죽는다는 생각밖에 없었다. 계단을 내려왔을 때 플랫폼에 열차가 들어온 것이 보였다. 사람들은 먼저 비집고 들어가려고 난리였다. 누군가 영주 옆을 파고들며 소리쳤다.

"성준아! 성준아!"

아이를 잃어버린 듯 보였지만 사람들이 뒤에서 겹겹이 밀어대고 있어 영주 혼자 힘으로는 비켜줄 수 없었다. 지잉. 귀청을 찢는 스피커 소리와 함께 기관사의 목소리가 들렸다.

"다음 열차가 곧 도착할 예정입니다. 잠시만 물러서주세요! 더이상 사람이 타면 차가 움직일 수 없습니다!"

하지만 비키는 사람은 아무도 없었다. 다들 더욱 맹렬하게 앞선 사람들을 떼밀고 안으로 들어가려 했다. 누군가 쓰러지면 다 같이 등을 밟고 지나갔다. 영주도 사방에서 밀려 몇 번이나 비틀거렸지만 간신히 버텼다. 운동화를 신고 나온 자신에게 감사했다.

진욱과 함께 간신히 열차 가까이 다가갔을 때였다. 퍽, 지하철 창문 안쪽에 피가 튀었다. 흘러내리는 핏물 뒤로 부르르 몸을 떨며 피를 빨리는 누군가의 실루엣이 보였다. 일순 플랫폼 전체가 고요해졌고, 다음 순간 비명이 터져나왔다. 더이상 열차에 타려는 사람은 없었다. 다들 돌아서 개찰구로 뛰기 시작했다. 닫히려던 스크린도어가 미는 힘에 무너지고 사람들이 넘어졌다. 장내는 아비규환이 되었다.

아마 꽤 많은 사람이 밟혀 죽었을 거라고 영주는 생각했다. 바지를 올리고 물을 내리는데, 구멍으로 빨려들어가는 물을 보니 순간적으로 아차 싶었다. 물을 아껴야 하는데. 여기 오래 있게 될지도 모르는데. 하지만 곧 생각을 고쳐먹었다. 진욱에게 오줌을 보여주긴 싫었다. 그래, 머지않아 경찰이든 군대든 오겠지. 그나마 갇힌 곳이 편의점 안이라 다행이었다. 음식과 물, 잠자리, 심지어 담배까지 웬만한 생필품은 다 있었다.

그녀가 그 지옥에서 살아남은 건 두번째 행운 덕분이었다. 아니, 처음에는 불행이었는데 나중에 행운이 됐다. 그녀는 계단으로 올라가려는 사람들에 밀려 혼자 철로 쪽으로 떨어졌다. 터널은 캄캄했고 충격과 공포 때문에 꼼짝도 할 수 없었다. 그때 반대편 철로 멀리서 달려오는 열차 불빛이 보였다.

그녀는 통증도 잊고 벌떡 일어섰다. 반대쪽 플랫폼에도 사람들이 우글거렸고 스크린도어 역시 부서져 있었다. 열차가 도착하기 전에 저쪽 플랫폼까지 갈 수만 있다면. 하지만 생각이 끝나기도 전에 열차는 그대로 역을 지나쳐갔다. 영주는 딱딱하게 얼어붙었다. 순식간에 지나치는 열차 안으로 득실대는 괴물들의 모습이 보였다. 창문 너머로 보이는 객차마다 피범벅이었다. 열차는 그렇게 지옥까지 내달릴 것처럼 빠르게 어둠 속으로 사라졌다.

영주는 플랫폼을 올려다보았다. 사람들이 뒤엉켜 밖으로 나가고 있었다. 진욱은 보이지 않았다. 인파에 휩쓸려버린 걸까. 움푹 팬 공간에 있으니 소리도 움직임도 더 잘 느껴졌다. 고통스러운 비명, 욕설로 사방이 요동치고 있었다. 영주는 위쪽으로 손을 뻗어보았다. 플랫폼은 생각보다 훨씬 높았다. 저 높이에서 떨어졌는데 다리가 부러지지 않았다니 천만 다행이었다.

그녀는 선로 안쪽에 시선을 주었다. 선로가 휘어지는 코너에서 누런 불빛이 반짝반짝 빛나고 있었다. 저건 뭘까? 기관사를 위해 표시등을 붙여둔 걸까? 영주는 망설이다 쩔뚝거리며 그리로 걸어갔다. 누런 불빛 아래 '직원 외 출입금지'라고 쓰인 철문이 보였다. 그때 플랫폼에서 진욱이 풀썩 뛰어내렸다. 그는 주위를 두리번거리며 소리쳤다.

"영주야! 어디 있어? 괜찮아?"

"나 여기 있어."

진욱이 영주를 발견하고 뛰어왔다. 그때 영주는 조금 감격했다. 당연히 자신을 버리고 혼자 도망갔을 거라 생각했는데. 나중에야 너무 심하게 겁먹어 영주를 따라오는 것 말고 다른 방법은 떠올리지조차 못했을 가능성에 생각이 미쳤지만, 그 당시에는 그저 든든했다.

철문을 열자 날카로운 기계 소음이 귀청을 찔렀다. 비교적 넓은 공간에 페인트칠이 벗어진 콘크리트 기둥 몇 개가 세워진 게 보였고 그 주위로 복잡하게 연결된 녹슨 배관과 플라스틱 주름관이 잔뜩 휘감겨 있었다. 한쪽 벽에 '감전 주의' 마크가 붙은 발전기가 있었고 배관 중앙의 배수펌프가 요란한 소리를 내며 돌아갔다. 펌프 뒤쪽에 위층으로 난 계단이 보였다. 그곳은 적당히 추웠고 약간 어두웠으며 반복되는 펌프 소리 외에는 적막했다. 밖에선 사람들이 죽어나가고 있음에도 기계는 한 치의 오차도 없이 정확하게 작동 중이었다. 영주는 안도의 한숨을 내쉬며 문을 닫았다. 펌프와 연결된 은색 배관 위에 누가 놓고 간 것으로 보이는 공구 상자가 있었다. 진욱은 상자를 열고 빨간색 멍키스패너와 손전등을 꺼냈다. 그는 스패너를 꽉 쥐며 중얼거렸다.

"씨발, 이제 됐어. 넌 내 뒤에 서."

진욱이 앞장서 계단을 올라갔다. 계단 꼭대기에 다다라 지하 1층이라고 적힌 비상구 문을 열자 널따란 복도가 나왔다. 불이 꺼져 캄캄했고 어디선가 피냄새가 났다. 손전등으로 주위를 살피자 복도 양쪽에 '철도특별사법경찰대'와 '서울 메트로 구내식당'이라고 쓰인 간판이 보였다. 사람은 한 명도 눈에 띄지 않았다.

"다들 어디 갔을까?"

"사람들 구하러 간 게 아닐까."

영주는 개찰구 앞에서 인파를 통제하려 했던 직원들을 떠올리며 말했다. 그러나 진욱이 형광등이 깜빡이는 식당 안을 손전등으로 비췄을 때, 영주는 자신의 말이 틀렸다는 사실을 알았다. 그곳은 피로 엉망진창이었다. 테이블 아래로 축 늘어진 누군가의 다리가 보였다. 진욱은 겁에 질려 한동안 손전등으로 가만히 다리만 비추고 있었다. 그때 깜빡깜빡하던 불이 들어왔다. 식당 전체가 환하게 밝아지자 곳곳에 널린 시체들이 드러났다. 영주와 진욱은 쓰러진 사람들이 벌떡 일어서지 않을까 겁이 나 뒷걸음쳤지만 다행히 그런 일은 없었다. 식사 도중 사고가 난 건지 배식대에 하얀 밥과 돈가스며 밑반찬 등이 쌓여 있었다. 살아남은 사람들은 어떻게 됐을까? 답은 바로 나왔다. 죽지 않았다면 괴물이 돼서 밖으로 나갔겠지. 생각만으로도 소름이 돋았다. 영주는 진욱의 팔을 잡아당겼다.

"나가자."

시체들과 함께 있고 싶지 않았다. 저중 어떤 놈이 갑자기 벌떡 일어나면 어떡하라고. 진욱이 질겁했다.

"나가자고? 밖에 괴물들이 잔뜩 있을 텐데?"

"그렇다고 계속 여기 있을 수도 없잖아."

복도 끝의 철문이 살짝 열려 있었다. 엉망이 된 지하철역 상가와 바로 연결되는 문이었다. 영주는 조심스럽게 다가가 문을 열고 밖을 살폈다. 여기저기 사람들이 쓰러져 있었고 사방에서 비명과 고함소리가 들렸다. 진욱이 움찔하더니 문을 닫으려고 했다.

"안 되겠다. 여기 있자."

영주는 고개를 흔들었다. 그녀는 건너편의 편의점을 쳐다보고 있었다. 불이 꺼져 있고 유리문에 'CLOSED' 팻말이 걸린 채였다. 편의점 문앞엔 맥주 상자가 쌓인 카트가 세워져 있었다. 알바가 잠시 문을 닫고 짐을 옮기러 나왔다가 괴물들을 보고 도망친 듯했다. 그녀가 노리는 건 카트 위에 걸쳐진 알바용 조끼였다.

그때 가까운 곳에서 괴물의 괴성이 들렸다. 살려주세요 하고 애걸하는 목소리, 그리고 비명이 뒤따랐다. 진욱이 영주의 어깨를 잡고 다급하게 말했다.

"그냥 여기 있자니까."

영주는 밖으로 튀어나갔다. 그녀는 카트 위의 조끼를 낚아채 주머니를 뒤졌다. 목덜미가 오싹했다. 그녀는 괴물이 없는지 주위를 살폈다. 저편에서 사람 하나가 질질 끌려가는 것이 보였다. 바닥에 길게 핏자국이 남았다. 그리고 쩝쩝 입맛을 다시는 소리. 영주의 손놀림이 빨라졌다. 다음 순간, 지하상가 천장등 전체가 나가 주변이 깜깜해졌다.

영주는 겁이 났지만 꾹 참고 다른 쪽 주머니를 더듬었다. 거기 열쇠가 있었다. 그녀는 날쌔게 잠긴 문을 열고 편의점 안으로 들어갔다. 그리고 진욱을 쳐다보며 빨리 오라고 손을 흔들었다. 진욱은 살짝 입을 벌리고 바보 같은 표정으로 손전등을 든 채 그녀를 비추고 서 있었다. 괴물들의 괴성이 커졌다. 그녀가 낸 인기척을 들은 게 틀림없었다. 진욱이 하얗게 질린 얼굴로 소리 나는 쪽을 쳐다볼 때 불이 들어왔다. 영주는 문고리를 꽉 잡은 채 소리쳤다.

"빨리 와! 바보야!"

천장의 조명이 또 깜빡거렸다. 불이 들어왔다 나갔다 하는 동안 꽁지가 빠져라 뛰어오는 진욱의 모습이 정지화면처럼 끊겨 보였다. 그가 편의점 안으로 뛰어들었다. 영주는 문을 닫으려다 멈칫했다. 만일 괴물이 유리를 부수고 들어오면? 영주는 두 번 생각하지 않고 밖으로 나가 셔터를 끌어내렸다. 다시 문을 닫고 납작 엎드렸을 때 괴물들이 편의점 문앞을 지나갔다. 그녀는 엉금엉금 기어 진열대 뒤에 쪼그려앉았다. 스피커를 타고 감미로운 음악이 흘러나왔다. 저게 무슨 노래더라. 영화에 나왔었는데. 제훈이랑 본 영화였나.

화장실 조명은 노란색이었다. 그래서인지 시멘트 위로 흘러내린 피가 검게 보였다. 영주는 그게 싫어 피가 완전히 없어질 때까지 호스로 물을 뿌리고 손을 씻었다. 처음 편의점에 들어왔을 때 들었던 피아노곡을 흥얼거리다 문득 깨달았다.

맞아, Love Affair, I Will.

커피숍에서 제훈의 맥북으로 함께 본 영화였다. 한쪽 귀에 꽂은 이어폰을 통해 음악이 나올 때 제훈의 어깨에 머리를 기대고 살짝 입을 맞췄었다. 그녀는 젖은 손을 조심조심 옷에 문질러 닦고 핸드폰을 꺼냈다. 안테나 표시가 한 칸과 서비스 안 됨 사이를 오갔다. 집으로, 부모님 번호로, 또 제훈이 문자를 보내온 번호로 전화했지만 받는 사람은 없었다. 영주는 마지막으로 제훈에게 연달아 문자를 보냈다. 제발 이문자가 그에게 닿기를.

*

영주가 보낸 문자 중 몇 개는 누락됐지만 몇 개는 무사히 도착했다. 주머니에서 요란하게 핸드폰이 울려댔음에도 핸드폰의 주인은 그 사실을 알지 못했다. 박은수는 타는 듯한 목마름을 느끼며 다른 좀비들과 함께 호텔을 배회하고 있었다. 한때 그는 호텔의 플로어 치프로서 거울에 먼지 한 톨 붙은 것도 용납하지 않는 완벽한 남자였지만, 지금은 구두에 피가 차 걸음을 옮길 때마다 절걱절걱 소리를 내며 대리석 바닥에 붉은 발자국을 찍어대는데도 아무렇지 않았다.

그는 자신이 누군지 알지 못했다. 몇 가지 지독한 감정이 그를 압도하고 있을 뿐이었다. 뜨겁고 아프고 목마르다. 그는 자신을 이렇게 만든 자들을 증오했고 그들을 만나면 목에 이빨을 꽂아 넣고 싶었다. 다른 한편으로는 희미한 해방감을 느꼈다. 인간의 존엄과 호텔리어의 자긍심을 잃었지만 더이상 일상을 지키려 애쓸 필요가 없었다. 고객들에게 잘 보여야 한다는 강박도, 치매에 걸린 어머니와 직장을 잃고 얹혀 사는 아들 걱정도 할 필요가 없다. 매일 아침 정장을 다리고 구두에 광을 내 출근할 필요도. 은수가 충족시켜야 할 것은 그가 가진 기본적인 욕구뿐이었다. 그래서 그는 주머니 속 핸드폰이 울린다는 사실조차 알지 못하는 지금의 상황이 만족스럽고 행복했다.

2

뜨거운 물줄기가 제훈의 머리 위로 쏟아졌다. 제훈은 얼굴을 문지르며 소름 끼치는 기억을 지우려 애썼다. 하지만 눈을 부릅뜨고 죽은 형배의 모습과 공포에 질려 비명을 지르던 보람의 얼굴이 자꾸 떠올랐다. 얼굴이며 손에 묻은 피가 물과 함께 하수구로 빨려들어갔다. 타일에 고인 물에 붉은빛이 감돌았고 피비린내는 쉬 가시지 않았다.

철우가 샤워기를 틀어놓은 채 숨죽여 울고 있었다. 뿌연 수증기 사이로 들썩이는 어깨가 보였다. 철우는 형배와 친했다. 휴가를 비슷한 때로 잡은 것도 밖에서 만나 놀기 위해서였다. 제훈은 철우를 위로해줄까 하다가 그만두고 샤워장 밖으로 나갔다.

인호가 먼저 나와 옷을 입고 있었다.

"집에 전화는 해보셨습니까?"

"아니 아직. 넌 했냐?"

"계급순으로 한다고 해서 못했습니다. 지금은 본부 지시 기다린다고 다들 내무실에 모여 있으니까 나가서 얼른 하면 될 것 같습니다."

제훈은 머리를 말리며 어디로 전화해야 할지 생각했다. 부모님이 어느 나라에 있는지, 어떤 숙소에 머무르는지 전혀 알지 못했다. 그가 아는 건 여행사 전화번호 정도였다. 걔들이 전화를 받을까. 이런 날 출근이나 했을까.

"인호야, 너희 부모님은 어디 사시냐?"

"강원도 평창에 계십니다."

"다행이네. 거기는 인구밀도가 낮으니까 좀비가 적을 거 아냐."

"꼭 그렇진 않습니다. 겨울이라 스키 타러 온 사람이 많아서 말입니다. 다행히 집이 시내에서 좀 멀기는 한데…… 어떨지 잘 모르겠습니다."

"괜찮으실 거야."

불이 꺼졌다. 헤어드라이어가 몇 번 달각대는 소리를 내다가 동작을 멈췄다. 제훈은 불안한 표정으로 전등을 올려다보았다.

"금방 켜질 겁니다. 이 정도 규모의 호텔이면 과부하로 정전이 되지 않도록 자체 발전기를 운용하니까 말입니다."

인호의 말대로 몇 번 깜빡거리더니 다시 불이 들어왔다.

"그런데 여기는 ATS가 없나봅니다. 보통은 외부 전력과 자체 발전기 사이에 ATS를 설치해서 부드럽게 부하가 이동되도록 하는데 말입니다."

제훈은 감탄했다. 예전에는 인호가 가진 잡다한 지식이 쓸모없다고 생각했다. 녀석은 망치질 톱질 삽질 같은 육체노동에 젬병이었고 심지어 혼자서는 전등 하나 제대로 갈지 못했다. 이론만 빠삭해 항상 옆에서 입으로만 도우려 들었다. 그런데 지구적인 위기가 닥치고 보니 인호가 알고 있는 지식이 도움이 되었다.

"너 아는 거 진짜 많다. 대단하네."

"대단한 거 아닙니다. 인터넷 5분만 뒤지면 다 나오는 겁니다. 그런데 말입니다, 이런 거 알아봐야 세상 사는 데 도움은 안 됩니다."

"왜? 지금도 네 덕분에 정전이 안 되는 이유를 알게 됐잖아."

"그렇다고 상황이 달라지는 건 아니지 않습니까. 제가 가진 알량한 지식으로 발전량을 늘릴 수 있는 것도 아니고, 발전기가 고장났을 때 고칠 수 있는 것도 아니지 말입니다. 그냥 이유만 설명할 수 있는 겁니다."

"그래도 아는 게 모르는 것보다는 낫지 않겠냐?"

"꼭 그렇지도 않습니다. 오히려 도움이 안 될 때가 많습니다."

인호는 혼잣말처럼 중얼거렸다. 그게 무슨 뜻이냐고 물어보려는데 인호가 샤워실을 힐끔 쳐다보고는 말했다.

"정계영 상병님하고 최철우 일병님 나오기 전에 전화하러 가는 게 좋겠습니다. 저희 차례가 안 올 수도 있지 말입니다."

*

　송 중사는 곤돌라 안에 홀로 서 있었다. 밤이 오려면 멀었음에도 하늘은 어두컴컴했고 머리 위로 눈발이 날렸다. 바람이 차가웠지만 견딜 만했다. 거리는 엉망진창이었고 움직이는 차도, 살아 있는 사람도 보이지 않았다. 다만 비틀비틀 먹이를 찾아 돌아다니는 좀비들만 있을 뿐이었다. 피투성이 살육의 흔적을, 시체를, 눈이 덮어가고 있었다.

　송 중사는 이혼한 아내에게 전화했다. 다행히 신호가 갔다. 그녀는 담담한 목소리로 여보세요, 하고 전화를 받았다.

　"나야. 괜찮나 싶어서 전화했어."

　"여긴 아직 괜찮아. 발병한 사람도 몇 없고. 서울은 난리라고 들었는데 당신은 괜찮아?"

　"나야 뭐……"

　송 중사는 말끝을 흐렸다. 아내 목소리를 들으니 눈물이 날 것 같았다. 그는 입술을 깨물어 울음을 참고 말을 이었다.

　"조심해야 돼. 당분간 어디 나가지 말고."

　"알았어. 지금 부대야?"

　"응."

　"군대서는 뭐래?"

"뭐라겠어. 그냥 부대 잘 지키고 있으라지."

잠시 침묵이 흘렀다. 송 중사는 아무 말도 하지 않고 핸드폰 너머로 들리는 아내의 숨소리를 듣고 있었다. 아내가 물었다.

"시현이 생각나?"

송 중사는 작게 대답했다.

"항상."

"시현이 의사 되고 싶어했잖아. 아픈 사람들 다 치료해주고 싶다고."

"아프리카 아이들 다큐를 보고 그랬지."

송 중사는 옛날 기억을 떠올리며 웃었다. 그가 대공진지 근무를 마치고 집에 들어가면 딸아이는 그에게 달려와 새로운 장래희망에 대해 이야기했다. 아빠, 나 변호사 돼서 가난한 사람들 도와줄 거야. 아빠 나 농부 될래. 텔레비전에서 그러는데 지구에 식량 위기가 닥칠 거래. 갑자기 눈시울이 뜨거워졌다. 그 아이는 뭐든 될 수 있었다. 그가 조금만 더 주의했더라면.

"그래도 꿈 중엔 의사가 제일 오래갔어. 텔레비전에서 플루 이야기하는 거 보니까 시현이 생각이 나. 시현이라면 빨리 커서 치료제 만들겠다고 했을 텐데……"

"그랬겠네."

송 중사는 뒷말을 삼켰다. 난 뭘 봐도 시현이 생각이 나. 하늘을 봐도 건물을 봐도 사람들을 봐도 생각이 나서 미칠 것 같아. 시현이 생각을 하는 건 좋지만 그 아이가 없다는 걸 아니까 견디기 힘들어.

"……집에 먹을 건 좀 있어?"

"나 혼자 먹을 건 있어. 근데 이번 일, 끝나려면 오래 걸릴 것 같아?"

송 중사는 거리를 내려다보며 생각에 잠겼다. 가로등 불이 하나둘 켜지고 있었다. 눈발 때문에 불빛이 더욱 노랗게 보였다. 차도에 뒤엉켜 있는 차량들과 비틀비틀 움직이는 좀비들만 아니라면 여느 때와 다르지 않은, 평화로운 저녁이었다. 그렇기 때문에 더 문제였다. 아직까지도 군경이 나타나 상황을 통제하지 않는다는 건 정부에서도 이번 사태를 어떻게 해결해야 할지 갈피를 잡지 못하고 있다는 뜻이니까. 송 중사는 말했다.

"아마도."

아내도 그렇게 짐작한 듯 짧게 말했다.

"조심해."

"당신도."

송 중사는 전화를 끊었다. 딸아이가 차에 치였을 때 사람들은 그냥 지나쳐갔다. 옆에서 어린아이가 죽어가고 있는데 누구도 다가와 도움을 주려 하지 않았다. 피 흘리는 아이와 절규하는 아버지를 힐끔힐끔 돌아보며 횡단보도를 건널 뿐이었다. 그들 모두 죽어 마땅한 자들이 아닐까. 이번 기회에 인간이란 존재가 모두 사라지는 것도 괜찮지 않을까.

그는 담배를 찾아 점퍼 안에 손을 넣었다. 겨드랑이 아래 차고 있던 권총이 느껴졌다. 손끝으로 손잡이의 까끌까끌한 부분을 만졌다. 이라크에서 함께 작전에 참여한 미군에게 선물로 받은 것이었다. 기념품으로 보관하다가 시현이가 죽은 후로는 늘 가지고 다녔다. 실린더에는 실탄이 여섯 발 들어 있다. 이걸로 자살할 생각도 해봤다. 아무도 없을 때 유서 비슷한 걸 써놓고 총을 입에 문 채 방아쇠에 손가락을 걸었다. 차가운 강철에서 혀를 알싸하게 만드는 소금 맛이 났다. 송 중사는 총구의 공기를 빨아들였다. 총구멍 안을 진공으로 만들어야 피가 덜 튄다는 걸 알기 때문이었다.

매일 밤 시도했지만 매일 밤 실패했다. 방아쇠에 손가락을 걸긴 했지만 힘을 줄 수가 없었다. 아직도 세상에 미련이 있는 걸까. 아니면 남은 사람들에게 누가 되는 게 염려되어서일까. 그가 자살하면 대공진지의 부대원들 모두 다 오랫동안 곤욕을 치를 것이다. 하지만 그게 뭐 어떻다고? 죽은 사람이 산 사람의 일까지 신경쓸 필요는 없다. 산 사람의 일은 온전히 산 사람의 것이다.

송 중사는 담배를 꺼내 입에 물었다. 그는 오늘에야 자신이 자살에 실패했던 이유를 알았다. 딸아이를 따라 죽는다고 달라질 건 없었다. 세상은 늘 그렇듯 바쁘게 돌아갈 것이고 그와 시현이의 죽음은 금세 잊힐 것이다. 하지만 이제 와선 아무래도 상관없다. 죽은 자와 산 자가 뒤섞이고, 죽고 싶지 않아도 죽을 수밖에 없는 세상이 왔으니. 더는 자살할 생각이 들지 않았다. 세상이 어떻게 끝나는지 확인하고 싶어졌다.

3

공중전화기에 카드를 넣자 뚜─ 하고 신호가 갔다. 다행히 통신망은 아직 유지되고 있는 듯했다. 제훈은 영주에게 전화를 걸었다. 자식새끼 키워봐야 소용없다는 말이 생각났다. 하지만 막상 전화기 앞에 서니 부모님보다 영주 생각이 먼저 나는 건 어쩔 수 없었다.

신호가 두어 번 가다가 멈추고, 전화기가 꺼져 있어 소리

샘으로 연결된다는 안내 멘트가 들렸다. 제훈은 속이 탔지만 좋게 생각하려 애썼다. 설마 무슨 일이 생긴 건 아니겠지. 통신사에 문제가 있거나 잠깐 핸드폰을 꺼놔서 그런 걸 거야.

제훈은 인호에게 물었다.

"딴 사람들은 통화 다 잘 하디?"

"되는 경우도 있고 안 되는 경우도 있고 그랬습니다. 핸드폰은 거의 다 안 터졌으니까, 집으로 하시는 게 나을 것 같습니다."

제훈은 망설였다. 그는 영주 어머니와 사이가 나빴다. 정확히 말하자면 영주 어머니가 그를 싫어했다. 독실한 기독교 신자인 영주 어머니는 제훈을 사탄이 보낸 하급 악마 정도로 취급했다. 하지만 지금은 위기 상황이니 욕을 먹더라도 어쩔 수 없었다.

"여보세요. 영주니?"

신호가 몇 번 가기도 전에 영주 어머니가 전화를 받았다. 제훈의 가슴이 철렁 내려앉았다. 집에 없는 걸까. 그는 더듬더듬 말했다.

"안녕하세요, 저 제훈인데요. 영주 집에 없나요?"

"아이구, 제훈아 어떡하니. 영주가 없어졌어. 세상이 미쳐 돌아가는데 어디 갔는지 몰라. 방학하고 집에만 처박혀 있던 애가 무슨 바람이 불어서……"

아주머니는 금방이라도 울음을 터뜨릴 것 같았다.

"언제 나갔는데요?"

"아침 9시 조금 넘어서 갑자기 잠깐 친구 좀 만나고 오겠다며 나갔는데 그다음부터 소식이 없다."

영주 어머니가 계속해서 넋두리를 늘어놨지만 제훈의 귀에는 하나도 들어오지 않았다. 9시 조금 넘어서 나갔다고? 친구 만나고 오겠다고 하면서? 어쩌면 제훈의 문자메시지를 보고 나갔을지도 몰랐다.

"친구 누굴 만나는지 얘기 안 하던가요?"

"뭐라고 했던 거 같긴 한데 텔레비전 보느라 제대로 못 들었어. 낯빛이 좀 좋지 않은 것 같더만 쌩하고 나가서 말 걸틈도 없었고. 제훈이 너는 잘 있니? 어디 다친 곳은 없고?"

"저야 군대에 있으니까요."

"이런 때에 군대에 있으니 차라리 잘된 거야. 거기는 밥도 주고 총도 있잖니. 지금 밖은 온통 난리야. 동네방네 살인마들이 득실거린대. 지금 우리 식구들도 문 다 잠그고 방에 숨어 있는데 뭐가 어떻게 된 건지 하나도 모르겠다."

제훈은 아주머니를 조금 더 위로하고 전화를 끊었다. 속이 바짝바짝 탔다. 영주가 그를 만나러 나왔을지 모른다는 생각

때문에 견딜 수가 없었다. 제훈은 다시 영주의 핸드폰으로 전화했다. 여전히 신호는 두 번 정도 이어지다 멈췄다. 전화를 걸고 또 걸어도 마찬가지였다.

인호가 조심스럽게 말했다.

"이 일병님."

"아. 미안하다. 너도 전화해야지."

제훈은 정신을 차리고 자리를 비켜주었다. 인호가 전화하는 사이 제훈은 쪼그려앉아 호텔 주위를 둘러싼 고층 빌딩들을 쳐다보았다. 일부는 여전히 연기를 뿜어내고 있었고 일부는 아무 일도 없다는 듯 멀쩡했다. 저 건물 안에도 아직 살아 있는 사람들이 있을까? 그 사람들도 나처럼 밖을 내다보며 마음 졸이고 있을까?

저들에 비하면 제훈의 사정이 훨씬 나았다. 영주 어머니가 말한 것처럼 총이 있고 동료들이 있으니까. 따뜻한 물로 샤워를 할 여유까지 있다. 하지만 그에게는 자유가 없었다. 당장이라도 여길 빠져나가 영주를 찾을 자유. 지금 그가 가지고 있는 정보만으로는 그녀를 찾아낼 가능성이 전혀 없고 나가는 순간 죽을 거란 사실도 알았지만, 그래도 답답한 건 어쩔 수 없었다.

인호가 말했다.

"누나, 괜찮아? 다친 데는 없어?"

제훈은 놀라 인호를 쳐다보았다. 평소의 인호 목소리가 아니었다. 언제나 촐싹대듯 말하던 녀석이 갑자기 폼을 잡고서 목소리까지 한 톤 낮춰 말하고 있었다.

"아버지 어머니는 무사해? 다행이다. 누나도 특별한 일 아니면 밖에 나가지 말고 집에 있어. 매형은? 연락 없어? 아냐. 내가 보기에는 그렇게 쉽게 끝날 일이 아니야. 정리되는 데 시간이 걸릴 거야. 집에 먹을 건 있어? 쌀이랑 라면, 계란, 햄. 금방 상하는 건 베란다에 내봐. 겨울이니까 그래도 될 거야. 가스도 머지않아 끊길 가능성이 높으니까 조리가 필요한 건 미리 끓여놓는 게 좋겠다. 욕조에 물 가득 받아났지? 식량보다 물이 중요할 거야. 최대한 많이 받아놔."

제훈은 감탄했다. 이런 식의 코치는 전혀 생각하지 못했다. 역시 아는 게 모르는 것보다는 낫다. 상황을 바꾸지는 못하더라도 대비는 할 수 있을 테니까. 제훈은 인호를 다시 봤다.

"잠깐만 비켜주시겠습니까?"

남의 집안 대화를 너무 대놓고 엿들었던 모양이다. 제훈은 미안하다고 말하고 헬리포트 쪽으로 걸음을 옮겼다. 조그맣게 인호의 목소리가 들렸다.

"이런 때 나라도 집에 있어야 하는데…… 미안해."

제훈은 한숨을 쉬었다.

영주야, 내가 진짜 미안하다. 인호보다 백배쯤 더 미안해. 같이 있어주지도 못하고 짜증만 내면서 조급하게 굴다가 널 위험한 곳으로 가게 만들었으니.

모든 채널이 정규방송을 중단하고 속보로 현재 사태를 보도하는 중이었다. 인호가 예측한 대로 대부분의 언론이 '좀비의 습격' 혹은 '좀비증후군'이라는 표현을 썼다. 한국뿐 아니라 전 세계에서 동시다발적으로 좀비가 나타나고 있었다. 제훈이 자리에 앉자 경식이 작은 목소리로 5분 전에 계엄령이 선포되었다는 사실을 알려주었다.

"지금 서울 경기만 난리지 다른 곳은 괜찮다는데? 충청도만 내려가도 감염자가 거의 없대. 아, 부산이 좀 심하다더라. 왜 그런지 모르겠다. 요새는 전염병도 대도시를 좋아하나?"

제훈은 고개를 갸웃거렸다. 생각해보면 호텔 안팎의 발병 시간차도 제법 컸다. 이유가 있는 걸까?

앵커는 방금 들어온 영상이라며 무정부상태로 변한 뉴욕과 파리, 도쿄의 모습을 차례로 보여주었다. 다른 곳도 만만치 않았지만 전 세계에서 가장 먼저 좀비증후군의 발병이 보고된 뉴욕은 전쟁터를 방불케 했다. 고층 빌딩마다 화재가 나서 연기를 뿜어내고 있었고 차도는 온통 뒤집힌 차량과 시체로 가득했다. 그 사이로 피투성이 좀비들이 비틀거리며 먹이를 찾아다녔다. 곳곳에서 총격전이 벌어졌고, 슈퍼마켓이며 주유소는 식량과 기름을 차지하려는 폭도들로 득실거렸다.

앵커의 말에 따르면 이 와중에 은행을 털려고 하는 정신 나간 강도들도 있어서 중앙은행의 경우 경찰, 강도, 좀비 간의 삼파전이 벌어지고 있다고 했다.

영만이 말했다.

"저 새끼들 미친 거 아냐? 다 죽게 생겼는데 은행은 털어서 뭐 해. 훔친 돈으로 똥이라도 닦나?"

병준이 대답했다.

"세상이 정상으로 돌아올 때를 대비하는 거 아니겠습니까."

"안 돌아오면?"

"어차피 끝이니까 상관없잖습니까?"

어차피 끝이라……

제훈은 병준의 말을 곱씹으며 다른 병사들의 표정을 훔쳐보았다. 모두들 심란한 표정이었다. 언제나 실실 웃으며 재미없는 농담이나 늘어놓던 성규 역시 한마디도 하지 않았다.

누구나 파멸에 대한 불안감을 안고 산다. 갑자기 직장이 없어져 밥을 굶게 될 수도 있고 정기검진 결과 암에 걸렸다는 통보를 받을 수도 있다. 지진이나 홍수 혹은 쓰나미로 죽을 수도 있고 남들에겐 별것 아닌 감기로 목숨을 잃을 수도 있다. 어느 날 갑자기 핵전쟁으로 지구가 멸망할 수도 있다.

물론 이 불안감이 삶을 매 순간 지배하진 않는다. 공포는 무의식의 바닥에 깊이 침잠해 있고, 대부분은 그것을 잊고 살아간다. 그러나 기회만 오면 바로 수면 위로 떠올라 모두를 수렁으로 이끈다. 더이상 외면할 수 없을 만큼 큰일이 터진 지금, 남은 건 허탈감과 절망, 그리고 잘 해결되었으면 좋겠다는 기대 정도였다. 어쩌면 뉴욕의 은행을 턴 강도들도 세상이 다시 정상으로 돌아오길 바라며 일을 벌였는지도 몰랐다.

앵커는 귀에 끼고 있던 이어폰을 만지작대며 말을 이었다.

"여기서 잠시 대통령실을 연결해보겠습니다. 곧 대통령의 대국민담화가 시작될 예정입니다."

회견장에는 의외로 취재진이 많지 않았다. 공중파 세 곳과 뉴스 전문 채널, 유력 일간지 몇 곳, 그리고 외국 기자 한 명이 전부였다. 어떤 기자는 부상을 입었는지 머리에 붕대를 감은 채 의자에 앉아 있었다. 다른 기자들은 회견장으로 오다가 좀비에게 잡아먹혔거나, 오기 전에 포기했거나 둘 중 하나일 것이었다. 송신 상태가 그리 좋지 못해 화면 속 사람들의 모습이 흐릿하게 일그러져 있었다.

대통령은 재킷이나 넥타이 없이 하얀 와이셔츠에 검은색 면바지를 입고, 살짝 걷어올린 소매를 커프스로 고정해놓은 모습이었다.

"국민 여러분, 지금 세계는 미증유의 위기에 빠졌습니다. 하지만 우리는 다른 때와 마찬가지로 한민족의 힘과 슬기로 훌륭히 극복해나갈 수 있을 것입니다. 현재 정부 당국은 미국을 비롯한 선진 각국과의 협의하에 최고의 의료진을 투입해 이번 발병의 원인과 해결책을 찾는 중이며, 군과 경찰 병력을 총동원해 사태 수습을 위해 애쓰고 있습니다. 각 지역마다 정도의 차이는 있습니다만 당국의 선제적 대응을 통해 상당 부분 치안을 확보한 상태입니다. 국민 여러분께서는 문단속을 철저히 하고 집에 계시면서 방송에 귀를 기울여주십시오. 불편하시더라도 절대 밖으로 나오지 마시고 부상자가 발생하면 119에 전화해 상황을 알리고 침착하게 지시에 따르시길 당부드립니다. 지금 일부 지역에 수도와 전력 공급이 중단된 상태지만 가용 인력을 총동원해 복구 작업에 최선을 다하고 있으니 조금만 기다려주십시오. 감사합니다."

병준이 투덜댔다.

"허풍 치네, 개새끼. 아까 밖에 내다보니까 경찰이나 군인은 하나도 안 보이더만. 아, 경찰 둘이 있긴 했다. 좀비로 변한 경찰."

영만이 말했다.

"그런데 왜 와이셔츠만 입고 나왔을까? 팔까지 걷어붙이고."

뭐든 척척 대답하던 병준도 이번에는 명확한 답을 내놓지 못했다.

"난방을 세게 틀어놔서 그럴 수도……"

진정한 척척박사인 인호가 주위 눈치를 보며 제훈에게 속삭였다.

"대통령이 열심히 뛰고 있으니까 안심하라는 메시지를 국민에게 전달하고 싶은 겁니다. 대통령 입장에서는 절호의 기회지 말입니다. 레임덕이니 비자금이니 뭐니 해서 퇴임 후에 감옥에 갈 거라는 소문이 파다했는데, 이번 일만 잘 해결하면 위대한 대통령으로 이름을 남길 수 있을지도 모를 일 아닙니까. 세상이 정상으로 돌아간다면 말입니다."

다들 희망을 품고 사는구나. 제훈은 내심 생각했다.

연설이 끝나고 기자단과의 질의응답이 이어졌다. 기자 한 명이 물었다.

"좀비증후군의 정체가 뭡니까? 왜 갑자기 발병이 시작된 거죠?"

"조금 전에 말씀드렸듯이 아직 정확한 건 모릅니다. 지금 조사중이니 곧 원인이 밝혀질 겁니다."

"북한의 테러일 가능성은요? 북한이 핵무기뿐 아니라 생화학무기도 개발하고 있다고 하던데요."

대통령은 말도 안 된다는 듯 고개를 흔들었다.

"전 세계에서 동시에 벌어지는 일입니다. 북한에도 좀비증후군 환자가 나타났다는 보고를 받았고요. 이번 사태의 조속한 해결을 위해서는 오히려 북한의 협력이 무엇보다도 중요합니다. 지금 전방에 배치된 군병력을 후방으로 돌리기 위해서 핫라인을 통해 북한과 협의를 진행하고 있습니다."

"좀비증후군의 발병이 출혈성 급성 호흡기 바이러스, 즉 라히브 백신 부작용이라는 소문에 대해선 어떻게 생각하십니까?"

"지금 처음 듣는 말입니다. 근거가 있는 얘깁니까?"

"인터넷을 중심으로 퍼지는 소문인데요, 좀비증후군의 발병 및 확산 추이가 대규모 백신 접종이 이루어진 지역의 순서와 일치한다는 지적입니다. 좀비증후군은 뉴욕에서 처음 시작되어 미국 전역으로 퍼졌고 유럽과 일본 순으로 이어지고 있잖습니까. 라히브의 유일한 백신인 '그리폰'의 접종 순서와 동일합니다. 우리나라에서 처음 좀비증후군이 나타난 곳도 인천공항과 미군부대 쪽인데, 양쪽 다 외국인이 많은 곳이죠. 인천공항에서 처음 좀비증후군을 목격한 사람의 증언에 따르면, 워싱턴발 비행기를 타고 들어온 외국인이 직원을 물어뜯은 것으로 시작되었다고 합니다."

"아, 그렇습니까. 저는 들은 바 없지만 보건복지부 장관과 회의 후 확인해보도록 하겠습니다."

"혹시 효과가 검증되지도 않은 백신의 접종 결정을 내린 정부의 잘못 아닙니까? 그것도 다른 국가들보다 세 배 높은 가격을 주고 구입한 걸로 알려졌는데요, 야당에서 주장하는 것처럼 그 비용을 국내 기술력에 지원해 백신을 개발했더라면 이런 사태를 막을 수 있지 않았을까요?"

"역시 금시초문인 얘깁니다. 국가적 위기를 맞아 야당은 더이상의 정치적 공세를 중지해야 마땅합니다."

기자가 뭐라고 더 질문을 던졌지만 어느새 마이크가 꺼져 아무 소리도 들리지 않았다. 보좌관이 끼어들며 시간 관계상 질문 하나만 더 받겠다고 말했다. 금발의 외신기자가 손을 들고 능숙한 한국어로 말했다.

"좀비증후군 감염자를 어떤 식으로 처리할 계획입니까? 무조건 사살인가요? 아니면 생포?"

"아직 의료진으로부터 좀비증후군의 치료 가능성에 대한 보고를 받지 못했습니다. 일단은 불가피한 경우가 아니면 군경에 감염자를 사살하지 말도록 지시를 내렸습니다. 그분들도 우리 국민이고……"

그때 누군가 귀청이 찢어져라 괴성을 질렀다. 대통령은 소리가 나는 쪽에 시선을 주더니 놀란 목소리로 중얼거렸다.

"뭐야, 저게."

카메라가 옆을 비추자 머리에 붕대를 감은 기자가 벌떡 일어나 옆 사람의 목을 물어뜯는 것이 보였다. 좀비에게 공격당한 남자는 해파리처럼 팔다리를 흐느적대다 축 늘어졌다. 근처에 있던 사람들이 사방으로 흩어졌다. 여러 사람의 고함소리며 욕설로 장내가 시끄러워졌다.

카메라맨 역시 뒤로 물러서다가 뭔가와 부딪혔는지 카메라를 떨어뜨렸다. 옆으로 넘어진 화면을 통해 경호원들이 급하게 뛰어오는 것이 보였다. 일부는 대통령을 회견장 밖으로 끌어냈고 일부는 좀비를 향해 총을 쏴댔다. 그러다 누군가 카메라를 밟았고, 화면이 꺼졌다.

병사들은 얼빠진 얼굴로 지지직거리는 화면을 바라보았다. 병준이 어이없는 듯 중얼거렸다.

"이런 방송사고는 다시는 없겠다……"

이내 화면이 정상으로 돌아오고 광고가 시작되었다. 무담보 무보증으로 돈을 빌려준다는 사채 광고였다. 경식 말로는 일본 업체가 국내에 들어와 만든 회사라고 했다.

제훈은 김보람이 했던 말을 떠올렸다. 일본인 할아버지가 주방장의 목을 물어뜯었다고 했었지? 기자의 말이 옳다고 가정하면 호텔이 외부보다 먼저 박살난 이유 역시 확실해진다. 특급호텔이라 비즈니스차 한국에 들어와 투숙하는 외국인들이 많았으니까. 우리나라보다 '먼저' 백신을 접종한 국가에서 온 외국인들.

시간차를 두고 거리가 피바다가 된 건 호텔에서 좀비가 된 자들이 먹이를 찾아 밖으로 나갔기 때문이리라. 지방의 경우에는 외국인, 그것도 백신을 맞은 외국인의 수가 많지 않기 때문에 큰 피해를 보지 않은 것이고.

영만이 병사들을 둘러보다 미심쩍은 눈빛으로 말했다.

"우리 중에 백신 맞은 사람 없지?"

병사들은 서로를 힐끔거리다 거의 동시에 고개를 흔들었다.

"안 맞았습니다."

어린이와 노인, 그리고 군부대에 우선적으로 백신이 공급되었지만 상급 부대와 전방 수색대 위주로 접종이 실시되어 방공포병사령부 산하의 말단 포대까지는 차례가 오지 않왔다.

제훈은 영주가 백신을 맞았을지를 생각했다. 이십대 초반이니 차례가 안 왔을 것이다. 그는 안도의 한숨을 내쉬다가 부모님을 떠올리고 표정을 굳혔다. 두 분 모두 환갑이 다 되셨으니 백신 접종 대상자가 아니었을까?

부모님에게서 백신을 맞았다는 말을 들은 기억은 없었다. 하지만 안심할 수 없었다. 여행을 떠나기 전에 접종받았을 가능성이 있으니까. 제발 안 맞으셨어야 할 텐데. 한 가지 희망이 있다면 어머니가 평소 주사 맞는 걸 몹시 싫어하셨다는 점이었다. 이번에도 그 고집을 피우셨기를. 제훈은 마음속으로 기도했다.

벌컥, 문이 열리고 한상원 일병이 들어왔다. 그는 텔레비전을 끄고 마루 끝에 걸터앉으며 말했다.

"포대장님 금방 오신답니다."

성규가 말했다.

"통제본부에서는 뭐라고 하나?"

"그쪽에도 뾰족한 대책은 없는 거 같습니다. 일단 지금 뭐가 뭔지 모르잖습니까. 마른하늘에 날벼락도 아니고, 아침까지만 해도 유행 단계가 끝났다고 하다가 점심 먹기도 전에 사람들이 잔뜩 미쳐버렸으니. 지시가 내려올 때까지 경계 철저히 하라고 하지 말입니다. 완전무장해서 삼교대로 근무 서고……"

"밥은 어떻게 하라고 하디?"

계영이 걱정스러운 목소리로 말했다. 취사와 보급 담당인 그의 입장에서는 끼니를 때우는 문제가 걱정될 수밖에 없었다.

"그런 얘긴 없었는데 말입니다."

"아니, 얘기가 없으면 어떡해? 그게 제일 중요한 건데."

성규가 끼어들었다.

"밥이 전혀 없어? 전투식량 남은 거 있지 않나?"

"다 해봐야 한 끼밖에 못 먹을 겁니다."

"건빵은? 컵라면은?"

"저희 여기 들어올 때 가져온 게 전부 아닙니까. 원래 근무교대는 저번 달에 있어야 했지 말입니다. 몇 개 안 남았습니다."

"진짜 큰일이네."

성규의 표정이 더욱 어두워졌다. 그때 철우가 불쑥 입을 열었다.

"전형배 상병님 집에 연락은 드렸습니까?"

"상부에 보고는 올렸다. 아마 오늘 중으로 공식적인 연락이 갈 거야."

철우는 한숨을 쉬며 중얼거렸다.

"제가 먼저 전화를 드려야 하나 싶습니다. 전형배 상병님 외동아들이라 어머니 충격이 크실 텐데, 뭐라고 말씀드려야 할지 모르겠습니다. 여태까지 군생활도 충실하게 잘하셨는데."

병사들 모두 고개를 숙인 채 침묵을 지켰다. 제훈은 얼룩이 묻어 지저분해진 자신의 군화 앞코를 내려다보며 생각했다. 이건 언제 묻었지? 핏자국인가? 형배의 죽음이 충격적인 건 사실이지만, 이상하게도 제훈은 별로 슬프지 않았다. 그보다 다른 사소한 일들이 자꾸 떠올랐다. 피 묻은 군복을 세탁기에 돌려도 될까, 핏물은 잘 빠질까 같은 별거 아닌 것들. 누군가 소리 죽여 훌쩍댔다. 제훈은 형배를 좋아하지 않았다. 그렇다고 형배가 죽길 바란 건 아니었다. 그저 짜증나는 고참, 그뿐이었으니까. 빨리 제대해서 안 보게 되길 원한 정도였다. 그런데 왜 아무 생각도 들지 않는 걸까. 왜 슬프지 않을까. 사람들이 죽는 걸 하도 많이 봐서 감정이 무뎌진 걸까. 아니면 자기 일만으로도 충분히 힘들어 타인의 죽음을 슬퍼할 여력이 남지 않은 걸까.

박 소위와 송 중사가 문을 열고 들어왔다. 박 소위는 평소보다 두 옥타브는 높은 소리로 말했다.

"자, 기운들 내고. 지금 밖에서 무슨 일 있는지 다들 알고 있지? 조금 전에 대통령 각하께서 말씀하신 것처럼, 어떻게든 극복할 수 있을 테니까 걱정하지 마라. 알겠지?"

"예. 알겠습니다."

"목소리가 작다. 더 크게!"

"예! 알겠습니다!"

박 소위는 검은 장갑을 낀 손을 팡팡 두들겼다. 제훈이 보기에 내무실에 모인 사람 중 박 소위가 제일 불안해 보였다. 초짜 소위로서 지금 같은 위기 상황을 통제해야 한다는 사실이 부담스러운 모양이었다. 송 중사는 무표정하게 문 앞에 서 있었다. 지금 부대원이 믿고 따를 수 있는 유일한 사람이었지만, 제훈은 송 중사가 두려웠다. 아마도 그가 한 혼잣말을 들었기 때문이리라. '세상이 망하는 것도 나쁘지 않네.'

"그리고 다들 알겠지만, 형배가 그러니까…… 순직, 전사했는데."

박 소위는 말을 멈추고 송 중사를 돌아보며 속삭였다.

"그런데 형배 죽은 거 확실하죠?"

"확실합니다."

"확실하게 해야 합니다. 가족이 알면 얼마나 슬프겠어요.

심장이라는 게, 멈춘 것 같아도 다시 뛸 때가 있다니까."

"같이 가서 확인해볼까요?"

송 중사가 퉁명스럽게 대꾸하자 박 소위는 당황한 얼굴로 얼른 말을 바꿨다.

"아냐. 송 중사가 확인했다니 맞겠죠."

그때 막사 정문이 열리는 소리가 나더니, 문이 벽에 부딪히며 쿵, 하는 소리가 들려왔다. 사람들은 깜짝 놀라 내무실 문을 쳐다보았다. 뚜벅뚜벅. 복도를 걷는 누군가의 발소리가 이어졌다.

포대 모든 병사는 내무실에 모여 있었다. 막사에 다른 사람이 있을 리가 없었다. 내무실 분위기가 순식간에 싸해졌다. 병사들은 무기를 찾아 주위를 살폈다. 송 중사가 야전점퍼의 지퍼를 내리고 권총집에서 권총을 뽑았다.

"계영아. 밖에 문 잠긴 거 확인했지?"

병사들은 권총의 위용에 할말을 잃었다. 성규가 관물함에서 야전삽을 꺼내다 슬그머니 자리에 앉았다.

"예. 전부 확인했습니다."

계영이 대답했다. 송 중사는 총을 든 채 문으로 다가갔다. 모든 병사의 시선이 송 중사를 좇았다. 박 소위가 따라가며 속삭였다.

"아니 송 중사님, 그 총은 뭡니까?"

"계엄 상태 아닙니까. 무장하고 있어야죠. 아이들도 완전무장시키고 사주경계 들어가도록 하겠습니다."

"그게 아니라, 어디서 났나 해서요."

내무실 앞에서 발소리가 멈췄다. 누군가 문을 긁기 시작했다. 끼익끼익. 소름 끼치는 소리. 제훈은 침을 꿀꺽 삼켰다. 송 중사는 사격 자세를 취한 채 영만에게 눈짓을 보냈다.

"영만아. 문 열어라."

영만은 흠칫 놀랐다. 그는 자기 대신 문을 열 후임병을 찾아 두리번거렸지만 병사들은 모두 바닥만 보고 있었다. 목숨 앞에선 병장의 권위도 소용없었다. 영만은 불쌍한 눈으로 송 중사를 쳐다보다 우거지상을 한 채 맨발로 내려와 문손잡이를 잡았다. 송 중사가 고개를 끄떡였다. 영만이 문을 열고 뒤로 물러섰다. 장내의 모든 사람들이 숨을 죽였다.

문 앞에 형배가 서 있었다. 눈빛은 죽은 쥐처럼 흐릿했고 표정은 멍했다. 피가 묻은 손톱으로는 여전히 문이 있던 곳을 긁고 있었다. 소매를 타고 뚝뚝, 피가 떨어졌다. 송 중사는 놀란 얼굴로 형배를 바라보다 말했다.

"너…… 죽었잖아."

박 소위가 송 중사를 밀치며 말했다.

"내가 말했잖아요. 자세히 확인을 해봐야 한다고. 맥 짚는 게 그렇게 쉬운 게 아니라니까."

박 소위는 장갑을 벗고 형배를 부축했다.

"괜찮니? 내가 누군지 알겠어?"

형배는 대답하지 않았다. 박 소위가 혀를 찼다.

"가서 눕자. 너 피 많이 난다. 의무병 따라오고! 송 중사님은 통제본부에 전화해서 구급 헬기 띄워줄 수 있는지 물어봐주세요."

병준이 급히 일어섰다. 제훈은 내심 안도했다. 아무리 노력해도 형배의 죽음이 슬프지 않아 양심의 가책을 느끼던 중이었는데, 이제는 그럴 필요가 없어졌다. 근데 사병 하나 구하자고 헬기를 보내주려나? 그때 인호가 제훈에게 속삭였다.

"이제훈 일병님, 말려야 합니다."

"뭘?"

"전형배 상병님 말입니다. 저렇게 피를 흘리고도 살아 있는 게 말이 됩니까. 거기다 저 눈빛 좀 보십시오."

검은자가 거의 사라진 하얀 눈알에 핏발이 서 이리저리 붉은 균열이 가 있었다. 제훈은 인호가 무슨 말을 하려는지 깨달았다. 형배의 눈은 좀비의 그것과 거의 비슷했다.

"죽은 사람이 좀비가 되어 살아났던 거 기억 안 나십니까?"

"맞아. 그랬지."

말려야 해. 하지만 어떻게?

제훈이 뭐라고 말하기도 전에 형배가 입을 벌려 박 소위의 손을 우적우적 씹었다. 손가락 세 개가 잘려나가고 핏물이 솟구쳤다. 박 소위는 멍청한 표정으로 손가락을 쳐다보다가 닭처럼 목을 빼고 비명을 질렀다. 이내 형배의 눈에 흐릿하게 남아 있던 검은자가 완전히 사라졌다. 이빨을 드러낸 채 으르렁대는 녀석의 모습은 들짐승이나 다름없었다.

녀석은 퉤, 손가락을 뱉어내고 박 소위에게 달려들어 목을 물어뜯었다. 박 소위는 푸들푸들 떨기만 할 뿐 저항 한번 제대로 하지 못했다. 형배는 거머리처럼 박 소위에게 달라붙어 피를 빨았다. 송 종사가 총을 쏘려 했지만 박 소위에게 워낙 단단히 달라붙어 있어서 조준이 쉽지 않았다. 송 중사는 포기하고 병사들에게 소리쳤다.

"뭐 하냐! 구경만 하지 말고 이 새끼 좀 떼어내!"

영만과 철우가 송 중사와 함께 형배를 박 소위에게서 뜯어냈다. 형배는 박 소위의 목에서 입을 떼고 이번에는 영만과 철우를 물어뜯으려 들었다. 송 중사가 군홧발로 형배의 가슴을 걷어찼다. 형배는 내무실 한쪽의 빨래 건조대를 들이받고 바닥을 굴렀다. 그러더니 씩씩대며 일어나 송 중사에게 돌진했다.

송 중사는 피하지 않고 총을 쐈다. 형배는 몸을 흠칫 떨며 돌진을 멈췄다. 사격이 이어졌다. 한 방. 두 방. 세 방. 그때마다 형배는 휘청거리며 뒷걸음질쳤다. 형배의 몸을 뚫고 나간 총탄이 벽에 박혔다. 검붉은 핏방울이 그 위에 흩뿌려졌다. 짙은 화약 냄새가 코를 찔렀다.

송 중사 바로 옆에 있던 철우는 총소리에 충격을 받았는지 귀를 부여잡고 주저앉았다. 철컥. 빈 공이를 때리는 소리였다. 6연발 리볼버의 총알이 떨어졌다. 형배가 송 중사를 노려보며 이빨을 드러냈다. 몸에 뚫린 여섯 개의 구멍에서 연기와 함께 검붉은 피가 흘러나와 군복을 적셨다.

송 중사가 욕설을 내뱉었다.

"이런 씨발."

다들 기가 질렸다. 총으로 쏴도 안 죽는 괴물을 어쩌라고. 남은 길은 도망치는 것밖에 없다. 말년병장인 성규의 판단이 제일 빨랐다. 그는 창문을 열고 밖으로 몸을 날렸다. 상원이 그 뒤를 따랐고 다른 병사들도 동시에 창문을 열기 시작했다.

형배의 시선이 그들에게로 쏠렸다. 송 중사는 기회를 놓치지 않고 관물함 아래 둘둘 말려 있던 담요를 집어 형배의 머리에 뒤집어씌웠다. 시야를 잃은 형배가 비틀거리자 발목을 걷어차 넘어뜨리며 소리쳤다.

"다들 와서 때려!"

병사들은 창문에 붙어선 채 머뭇거렸다. 인호가 나선 것은 그때였다.

"이야아아아!"

그는 좀비만큼이나 요란한 소리를 내며 야전삽을 들고 펄쩍 날아올라 담요의 볼록한 부분을 내리찍었다. 픽! 수박이 깨지는 소리와 함께 형배의 발버둥이 약해졌다.

제훈은 배에 힘을 주었다. 부대의 소문난 고문관인 인호도 용기를 내는데 그라고 못할 건 없었다. 어차피 도망칠 곳도 없다. 그는 발을 힘껏 차올려 군홧발의 뒤꿈치로 담요를 내리찍었다. 우두둑. 뭔가 부러지는 소리가 났다.

송 중사와 제훈, 그리고 인호가 함께 멍석말이를 하듯 담요 속의 형배를 두들겨팼다. 형배가 저항 한번 제대로 못하는 걸 보고 다른 병사들도 용기를 내어 합세했다. 얼마나 오래 지났을까, 어느 순간 정신을 차리고보니 담요 아래에선 아무런 기척도 느껴지지 않았다. 병사들은 망연자실한 채로 피로 물든 담요를 내려다보았다.

"으으……"

나직한 신음소리가 들렸다. 박 소위가 목을 부여잡고 경련을 일으키고 있었다. 다가가 상태를 살피던 송 중사의 표정이 어두워졌다.

그때였다, 피로 물든 형배의 손가락이 담요를 뚫고 나온 것은. 경식이 숨넘어가는 소리를 냈다. 담요를 들추고 형배가 얼굴을 내밀었다. 피로 물든 피부, 부서진 머리. 놈이 몸을 일으키며 괴성을 질렀다. 송 중사가 소리쳤다.

"다들 튀어!"

병사들은 다급하게 내무실 밖으로 뛰어나갔다. 송 중사가 마지막으로 나와 문을 잠갔지만, 문짝의 두께를 고려할 때 얼마 버티지 못할 게 분명했다.

송 중사는 경식과 제훈에게 손짓했다.

"너희 둘, 따라와."

그는 성큼성큼 포대장실로 들어가 벽에 걸린 열쇠를 집어 제훈에게 던지며 말했다.

"총 꺼내!"

제훈은 무기고의 자물쇠를 풀었다. 그와 경식이 일렬로 세워져 있던 K2 소총들을 꺼내는 사이 송 중사는 탄약 금고를 열고 실탄 박스를 끄집어냈다. 그는 탄입대를 걸치고 제훈이 건넨 소총을 받아든 다음 문을 박차고 튀어나갔다. 제훈과 경식도 탄창에 총알을 끼우기 시작했지만 손이 부들부들 떨려 쉽지 않았다.

바깥에서 짐승 같은 울음소리가 들렸다. 제훈이 먼저 장전을 마치고 밖으로 나갔다. 피투성이가 된 형배가 다리를 쩔뚝거리며 굶주린 하이에나가 사슴을 몰듯 맹렬하게 병사들을 쫓아다니고 있었다. 난간으로 몰린 철우가 겁에 질린 얼굴로 형배와 건물 아래를 번갈아 보았다. 좀비에게 물려 죽느니 뛰어내리는 편이 낫다고 생각하는 모양이었다.

송 중사가 앞으로 나서며 소리쳤다.

"최철우! 엎드려!"

철우는 엎드리며 머리를 감싸쥐었다. 송 중사는 완벽한 앉아쏴 자세로 형배를 향해 방아쇠를 당겼다. 소염기 끝에서 푸른 불꽃이 뿜어져나갔다.

처음에는 왼쪽 가슴, 그다음에는 오른쪽 가슴.

한 방 한 방 맞을 때마다 형배는 망치에 두들겨맞는 것처럼 몸을 떨었다. 5.56밀리탄 충격파에 옷 솔기가 뜯어지며 피범벅이 된 앙상한 가슴이 드러났다. 하지만 그는 끝까지 쓰러지지 않고 송 중사를 향해 달려왔다.

두 사람의 거리가 3미터 정도로 좁혀졌다. 송 중사가 가슴

자에서 눈을 떼고 심호흡을 했다. 그러고는 다시 겨냥을 하고 방아쇠를 당겼다. 정확하게 이마 한가운데에 총알이 들어갔다. 형배의 머리가 뒤로 젖혀졌다. 바람이 불며 한바탕 피보라가 일었다. 형배는 두어 걸음을 더 내디뎠지만 결국 고꾸라졌다. 연병장 전체가 고요해졌다. 엎드려 있던 철우가 슬그머니 고개를 들었다.

"죽었나요?"

"아직 몰라."

송 중사는 형배의 머리에 두 방을 더 쏴 확인사살을 했다. 제훈은 안도의 한숨을 쉬었다. 이제 다 끝난 모양이라고 생각하는 순간, 막사 문을 밀치고 박 소위가 비틀비틀 걸어나왔다. 찢어진 목에서는 여전히 피가 솟구치고 있었고 살짝 벌린 입에서는 음산한 소리가 새어나왔다. 눈은 형배와 마찬가지로 검은자위가 사라지고 붉게 금이 간 흰자만 남아있었다.

송 중사가 욕설을 내뱉으며 박 소위를 향해 총구를 돌렸다. 하지만 스무 발 모두 형배의 몸에 쏟아부어 남은 탄환이 없었다. 그는 제훈과 경식을 쳐다보며 소리쳤다.

"쏴!"

"예?"

"쏘라고!"

제훈은 숨을 크게 들이마시고 박 소위를 겨눴다. 하지만 사람을 쏘는 건 처음이라 방아쇠를 당기기가 쉽지 않았다. 방아쇠에 손가락을 댔다가 떼기만을 반복할 뿐이었다. 경식도 마찬가지인지 총을 쏘지 못하다가 송 중사를 향해 소리쳤다.

"쏘기 전에 확인이라도 해봐야 하는 거 아닙니까? 멀쩡한 사람 잘못 쏘는 거면 큰일인데⋯⋯"

"사람이 저 꼴로 어떻게 살아 있어? 빨리 쏴!"

그때 박 소위가 울부짖었다. 귀청이 떨어져나갈 정도의 괴성, 짐승이나 낼 법한 소리였다. 박 소위가 송 중사를 향해 돌진했다. 제훈은 엉겁결에 방아쇠를 당겼다. 둔중한 소총 소리가 귀청을 찌르고 뜨거운 탄피가 바닥에 수북하게 쌓였다. 뒤이어 경식도 총을 쏘기 시작했다. 박 소위는 이리 비틀 저리 비틀 하다가 엉망이 된 몸으로 자빠졌다.

송 중사가 제훈의 총을 빼앗아 쥐고 박 소위에게 걸어갔다. 땅을 짚고 다시 일어서려 하는 박 소위의 팔을 걷어차 넘어뜨리고 머리에 총알을 박아넣었다.

화약 냄새와 피비린내가 코를 찔렀다. 병사들은 모두 겁에 질린 얼굴로 송 중사와 시체들을 쳐다보았다. 조금 전까지 지휘관이었고 동료였던 사람의 시체를.

제훈은 다리에 힘이 풀려 바닥에 주저앉았다. 연발로 스무 발 가까이 총을 쐈기 때문일까. 아니면 그 총알이 사람의 몸에 박혔기 때문일까. 팔이 저릿저릿 울렸다.

"내가 쏘라고 하면 바로 쐈어야지, 이 자식들아!"

송 중사가 성을 내고는 성큼성큼 포대장실로 걸어갔다. 쾅. 문이 닫혔다. 제훈은 금방이라도 토할 것처럼 속이 메슥거렸다. 담배를 찾아 품속을 뒤졌지만 한 개비도 없었다. 그깟 금연 괜히 해가지고. 그는 눈물이 터지려는 걸 참았다.

그때 바로 옆에서 인호의 목소리가 들렸다.

"괜찮으십니까?"

제훈은 깜짝 놀라 주위를 살폈다. 인호는 비호를 덮을 때 쓰는 위장막 속에 숨어 있었다. 녀석이 엉금엉금 위장막에서 기어나와 눈이 묻은 몸을 털더니 작은 목소리로 말했다.

"송 중사님도 충격이 크신 모양입니다."

"충격이 크긴 뭐가 크냐. 진짜 독한 인간이지. 직속상관이랑 부하를 망설이지도 않고 쐈버렸는데, 씨발."

"저 냉철한 사람이 시체들 뒷수습 지시도 내리지 않고 포대장실로 들어갔잖습니까. 조금 있다가 진정되면 나올 테지 말입니다."

그럴까. 어쩌면 그럴지도. 제발 그러길.

인호가 주머니에서 담배 한 갑을 꺼냈다.

"피우십쇼."

"너 담배 안 피우잖아?"

"혹시 필요할 때가 있지 않을까 싶어서 챙겨놨습니다."

그러나 제훈에게는 라이터가 없었다. 인호 역시 라이터는 생각지 못한 듯 어색한 얼굴로 머리를 긁적였다.

"그걸 깜빡했지 말입니다."

제훈은 담배를 코에 대고 숨을 들이쉬었다. 코에 밀려들던 비린내가 조금은 가시는 느낌이 들었다.

"이제 어떻게 하지?"

가깝게는 시체를 치우고 부대를 지키는 일부터, 멀게는 앞으로 어떻게 살아야 할지까지 복잡한 의미가 담긴 말이었다. 인호는 몰라서 그러는 건지 일부러 모른 척하는 건지, 손쉬운 대답을 택했다.

"상부에서 지시가 있을 겁니다. 아마 송 중사님이 지휘권을 넘겨받게 되지 않을까 싶습니다. 아무리 좀비들이 위험하다고 해도 철문이 워낙 두꺼운데다 총이 있으니까 당분간 별일은 없을 겁니다. 문제는 그보다……"

인호는 말을 멈추고 연병장 한쪽에 시선을 주었다. 제훈은 인호의 시선을 따라가다 표정을 굳혔다. 살아남은 병사들이 하나둘 연병장 가운데로 모이고 있었다. 제훈과 인호도 몸을 일으켜 그리로 걸음을 옮겼다. 흡연자들은 담배를 꺼내 물었고, 피우지 않는 사람은 그저 조용히 서 있었다. 모두들 흥분과 공포 때문에 얼굴이 벌겋게 상기된 채였다.

제훈은 경식에게 라이터를 빌려 담배에 불을 붙였다. 말을 꺼내는 사람은 없었다. 조용히 모여 서서 떨리는 마음을 진정시키고 있었다. 시체를 치우기는커녕 피로 물든 내무실로 돌아갈 엄두가 나지 않는 거였다.

제훈은 담배를 깊이 빨아들였지만 맛을 느낄 수가 없었다. 쓰디쓴 화약 냄새가 입안을 가득 채우고 있었다. 갑자기 울컥 울음이 터졌다. 이유는 모르겠지만 눈물을 참을 수가 없었다. 경식도 다른 병사들도 따라 울기 시작했다. 제훈은 결코 감정 없는 인간이 아니었다. 그저 압도적인 현실의 참혹함에 놀라 자신의 감정을 인식하는 데 시간이 걸렸을 뿐이었다.

원해서 군인이 된 사람은 아무도 없었다. 군복을 입고 무장하고 있어도, 세상 경험이 부족한 이십대 초반의 젊은이들에 불과했다. 그들에게 지금 벌어지고 있는 일은 너무나 가혹했다.

그리고 앞으로 해야 할 일들도.

연병장 구석에서 김영만 병장이 밭은기침을 내뱉고 있었다. 형배에게 긁힌 팔에서 계속 피가 흘러내렸다. 병사들은 감히 영만에게 다가가지 못했고 영만 역시 병사들에게 도와달라고 말하지 못했다.

1

"지금까지 알려진 좀비증후군 감염자의 특징은 이렇습니다."

국제적인 명성을 가진 질병연구소 소장이 말했다.

"첫째, 다들 아시겠지만 사람을 먹는다는 겁니다. 정확히 말하면 살점을 먹는 건 아니고 피를 빼는 것으로 보입니다. 이빨로 살을 찢어내는 건 피를 먹으려는 거지 고기가 필요해서는 아닙니다. 둘째, 사람 외의 동물에는 관심이 없습니다. 간단히 말해 '사람의 피'만 먹는다는 거죠. 그 이유는 아직 파악하지 못한 상태입니다. 셋째, 지능이 거의 없습니다. 손잡이를 돌려 문을 열 줄도, 간단한 도구를 이용할 줄도 모릅니다. 기본적으로 인간의 피를 빼는 것 외에는 아무것에도 관심이 없습니다. 그래서인지 주위에 사람, 즉 먹이가 없으면 할일을 잊고 제자리에서 맴돌기만 합니다. 만일 그런 상태의 감염자를 목격한다면 절대 주의를 끌지 말고 도망쳐야 합니다. 일단 추격 대상을 발견하면 끝까지 따라오니까요. 넷째, 좀비증후군은 혈액과 타액을 통해 전염됩니다. 물릴 때 감염된다는 뜻이죠. 주위에 좀비와 접촉한 사람이 있다면 즉시 격리수용하고 감염의 증후가 나타나는지 면밀하게 관찰하셔야 합니다. 좀비증후군에 감염되면 제일 먼저 눈이 달라집니다. 홍채가 서서히 흐릿해지기 시작해 나중에는 완전히 사라지는 거죠."

패널 중 한 명이 말했다.

"공기 중 감염 가능성은 전혀 없습니까? 일부에서는 감염자 근처에 있는 것만으로도 좀비가 된 사람을 봤다는 말이 있던데요. 특히 스웨덴 연구진의 발표에 따르면……"

"지금까지의 정황으로 볼 때 공기 전염은 아닌 것으로 보입니다. 연구진의 발표는, 글쎄요, 감염자 옆에 사람들을 모아두고 실험이라도 했답니까? 이렇게 빨리 결과가 나왔다는 게 믿어지지 않는데요."

"공기 중 감염은 되지 않는다고 확신하십니까?"

소장은 불편한 표정으로 말했다.

"이보세요. 지금 확신할 수 있는 일이 어디 있습니까. 단지 현재로서는 그렇다는 게 당국의 판단이라는 겁니다. 제 판단이기도 하고요. 정 걱정되면 마스크를 쓰시든가요. 마스크가 감염을 막아준다는 보장은 없지만요."

모든 방송 채널이 24시간 내내 좀비증후군 관련 보도를 내보내고 있었다. 지금은 의학전문기자와 정치평론가, 행안부 소속의 재난안전상황실장, 대형 교회의 목사, 그리고 저명한 질병연구소 소장이 좀비증후군에 대해 토론을 벌이는 중이었다.

진행을 맡은 아나운서가 말했다.

"아, 지금 계엄군 쪽과 연결이 가능한데요. 수도방위사령관과 인터뷰를 하도록 하겠습니다."

화면에 오십대 초반의 배가 볼록한 군인이 나왔다. 모자에 붙은 별이 반짝반짝 빛났다.

"에, 현재 수도권 치안은 절반 이상 확보된 상태입니다. 저희 군은 지금 주요 거점을 확보하고 감염자를 소탕하는 일에 주력하고 있어 진격을 못하고 있습니다만, 전방에서 추가 병력이 도착하는 대로 확실하게 밀어버릴 수 있을 겁니다. 국민 여러분께서는 아무런 걱정도 하지 마시고 군의 도착을 기다리시면 됩니다."

사령관 등 뒤로 K1A1 탱크와 K200A1 장갑차가 보였다. 장갑차 양쪽으로 완전무장한 군인들이 주위를 경계하며 빠르게 걸음을 옮기고 있었다.

"방송이 들리시는 분은 밖으로 나와주십시오. 저희는 대한민국 육군입니다."

사령관이 장갑차에 설치한 확성기로 군이 도착했음을 알리자, 여기저기 건물 안에 숨어 있던 사람들이 꾀죄죄한 몰골로 걸어나왔다. 의무병들이 앰뷸런스 마크를 붙인 트럭에서 식량을 꺼내 시민들에게 나눠주고 부상자를 치료했다.

그때 상가 1층 문을 부수고 좀비 하나가 튀어나왔다. 놈이 이빨을 드러내며 괴성을 지르는 사이 군인 한 명이 들짐승을 포획할 때 쓰는 목줄을 던져 좀비의 목에 걸었다. 좀비는 목이 졸려 뒤로 고꾸라졌다. 다른 군인들이 다가가 쇠봉처럼 생긴 전기충격기로 좀비의 팔다리를 때렸다. 좀비는 경련을 일으키다가 축 늘어졌다. 고통을 느끼긴 못하더라도 전기충격에 의한 근육마비는 피할 수 없는 모양이었다. 여전히 버둥거리기는 했지만 전투력은 거의 상실해 팔다리를 묶는 군인들을 물어뜯거나 할퀴지 못했다.

군인들은 좀비를 일으켜 장갑차 뒤를 따라오던 트럭으로

데려갔다. 트럭의 짐칸에는 다른 좀비들이 꽁꽁 묶인 채 버둥대고 있었다.

사령관은 말했다.

"감염자들도 우리 국민이기 때문에 가급적이면 총을 쏘지 않고 생포하고 있습니다. 군 의료진은 생포한 감염자들을 상대로 임상시험을 진행해 치료제를 개발하기 위해 노력중입니다."

"감사합니다. 사령관님."

아나운서는 패널들을 돌아보며 말했다.

"들으셨다시피 군에서는 감염자를 가급적 생포하고 있는데요, 과연 치료제 개발이 가능할까요?"

상황실장이 입을 열었다.

"가능하리라 봅니다. 신약 개발이라는 게 기술적인 문제보다는 현실적인 이유 때문에, 그러니까 자본이나 체제의 논리에 묶여 진척되지 못하는 경우가 많습니다. 하지만 이번 사태는 개별 국가 단위의 비극이 아닙니다. 전 세계의 석학들이 모두 백신과 치료제 개발에 주력하고 있으니 머지않아 좋은 결과가 있을 거라 봅니다."

의학전문기자가 말했다.

"제가 들은 정보에 의하면 좀비들은 사망한 상태에서도

움직인다고 하던데요. 실제로 감염자 중 일부가 사망 후에 다시 일어나기도 했고요. 그렇다면 치료 자체가 불가능한 거 아닙니까?"

상황실장이 머뭇거리자 이번엔 질병연구소장이 대신 입을 열었다.

"기자님 말씀이 맞습니다. 의학적으로 볼 때 사망이 확실 시되는 사람들이 걸어다니는 걸 저도 목격했습니다. 그렇지 만 확실한 검증이 이뤄진 건 아니잖습니까. 호흡을 멈췄는가, 심장은 뛰고 있는가, 뇌는 정상적으로 작동하는가 등, 일반적 으로 사망이라 일컬어지는 의학적 판단을 할 수 있는 기초자 료가 좀더 모인 후에야 상황판단을 할 수 있다고 봅니다."

그는 뭔가 말을 꺼내려는 의학전문기자를 막았다.

"그리고 만일 사망 상태가 맞다면 어떤 메커니즘으로 생 체 활동이 지속되는지 확인해볼 필요가 있습니다. 지금 벌어 지고 있는 일들 전부 다 우리가 알고 있는 의학 상식과는 궤 를 달리하고 있지 않습니까? 어쩌면 이번 사태를 통해 사망 이라는 단어를 다시 정의해야 할지도 모릅니다. 위기가 곧 기회라는 말이 있습니다. 이 국제적 규모의 재난을 통해 인 류의 과학기술 문명이 한 단계 더 성숙해질지도 모릅니다. 아니, 과학뿐만이 아니라 정치 경제적으로도 그렇습니다. 사태 해결을 위한 국제공조가 있지 않겠습니까? 거기서부터 시작해서 인류의 화합이 이루어진다면……"

정치평론가가 퉁명스럽게 입을 열었다.

"꿈 깨라고 말씀드리고 싶군요. 공조는커녕 다들 문 꼭 걸어 잠그기 바쁜데 무슨 말씀이십니까? 감염자 수가 적은 중국과 러시아는 국경을 폐쇄하고 유엔의 어떤 제의도 거부한 채 완전히 웅크리고 있습니다. 그들은 군의 빠른 대응으로 감염자를 거의 대부분 소탕했다고 알려져 있습니다. 저는 그들이 자국에 이익이 될 거라는 확신이 있을 때만 국제사회에 나설 거라고 봅니다. 현재 국제공조에 열심인 나라는 미국과 유럽, 일본 등 십여 개 선진국 정도인데, 그건 그들의 마음이 열려 있어서가 아니라 감염자 수가 다른 곳보다 월등하게 많기 때문입니다. 제가 보기에 지금도 앞으로도 큰 가망이 없어요."

"지나치게 비관적이신 거 아닙니까? 지금이야 다들 망설이고 있지만 머지않아 힘을 합칠 수밖에 없으리라 보는데요."

평론가는 한심하다는 듯 말했다.

"우리 둘도 힘을 못 합치는데 세계가 어떻게 힘을 합쳐요?"

아나운서가 두 사람의 입씨름을 막았다.

"자자, 그쯤 해두죠. 김 기자님, 하실 말씀이라도?"

의학전문기자가 말했다.

"실장님께 한 가지 묻고 싶은데요, 조금 전에 이야기가 나왔듯이 좀비증후군의 감염이 선진국 위주로 이뤄진 것에 대해서는 어떻게 생각하십니까? 백신 부작용이라는 말이 많던데요. 미국 유럽 일본이 거의 같은 날, 대규모 접종을 시작했다는 점을 고려하면……"

"그 부분에 대해서는 드릴 말씀이 없습니다. 가능성이 없는 건 아닙니다만 극히 낮다고 봅니다. 개인적으로는 그보다 북반구가 겨울로 들어서면서 생긴 기후변화 때문에 동시다발적으로 변종 바이러스가 출현한 것 아닌가, 생각하고 있습니다."

"그렇다고 보기에는 너무 갑작스러운 일 아닙니까?"

"사실 이번 발병 자체가 이해하기 힘들죠. 제약사 측의 연구 자료라도 볼 수 있다면 모르겠지만, 지금 제약사가 위치한 영국 일대는 완전히 박살이 난 상태라……"

"그러니까 더욱 관심을 기울여야 하는 거 아닙니까? 국내에서 백신 접종을 받은 사람의 수를 생각하면 잠재적인 감염자가 250만 명이나 된다는 뜻인데요, 우리나라의 접종이 주요 선진국보다 늦게 이뤄졌으니 조만간 외부에서 전염되지 않더라도 자체 발병하는 새로운 감염자들이 나타날 가능성이 높습니다. 그렇다면 지금부터라도 접종자를 중심으로 감염 여부를 조사하고 격리수용하는 편이 낫지 않겠습니까?"

상황실장은 어이가 없다는 듯 너털웃음을 흘렸다.

"무슨 인력으로요? 잊고 계신 모양인데, 지금 국군 장병 중 10분의 1이 접종을 받았습니다. 그것도 대부분 부대에 없어서는 안 될 핵심 인력들이죠. 그런데 그 사람들을 전부 격리수용하자고요? 그럴 필요가 있느냐 없느냐를 떠나서, 가능한 일이 아닙니다. 대체 어디다 격리합니까? 누가 관리하고요?"

"그래도 지금은 그럭저럭 치안이 유지되고 있지 않습니까? 방심했다가 돌이킬 수 없는 사태가 벌어지면⋯⋯"

"기자님이 우려하는 바가 무엇인지는 잘 알고 있고, 그 부분에 대해서도 조사를 해보지 않은 게 아니에요. 일단 재난본부 내의 접종자를 대상으로 정밀검사를 실시해봤어요. 지금까지는 전혀 발병의 징후가 보이지 않았습니다."

"하지만⋯⋯"

상황실장이 기자의 말을 막았다.

"사실은 저도 백신 접종을 받았습니다. 그런데 어디 조금이라도 이상해 보이는 곳 있습니까? 제가 기자님을 잡아먹을 것 같나요?"

"알 수 없죠."

아나운서가 말했다.

"슬슬 마칠 시간이 됐습니다. 그나저나 황 목사님께선 아직 아무 말씀도 안 하셨는데요. 마지막으로 하실 말씀이 있다면……"

목사가 카메라를 똑바로 바라보며 입을 열었다.

"인류에게 더이상 미래는 없습니다. 지금의 질병은 여호와께서 내리시는 신벌입니다. 성경에 모든 것이 나와 있습니다. 모두들 마음의 준비를 해야 할 겁니다."

목사는 목소리를 높여 말을 이었다.

"요한계시록 13장, 내가 본 짐승은 표범과 비슷하고 그 발은 곰의 발 같고 그 입은 사자의 입 같은데 용이 자기의 능력과 보좌와 큰 권세를 주었더라. 그의 머리 하나가 상하여 죽게 된 것 같더니 그 죽게 되었던 상처가 나으매 온 땅이 이상히 여겨 짐승을 따르고……"

그때 화면이 꺼졌다. 방송 환경의 문제 때문인지, 당황한 스태프가 일부러 화면을 끈 것인지 알 수 없었다.

2

새벽 2시의 세상은 고요하고 어두웠다. 맞은편 건물 외벽에 걸린 영화 포스터와 맥도날드 간판이 아래쪽에서 비추는 조명으로 하얗게 빛났고, '해피 뉴 이어' 글씨가 반짝거렸다. 저기도 자체 발전기가 있나보네. 제훈은 생각했다.

자세히 들여다보지 않으면 더할 나위 없이 평화로운 겨울 풍경이었다. 하지만 건물 대부분은 화재의 흔적으로 얼룩져 있었고, 거리에는 부서진 차량이 즐비했으며 그 사이로 좀비들이 오갔다. 좀비는 목표물을 잃으면 활동성이 줄어 주위를 맴돌기만 한다는 질병연구소장의 말은 사실이었다.

만일 저들이 우릴 발견하면 어떻게 될까?

계단을 찾아 위로 올라올까? 아니면 펄쩍펄쩍 뛸까? 잠시 관심을 보이다가 잊어버릴까?

송 중사의 명령에 따라 전 부대원은 완전무장 상태로 24시간 경계근무중이었다. 제훈은 인호와 함께 야간순찰을 하고 있었다. 새벽 2시에서 6시까지의 근무인데, 부대원들 모두 기피하는 시간대라 짬밥이 적은 두 사람이 맡게 되었다.

비상구의 두꺼운 철문이 쿵쿵거리는 소리가 끊임없이 울려퍼졌다. 형배를 물어뜯었던 좀비들이 아직까지 포기하지 않고 문을 두들겨대고 있었다.

인호가 심야를 이용해 집에 전화를 하러 가고, 제훈은 난간에 기대서서 연병장을 바라보았다. 싸늘한 바람이 몰아쳐 진눈깨비를 쓸어가자 형배와 박 소위가 죽을 때 남은 핏자국이 드러났다. 피가 검게 보였다.

헬리포트 한가운데 펼쳐진 위장막 밑에 시체들이 있었다. 바람이 불자 누군가의 군화가 살짝 드러났다. 제훈은 시체를 치울 때를 떠올렸다. 다들 겁에 질려 있었다. 사람이 죽는 것을 본 공포와 동료를 잃은 슬픔, 그리고 괜히 시체를 만졌다가 좀비증후군이 옮을지도 모른다는 두려움까지. 하지만 그냥 둘 수는 없는 일이었다. 병사들은 장갑을 몇 겹씩 끼고 마스크까지 한 채 시체를 질질 끌고 가 눕힌 후 그 위에 위장막을 덮었다.

대부분의 병사들이 울었다. 우습게도 제훈 역시 울었다. 형배가 처음 죽었을 때 슬퍼하지 않았던 게 후회되고 미안해서 더 눈물이 났다. 그때는 누구에게나 인생은 소중하다는 걸 몰랐다. 익숙하지 않은 감정이라 마음속 깊이 스며드는 데 시간이 걸렸던 모양이었다.

그는 영주를 사귀기 위해 읽었던 『최후의 유혹』을 떠올렸다. 육체와 영혼 두 가지에 대해 이야기하는 책이었는데……

216

어느 쪽을 잃는 게 더 고통스러운 일일까. 영혼을 잃고 좀비가 되는 편이 나을까, 육체를 잃고 영혼이 남는 편이 나을까. 영주라면 난 그냥 맛있는 거 많이 먹으면서 즐겁게 살고 싶은데, 라고 말했을 것이다. 제훈은 씁쓸하게 웃었다. 그는 영주의 그런 낙천성이 좋았다. 지금 그녀는 어디에 있을까. 어디에 있든 무사해야 한다. 그래서 꼭 다시 만나야 한다.

인호가 통화를 끝냈다. 제훈도 집에 전화를 걸었다. 어쩌면 부모님이 여행을 마치고 집에 돌아왔을지도 모른다는 생각에서였다.

"여보세요."

아버지의 목소리가 들렸다. 제훈은 눈물이 핑 도는 걸 느끼며 급히 말을 받았다.

"아버지, 저예요! 집에 언제 오셨어요?"

아버지는 담담하게 말을 받았다.

"저는 지금 아내와 함께 아프리카에 있습니다. 1월 초에 귀국할 예정이니 급한 용건이 아니라면 그때 연락주시기 바랍니다. 그리고 제훈아, 혹시 전화했다면 파이팅이다! 군생활 잘하고 있어. 몸 건강히 제대하라고 아프리카에서 부적사 갈게. 여보, 당신도 한마디 해."

"아들 군대 보내놓고 놀러가면서 말은 무슨. 제훈아, 미안하다. 금방 다녀올게."

제훈은 한숨을 쉬었다. 아버지의 목소리를 듣는 순간 너무 기뻐 자동응답기라는 걸 깜빡 잊었다. 어쩌면 잊고 싶었던 건지도 모르겠지만.

"아빠 엄마, 저 부대에서 몸 건강하게 잘 있으니까 걱정 마시고요, 집에 돌아오시면 꼭 연락 주세요. 부대 전화번호는요……"

제훈은 번호를 말하고 전화를 끊었다. 참으려고 했지만 눈물이 나는 걸 어쩔 수 없었다. 부모님의 관심이 귀찮게 느껴진 적도 있었다. 부모님이 아프리카로 여행 가는 시기에 맞춰 휴가를 잡은 것도 그 때문이었다. 집에 있으면 먹는 것부터 입는 것, 자는 것까지 참견하려고 해서 영주와 제대로 못 놀 테니까. 하지만 지금은…… 집이 있고 부모님이 있다는 게 얼마나 소중한지 알겠다. 돌아갈 곳이 있으니까 지겨운 군생활을 견딜 수 있는 것이다.

생각에 잠겨 있는 제훈에게 인호가 물었다.

"전화 다 하셨습니까?"

"한 통만 더 할게."

그가 보낸 문자를 보고 집에서 나온 게 틀림없을 영주. 제훈은 영주의 핸드폰으로 전화를 걸어봤지만 이번에도 꺼져 있었다. 그는 망설이다 영주의 집에 다시 전화했다. 영주 어머니는 신호가 두 번 가기도 전에 받았다. 그녀는 울먹이며 아직 영주의 행방을 모른다고 했다.

"제훈아, 영주 어디 있는지 어떻게 못 알아내니? 너 지금 서울에 있다고 했잖아. 아까 텔레비전 보니까 광화문에서 탱크 몰고 다니는 군인들 나오던데, 그 사람들이랑 같이 있는 건 아니니?"

"아니에요. 전 부대에 있어요."

제훈은 더듬더듬 대답하고 영주 어머니를 위로한 다음 전화를 끊었다. 영주를 불러낸 게 자신이라는 말은 차마 하지 못했다. 그녀는 지금 어디 있을까. 문자를 보고 호텔 커피숍으로 와서 변을 당한 건 아닐까. 남의 핸드폰으로 그런 문자를 보내서는 안 되는 거였는데.

제훈과 인호는 다시 순찰을 시작했다. 인호는 어제 이후로 말수가 많이 줄었다. 내색하진 않지만 집안일 때문에 걱정이 많은 모양이었다. 녀석이 불쑥 입을 열었다.

"이 일병님은 부모님하고 연락 되셨습니까?"

"아니, 아직."

"아마 괜찮으실 겁니다. 뉴스 보니까 아프리카는 그다지 감염자가 많지 않은 모양입니다."

"응. 그렇다고는 하는데 난 그보다 부모님이 떠나기 전에 백신을 맞고 가셨을까봐 걱정이야."

인호는 거리를 내려다보다 입을 열었다.

"저희 부모님은 두 분 다 접종하셨습니다. 나라에서 공짜로 해주는 거라고 좋아하셨는데, 걱정입니다."

제훈은 괜한 말을 꺼냈다고 후회했다.

"괜찮으실 거야. 아직 아무 일도 없잖아. 아까 재난안전실장인가 질병연구소장인가 하는 사람도 그런 문제로 감염자가 생긴 게 아닐 거라고 했잖아."

인호는 잠시 침묵하다가 말했다.

"처음 일이 터졌을 때는 사실 잘됐다 싶었습니다. 너무너무 힘들어서 말입니다. 이렇게 난간 앞에 있을 때마다 뛰어내리고 싶은 마음을 참으려고 얼마나 애썼는지 모릅니다. 부모님 생각을 하고 동생들 생각해가며 억지로 참았습니다. 제가 죽으면 주위 사람들에게 짐을 지우는 거니까 말입니다."

"인마, 너 죽으면 내가 헌병대 끌려가서 조사받아."

"차마 죽지는 못하겠는데, 세상이 망하려는 걸 보고 내심 기뻤습니다. 종말을 다루는 영화나 소설 있잖습니까. 그런 걸 볼 때마다 늘 궁금했습니다. 왜 저렇게 슬퍼하고 두려워하는 사람만 나올까. 세상에는 종말이 오는 게 오히려 기쁜 사람들도 많을 텐데. 제가 꼭 그랬지 말입니다. 오래 준비한 게임은 망하고, 다 늙어서 군대에 끌려오고. 차라리 전부 망하면 마음이라도 편해지겠구나 싶었습니다. 그런데 그게 아니지 말입니다. 제가 너무 제 생각만 했습니다. 지켜야 할 사람이 이렇게 많은데. 부모님에 누나에 조카까지……"

"조카는 몇 살인데?"

인호가 망설이다 말했다.

"다음달에 태어납니다. 조카가 세상 구경도 못하고 죽는 건 싫습니다. 힘들게 세상에 나왔는데 온통 아비규환의 지옥인 건 더 싫습니다. 어떻게든 살아남아서 세상을 제대로 굴러가게 만들어보고 싶습니다."

인호의 어깨 너머로 조명탄이 날아올랐다. 마치 폭죽이 터지듯 하늘에서 조명탄이 폭발하며 세상이 환하게 밝아졌다. 육군에서 운용하는 슈퍼코브라 헬기 넉 대가 머리 위를 스치듯 낮게 날아갔다. 멀리서 탱크의 폭음과 기관총 소리가 귀청을 찔렀다. 거리가 상당할 것임에도 분진과 화약 냄새가 코를 찔렀다. 군에서 더이상 좀비의 목숨을 염두에 두지 않기로 결정한 모양이었다. 제훈은 인호 옆에 바싹 붙어 함께 거리를 내려다보았다.

좀비들이 괴성을 지르며 폭음이 들리는 장소로 달려갔다.

건물 어디에 그렇게 많은 좀비들이 숨어 있었는지, 언뜻 보이는 숫자만 수백이 넘어 보였다. 그들은 죽을 자리인 줄도 모르고 오직 신선한 피냄새를 따라 탱크가 우글거리는 곳으로 달려갔다. 슈퍼코브라 헬기가 그들을 향해 20밀리 발칸포를 갈겨댔다. 아스팔트가 산산이 부서지고 충격파를 견디지 못한 차량과 좀비들이 한꺼번에 공중으로 떠올랐다.

인호는 그 피비린내나는 광경을 내려다보며 말했다.

"이제훈 일병님, 전 무슨 일이 있어도 살아남을 겁니다. 그래서 가족을 만날 겁니다. 그러기 위해서라면 어떤 일이라도 할 겁니다."

녀석의 목소리에서 결의가 느껴졌다. 제훈은 미미하게 고개를 끄떡였다. 살아남아야 하는 건 그도 마찬가지였다. 그래서 부모님을 만나고 영주를 만나야 했다. 예전에는 전쟁이 나면 어쩔 수 없다고, 죽으면 죽는 거라고 생각했다. 군인은 거대한 조직의 부속품일 뿐이니까, 혼자 힘으로는 전쟁을 멈출 수도 끝낼 수도 없으니까.

하지만 실제로 죽음이 코앞에 닥치자 죽어서는 안 되는 이유가 하나둘 생각났다. 영주를 찾지 못한 채로는 안 되겠다. 무슨 일이 있어도 그녀를 만날 때까지 살아남겠다. 숨이 끊기는 그때까지 발버둥치겠다. 어떻게든 영주를 찾아내겠다.

그는 문득 한 가지 사실을 떠올렸다.

박은수의 핸드폰.

영주에게 문자를 보낼 때 박은수의 핸드폰을 빌려 썼지. 영주가 문자를 봤다면 그 번호로 다시 전화하지 않았을까?

잠깐만, 그때 박은수가 119로 전화하다가 문자…… 뭐라고 했지? 혹시 전화나 답 문자가 왔다고 말하려던 게 아니었을까? 만약 그런 거라면 박은수의 핸드폰에 영주가 남긴 메시지가 있을지 모른다.

핸드폰을 찾아야 해.

하지만 어떻게? 호텔엔 좀비들이 득실거리고 박은수 역시 좀비가 되어 있을 터였다. 그리고 제훈은 명령에 죽고 명령에 사는 군인으로서 송 중사의 허락이 없으면 옥상 아래로 내려갈 수 없었다. 하지만 어떻게든 방법을 찾아야 했다.

*

지하상가의 천장 조명이 몇 번 더 켜졌다 꺼지기를 반복하더니 결국 완전히 죽어버렸다. 조금의 빛도 들어오지 않는 지하의 어둠에 좀처럼 눈이 익숙해지지 않았다. 꽤 오랫동안 눈을 게슴츠레 뜨고 허공을 응시해봤지만 사물의 희미한 윤

곽조차 보이지 않았다. 편의점에 손전등과 AA건전지 여러 박스가 있어서 다행이었다. 그것마저 없었다면 완벽한 어둠 속에서 좀비들의 괴성을 듣다 미쳐버렸으리라.

영주는 손전등 불빛에 의지해 매니큐어를 바르는 중이었다. 깨진 손톱이 아프긴 했지만 뭐라도 몰두할 일거리가 필요했다. 아무것도 하지 않고 있으면 불안해서 견딜 수가 없었다. 진욱은 심각한 얼굴로 영주 앞을 왔다갔다하고 있었다. 손전등 불빛 때문에 길게 늘어진 그림자가 마치 흐느적거리며 움직이는 좀비처럼 보였다.

영주는 더 참지 못하고 말했다.

"그냥 앉아 있으면 안 돼? 정신 산란해."

진욱은 기다렸다는 듯 영주를 쳐다보며 말했다.

"우리 계속 여기 갇혀 있다가 죽는 거 아닐까? 여태까지 아무도 안 오는 거 봐. 바깥세상도 다 박살난 거 아니겠냐고."

"그럴지도 모르지."

영주는 건성으로 대답하곤 다시 매니큐어에 집중했다. 왼손으로 오른손에 매니큐어를 칠하는 일엔 고도의 집중력이 필요했다. 영주는 병 입구에 매니큐어 액을 살짝 덜어내고, 숨을 멈춘 채 천천히 손톱의 굴곡을 따라 브러시를 움직였다. 진욱이 하는 말에 일일이 대구하다간 기분만 나빠질 뿐이다. 가급적 다른 일에 집중하는 편이 나았다.

진욱이 벌컥 화를 냈다.

"그럴지도 모른다니! 넌 그런 말이 쉽게 나오냐?"

"그럼 무슨 말을 할까?"

됐다. 잘됐다. 영주는 깔끔하게 파란색으로 칠한 검지 손톱에 호호 바람을 불고는 중지로 넘어갔다. 진욱이 손전등을 들어 영주의 얼굴을 비췄다. 영주는 인상을 쓰며 손으로 얼굴을 가렸다.

"지금 뭐 하는 거야?"

"너 자꾸 그런 식으로 굴래? 이제 어떻게 할지 의논하자는 거 아냐! 걱정은 나만 하고 넌 매니큐어나 칠하고 있고. 너 지금 여기 놀러왔냐? 지금 우린 죽을지 살지 모를 위기에 놓여 있다고!"

의논은 해서 뭐 해? 어차피 다 죽었다는 말밖에 안 할 거잖아. 영주는 목구멍까지 차오른 말을 간신히 삼켰다.

진욱은 둘 다 죽을 거라고 틈만 나면 징징댔다. 지금까지 구조대가 오지 않는 건 세상이 멸망했기 때문이라고, 편의점에 있는 걸 다 먹고 나면 굶어죽는 수밖에 없을 거라고 했다. 그러다가도 갑자기 아니야, 인간이 그렇게 약할 리 없어, 조금만 참으면 사람들이 나타날 거야, 라고 혼자 기운을 냈고 그때까지 정신 차리고 있어야 한다며 과자와 음료수를 배가 터져라 먹어대곤 다시 시무룩해져 파킨슨병 초기라는 어머니 걱정을 하며 울먹였다. 가끔은 대학 졸업 후 출세할 계획에 대해 이야기하기도 했다. 덕분에 영주는 진욱의 장래희망이 무엇인지까지 자세히 알게 되었다.

영주도 처음에는 진욱을 위로하려 했지만 이젠 한도 끝도 없는 변덕에 완전히 질려버렸다. 웃다가 울면서 성질을 부리는 진욱과 계속 말을 섞다간 멀쩡한 사람도 정신이 이상해질 것 같았다. 진욱은 미치기 일보 직전이었다. 아니, 이미 미쳤는지도 몰랐다. 지금도 손전등으로 영주를 비춘 채 미동도 하지 않고 있었다. 무슨 생각을 하는 걸까? 과연 생각이란 걸 하고는 있을까? 등허리를 타고 땀이 흘러내렸다. 영주는 최대한 아무렇지 않은 척 무표정으로 매니큐어를 바른 손가락을 까딱였다.

"그거 내려놓고 말해."

내 말이 통할까? 혹시 미쳐서 들은 척도 하지 않고 주먹이라도 휘두르면? 다행히 진욱은 손전등을 내려놓고 영주에게서 몇 걸음 떨어진 곳에 앉았다. 손전등 불빛이 두 사람 사이를 갈랐다. 진욱은 아무 말 없이 진열대의 과자를 뜯어 우적우적 씹어 먹기 시작했다. 영주는 낮게 한숨을 내쉬었다. 지금이야 진욱이 성질을 부리다가도 일순 얌전해지지만 앞으로는 어떻게 될지 모른다.

어젯밤이었나? 정확한 시간은 모르겠지만 전기가 끊기고 나서, 그녀는 깜빡 잠든 사이 거칠게 가슴을 더듬는 누군가의 손길을 느꼈다. 퍼뜩 정신이 든 그녀가 놀라서 팔을 휘두르자 가슴을 만지던 손은 사라지고 후다닥 움직이는 소리가 들렸다. 손전등을 집어들고 주위를 살폈지만 옆엔 아무도 없었다. 진욱은 진열대 다음 칸에 모로 누워 있었다. 꿈이었을까? 캄캄한 곳에 계속 있다보면 정신이 오락가락하기 마련이다. 자다 깨서 눈을 떴는데 눈앞에 아무것도 보이지 않으니, 여기가 꿈속인지 현실인지 헷갈릴 수 있다. 하지만 가슴에 닿았던 감촉은 꿈이라고 하기엔 너무나 생생했다.

영주는 그뒤로 더더욱 진욱과 거리를 두려고 노력했다. 갑갑해서 벗어두었던 브래지어를 다시 찼고 롱패딩도 챙겨 입었다. 그래도 진욱이 불쑥 덤벼들지 않을까 겁이 났다. 칠흑 같은 어둠은 무게를 지닌 것처럼 어깨와 목을 짓눌렀다. 심연에 빠진 듯 숨을 쉬기도 힘들었다. 문득문득 편의점 문을 박차고 뛰어나가고 싶은 생각이 들었다. 영주는 다시 손가락에 매니큐어를 칠하기 시작했다. 그녀에겐 집중할 일이 필요했다. 마음속 지옥에 빠지지 않을 다른 일이.

진욱은 다 먹은 과자 봉지를 구겨버린 후 다른 과자를 꺼냈다. 무릎걸음으로 냉장고에 가 음료수를 따고 꿀꺽꿀꺽 마셨다. 스트레스를 먹는 걸로 푸는 진욱을 보며 영주는 먹을 게 떨어지면 그가 어떤 행동을 할지 걱정됐다. 그녀를 잡아먹으려 들까? 아니면 밖으로 뛰쳐나갈까? 과연 그때까지 버틸 수나 있을까.

　진욱은 과자를 먹으며 혼자 뭐라고 중얼거렸다.

　"나 진짜 잘될 사람인데…… 씨발, 진짜 잘살 자신 있었는데…… 갑자기 세상이 이렇게 되면 억울해서 안 되는데…… 불쌍한 우리 엄마 호강시켜줘야 되는데……"

　저러느니 뭔가 다른 소일거리를 찾았으면 좋겠다. 편의점에 쌓인 신문 잡지의 십자말풀이도 좋고 성냥 쌓기도 좋을 텐데. 영주가 마음을 다잡고 매니큐어를 마저 칠하는데 진욱이 손전등을 들고 옆에 앉았다. 영주는 움찔 놀랐지만 내색하지 않으려 애썼다.

　"손톱 예쁘네."

　조금 전까지와는 사뭇 다른 차분한 말투였다. 영주는 진욱이 멀쩡해진 게 반가우면서도 더럭 겁이 났다.

　"다 끝났으면 우리한테 남은 게 뭘까."

　"글쎄."

영주는 진욱이 눈치채지 않도록 조심하며 옆으로 엉덩이를 옮겼다.

"우리가 얼마나 더 살 수 있겠냐. 여기 있는 음식도 머지않아 다 떨어질 거 아냐. 그렇게 버티다가 굶어죽든, 여길 나가다 미친놈들에게 잡혀 먹든 할 텐데 지금 이게 다 무슨 의미가 있는 거냐고."

"나도 모르지."

영주는 약간 기가 질려 대답했다. 그때 진욱이 슬그머니 영주의 목에 팔을 둘렀다. 땀이 난 그의 팔뚝이 끈적끈적했고 입김에서 소주 냄새가 났다. 진욱이 가까이 얼굴을 들이대며 속삭였다.

"많이 힘들지?"

영주는 얼굴을 찌푸리며 진욱의 팔을 쳐냈다.

"너 술 먹었니?"

손전등이 바닥에 떨어졌다. 불빛에 비친 손톱의 매니큐어 한쪽 끝이 뭉개져 있었다. 영주는 손전등을 집어들고 진욱을 비췄다. 진욱이 손을 들어 빛을 가리며 말했다.

"우리 그만 솔직해지자고."

"뭐? 뭘 솔직해지는데?"

영주가 말을 끝내기도 전에 진욱이 그녀를 잡아채 끌어안으며 강제로 입을 맞췄다. 손전등이 다시 바닥에 떨어져 빙그르르 돌았다. 동그란 불빛이 두 사람의 신발을 비췄다. 영주는 깜짝 놀라 있는 힘을 다해 진욱을 밀쳤다. 진욱이 비틀거리며 밀려나 진열대와 함께 쓰러질 뻔했다가, 간신히 균형을 잡고서 소리쳤다.

"씨발, 자꾸 이럴래? 너도 나한테 마음 있는 거 아니었어? 그러니까 내가 만나자고 했을 때 바로 나온 거 아냐. 그래놓고 왜 빼냐?"

"어이없다 너, 그걸 지금 말이라고 해?"

손전등 불빛에 희미하게 보이는 진욱의 얼굴은 그림자까지 드리워져 무시무시했다. 그는 아무 말 없이 영주를 쏘아보고 있었다. 영주는 조마조마한 심정으로 손을 등뒤로 뻗어 진열대를 훑었다. 커터 칼이나 가위가 잡히길 기대했지만 손 안에 들어오는 건 티슈와 생리대 정도였다.

진욱이 갑자기 목소리를 부드럽게 바꿔 말했다.

"지금 상황을 봐. 어차피 우리 죽을 거잖아. 아니, 죽을 가능성이 높잖아. 보는 사람도 없는데 뭐 어때. 긴장 좀 풀자. 너도 나랑 하고 싶었을 거 아냐. 그러니까 내 연락 받고 냉큼 나왔지. 안 그래?"

영주가 대답을 하지 않자 진욱은 좀더 가까이 다가오며 속삭였다.

"아하, 임신할까봐? 걱정 마. 그때까지 우리 살지도 못해."

진욱은 뭐가 좋은지 키득대며 웃더니 손을 옆으로 뻗었다. 그가 집어든 건 진열대 아래 놓여 있던 초박형 콘돔이었다. 진욱이 그것을 영주의 눈앞에 흔들어 보이며 말했다.

"정 신경 쓰이면 여기 콘돔도 있어. 이제 괜찮지?"

영주는 온몸에 소름이 돋는 것을 느꼈다. 완전히 미쳤구나. 제정신이 아니야. 처음부터 이런 인간이었던 걸까, 아니면 상황이 저 인간을 이렇게 만든 걸까. 어느 쪽이든 진욱이 좀비만큼 끔찍한 존재가 된 건 틀림없었다.

그녀는 빠르게 말했다.

"싫어. 그러니까 더 말하지 마. 아무 말도."

"제훈이 때문에 그래?"

영주는 입을 열었다가 다물었다. 말을 하다보면 눈물이 날 것 같았다. 분하고 서럽고 한심해서. 마지막일지도 모르는 순간 함께 있는 인간이 고작 이 정도라서. 그녀는 고개를 숙인 채 입술을 깨물었다. 진욱이 바닥에서 손전등을 집어들고 영주의 얼굴을 비췄다. 영주는 눈물이 그렁그렁한 눈을 소매로 훔쳤다.

"너 우니? 왜 울어? 정말 제훈이 때문이야?"

영주는 손전등을 쳐내며 말했다.

"그거 치워."

"걔 어차피 군대에 있을 거 아냐. 전혀 걱정할 거 없어. 우리보다 잘 지낼 테니까. 네가 걱정해야 할 건 나야. 너 아니었으면 나 이렇게 되지도 않았어! 너 만난다고 나왔다가 이 꼴 된 거 아냐!"

"나오라고 한 적 없어."

"너 솔직히 제훈이랑 헤어지려고 그랬잖아. 내가 제훈이한테 다 들었어."

"뭐? 뭘 들었는데?"

영주는 진욱을 노려보며 소리쳤다. 진욱은 순간적으로 움찔했지만 조그만 여자애에게 놀란 게 짜증났는지 바로 인상을 쓰며 말했다.

"내가 틀린 말 했어? 남자친구도 있으면서 나 만나러 나와놓고 이제 와서 안 된다는 건 뭐야! 너 사람 갖고 노냐?"

"내가……"

영주는 눈물을 닦고 숨을 크게 들이마셨다.

"세상이 끝장나도 너랑은 안 해. 차라리 밖에 괴물, 아니 좀비들이랑 하는 한이 있어도 너랑은 안 해. 알겠냐?"

"이게 진짜, 비교할 걸 비교해야지. 너 밖에 한번 나가볼래?"

진욱이 영주를 향해 다가섰다. 영주는 다리가 후들거릴 만큼 무서웠지만 물러서지도 시선을 피하지도 않았다. 대신 주먹으로 있는 힘을 다해 진열대를 때렸다. 쾅 소리가 울림이 되어 상가 전체로 퍼져나갔다.

"미친년이 씨발!"

진욱이 당황한 목소리로 영주를 막으려 들었다. 영주는 뒤로 돌아 편의점 문을 향해 달려갔다. 두 손으로 유리문을 때리고 또 때리자 깨진 손톱이 부러지며 피가 흘러나왔다. 멀리서 좀비의 으스스한 괴성이 들렸다. 진욱은 얼른 손전등을 끄고 진열대 뒤에 쪼그려앉아 숨을 죽였다. 영주도 유리문 아래 납작하게 엎드렸다. 멀리서 좀비들이 뛰어오고 있었다. 놈들은 피냄새를 맡은 맹수처럼 소리를 지르며 근처를 뒤지고 다녔다. 영주는 조금 전 진열대에서 꺼낸 티슈로 상처를 급히 싸맸다.

지하철역에 아직 전기가 들어올 때, 편의점 컴퓨터를 통해 괴물들의 정체를 알게 되었다. 좀비증후군. 영주는 그런 게 영화에나 나오는 줄 알았다. 좀비들에 쫓겨 편의점에 숨어 있는 지금조차도 눈앞에서 벌어지는 모든 일이 비현실적으로 느껴졌다. 이게 다 진짜일까. 사실은 다 꿈이거나 장난이 아닐까. 그녀는 자신이 알고 있던 세상이 얼마나 작은 것이었는지, 굳건하다고 믿은 안정이 얼마나 위태로운 것이었는지 이제야 알 것 같은 기분이었다. 진욱이 이토록 쉽게 미칠 거라고는 생각 못했다. 힘을 합쳐 이 지옥을 빠져나갈 방법을 찾을 수 있을 거라 믿었다.

그녀는 손가락에 티슈를 꽁꽁 감은 채 진열대 쪽으로 엉금엉금 기어갔다. 좀비의 괴성이 점점 커졌다. 진열대에 손을 뻗어 더듬거리며 각종 음료수와 먹을 것을 잡히는 대로 챙겼다. 그러다가 몇 번 물건을 바닥에 떨어뜨렸지만 상관없었다. 좀비가 워낙 시끄럽게 소리를 질러대 그녀가 내는 소음은 진욱에게 닿지 않았다.

영주는 진욱이 숨어 있는 쪽으로 더듬거리며 움직였다. 너무 어두워 아무것도 보이지 않았고 좀비들의 괴성 때문에 정신이 하나도 없었다. 여기가 맞는 방향일까? 이러다 덥석 진욱의 팔을 잡는 건 아닐까? 앞으로 기어가던 영주는 이내 겁에 질려 손을 멈췄다.

그때 바로 앞에서 진욱의 중얼거림이 들렸다.

"씨발, 저 꼴을 보라고. 다 끝났잖아. 죽는 거 말고는 방법이 없잖아. 근데 한번 하는 게 그렇게 싫어? 저 미친 괴물들

불러낼 정도로 싫어?"

진욱의 목소리가 점점 낮아지더니 나중에는 잘 들리지 않았다. 너무나 겁이 났지만 이대로 물러설 순 없었다. 진욱에게서 도망치려면 지금 행동하는 수밖에. 영주는 목소리가 들린 쪽으로 조심조심 움직였다. 그때 진욱이 손전등을 켰다. 영주는 움찔 놀랐지만 진욱은 그녀를 발견하고 불을 켠 것이 아니었다. 그는 한 손으로 불빛을 가리고 편의점 밖을 내다보았다. 새어나온 불빛으로 진욱의 반쯤 벌린 입술과 그 아래 지저분하게 자란 수염이 보였다. 금방이라도 입을 크게 벌리고 욕설을 내뱉을 것 같았다.

영주는 겁에 질려 딱딱하게 얼어붙은 팔다리에 힘을 주고 진욱을 향해 달려들었다. 머리로 진욱의 가슴을 들이받고 손전등을 빼앗았다. 갑작스러운 공격에 진욱이 엉덩방아를 찧은 사이, 돌아서서 창고를 향해 뛰었다.

"야! 강영주!"

영주는 창고 문을 열고 멈춰 서서 뒤쪽으로 손전등을 비췄다. 빨리 도망치고 싶은 마음이 간절했지만 지금 진욱이 어떤 얼굴인지 꼭 봐두고 싶었다. 진욱은 눈이 부신지 미간을 찌푸리며 일어서다 좀비의 괴성을 듣고 다시 주저앉아 영주를 노려보았다. 겁에 질린 그 몰골에 조금이지만 기분이 나아졌다. 그녀는 문을 닫기 직전 다다다 쏘아붙였다.

"이 섹스에 미친 짐승 새끼야. 저기 맥심 있으니까 그거나
봐. 참, 불빛이 없지? 그럼 상상하든가. 콘돔은 제일 작은 거
끼면 되겠다, 그치?"

영주는 문을 걸어 잠그고 창고 안 상자 위에 걸터앉았다.
심장이 미친듯이 뛰었다. 우울했지만 이상하게도 눈물이 나
진 않았다. 그녀는 핸드폰을 꺼냈다. 전기가 나갔을 때 배터
리를 아끼려고 전원을 꺼놨었다. 영주는 핸드폰을 켜기 전
심호흡을 하고 마음속으로 간절히 기도했다. 하느님, 제발
다 끝났기를……

전원을 켜면 통신망이 정상으로 돌아와 있고 대부분의 좀
비를 처단했으니 각자 있는 곳에서 조금만 참아달라는 문자
가 와 있을지도 모른다는 희망이 피어올랐다. 하지만 화면에
는 여전히 '서비스 안 됨' 글씨만 떠 있었다.

영주는 핸드폰을 끄기 전 제훈에게 문자를 보냈다.

—미안해. 보고 싶다. 정말.

완전히 먹통이라 전화도 문자도 되지 않았다. 영주도 그걸
알고 있었지만, 마음만이라도 제훈에게 전해지길 바라며 두
번 세 번 전송 버튼을 눌렀다.

3

제훈과 인호는 근무를 마치고 교대 신고를 위해 포대장실에 들어갔다. 송 중사는 통제본부와 통화중이었고 불침번인 경식이 난로 앞에 앉아 남은 건빵을 구워먹고 있었다. 제훈과 인호가 경례를 하자 송 중사는 얼른 들어가 자라고 손을 내저었다. 그는 수화기를 들고 돌아서며 기차 화통을 삶아먹은 듯 큰 소리로 말했다.

"거듭 말씀드리지만 저희끼리 부대를 유지하기 어렵습니다. 식량도 부족하고 무엇보다 부상자가 있습니다."

상대방도 송 중사만큼이나 목소리가 컸다.

"어떻게든 해봐. 너희까지 신경써줄 여력이 없어. 호텔에 내려가서 식량을 구하면 되잖아."

"밑에 좀비가 득실거립니다."

"총이 있잖아, 총이. 여긴 지금 난리도 아니야. 하루에 세 번씩 전투 치른다고. 지휘본부에서도 잠을 못 자. 정신 나간 사령관이 좀비의 인권 어쩌고저쩌고하는 바람에. 그 새끼 나중에 국회의원 출마하려고 그러는 건지. 아무튼 지금 여기는 1·4후퇴 때 되놈들처럼 몰려와. 그래도 문만 잠그면 발 뻗고 잘 수 있는 너희들이 낫지, 여긴 부대 주위로 그놈들이 까

맣게 몰려와서 지랄들이라고. 벌써 3분의 1이 전투 불능인데
교체할 부대도 없어."

제훈과 인호는 잠시 난로에 손을 쬐는 척하며 송 중사의 통
화를 엿들었다. 일이 어떻게 되어가는지 궁금했던 것이다.

불침번인 경식이 속삭였다.

"뉴스에서 하는 말처럼 간단한 상황이 아닌가봐. 밤에 엄
청나게 싸웠잖아? 그랬는데도 한남동을 돌파 못했대."

송 중사가 전화통화를 계속했다.

"부상자는 어떻게 합니까?"

"어떤 부상자? 좀비한테 물렸어?"

"뉴스에서 보니까 좀비한테 물리거나 긁히면 좀비가 된다
는데, 확실한 겁니까?"

"백 퍼센트 좀비가 되는 건 아니야. 상황에 따라 사람에
따라 달라. 간혹 저항력이 있는 인간이 있는 모양이야. 그래
서 더 판별하기가 복잡해졌어. 무조건 좀비가 되는 거면 물
리자마자 그냥 쏴버리면 끝이잖아. 그게 아니니까 구조하고
상처 치료하다가 뒤늦게 변해서 또다른 놈이 물리고…… 송
중사, 내가 너한테만 말하는 건데 여긴 지금 부상자도 그냥
없애버리고 있다. 그러지 않고서는 일이 안 될 정도야. 너희
부상자, 일단 감금해놨지?"

"예."

"그럼 됐어. 절대 부대원들이 접촉하는 일 없도록 주의하고. 대략 48시간 이내에 감염 여부가 드러나니까 그때까지만 지켜봐. 그러다가 좀비가 되면 없애버리고 사망자 처리해. 그 부분에 대한 책임 추궁은 없을 테니까 안심하고."

"책임 추궁 때문에 이러는 게 아닙니다. 그래도 제 부하 아닙니까."

"누군 좋아서 이런 얘길 해주는 줄 알아? 어쨌든 죽을힘을 다해 뚫고 들어가고 있으니까 알아서 버텨."

"식량은요?"

"네 판단에 맞춰 진행해. 굶든지 내려가서 가져오든지. 이상."

전화가 끊겼다. 송 중사는 수화기를 집어던지며 성을 냈다.

"개새끼들, 나더러 뭘 어떻게 하라는 거야!"

제훈과 인호는 포대장실을 나섰다. 막사 입구에 아직도 핏자국이 남아 있고 문짝에는 총알구멍이 숭숭 뚫려 있었다. 스티로폼과 철사로 구멍을 가려놨지만 흔적까지 지울 수는 없었다. 바람에 문짝이 덜컹거리며 구멍이 보였다가 사라졌다. 전부 박 소위가 총에 맞아 쓰러질 때 생긴 것들이었다.

제훈은 걸음을 멈췄다. 어쩌면 내일 다시 사람을 죽여야 할지도 모른다. 식량을 찾기 위해서. 영주를 구하기 위해서. 그때는 과연 망설이지 않고 방아쇠를 당길 수 있을까? 인호처럼 어떻게 해서든 살아남겠다고 결의를 불태울 수 있을까?

아마도 그럴 것이다. 아니, 반드시 그래야 한다.

아침식사는 컵라면과 건빵 한 봉지가 전부였다. 식량 보급이 중지되었기 때문에 남은 건 부식인 라면과 건빵, 군용 맛스타밖에 없었다. 병사들은 불평 한마디 없이 라면 국물에 건빵을 찍어 먹으며 텔레비전을 보았다. 두 사람이 죽은 후로 대부분 말수가 줄었다. 농담을 즐기던 성규조차 입을 꽉 다문 채 텔레비전만 쳐다봤다.

뜨거운 라면이 속에 들어가자 한결 몸이 따뜻해졌지만 제훈은 당장 점심 걱정부터 부모님 생각, 영주 생각으로 머릿속이 복잡했다. 하지만 마음을 다잡고 마지막 국물 한 방울까지 후루룩 마셨다. 일단은 많이 먹고 힘을 내는 수밖에 없었다.

제훈은 컵라면과 건빵을 하나씩 챙겨 의무실로 갔다. 식사를 해야 할 사람이 한 명 더 있었다. 제훈은 빗장을 들추고 문구멍을 통해 안에 있는 사람이 멀쩡한지 확인한 뒤, 문을 열고 들어가 침대 옆의 테이블에 라면과 건빵, 그리고 맛스타 한 캔을 내려놓았다.

　김영만 병장은 오른팔이 쇠사슬에 묶인 채 침대에 누워 있었다. 쇠사슬이 손목을 조이지 않도록 솜을 감아놨지만 그래도 편하지는 않을 것이다. 제훈 역시 마음이 불편했다. 부대원, 그것도 하늘 같은 선임을 감금하고 밥을 가져다줘야 한다니. 나중에 풀려나면 나부터 박살나는 거 아닌지 몰라.

　하지만 선택의 여지가 없었다. 좀비에게 팔을 긁힌 사람과 함께 내무실을 쓸 수는 없으니까. 문제는 부대가 작아 영만을 감금할 장소가 없다는 거였다. 날이 좋으면 곤돌라에 침낭 하나 던져놓고 거기서 생활하게 했을 것이다. 곤돌라를 28층 정도에 세워두면 도망을 갈 수도, 사람을 죽일 수도 없으니까.

　하지만 지금은 한겨울. 얼어죽을 게 뻔했다. 처음엔 영만을 묶어서 의무실에 가두기로 했다. 하지만 몸도 성치 않은 사람을 좀비가 될지 모른다는 가능성 때문에 묶어놓자니 미안하고 안쓰러웠다. 어떻게 할지 고민하는데 송 중사가 묘안을 냈다. 막사 외벽에 드릴로 구멍을 내고 쇠사슬을 통과시켜 영만의 팔에 수갑처럼 채우기로 한 것이다. 그럼 영만이 움직이는 데도 불편이 없고, 혹시 좀비로 변한다고 해도 외벽을 두른 철판을 통째로 뜯어내진 못할 테니까.

문제는 영만이 수갑을 차는 치욕을 감수하느냐였다. 제대를 앞둔 성규를 제외하면 최고참인데다 실질적인 우두머리인 영만이었다. 그런 사람이 눈물 콧물 다 짜면서 어떻게 나한테 이럴 수 있느냐 운운하기 시작하면 여러모로 난감해질 수밖에 없었다.

다행히 영만은 순순히 수갑을 찼다. 좀비가 될지 모른다는 공포 때문이리라. 아직 인간인 영만의 입장에서는 견디기 힘들 만큼 무섭고 괴로울 것이다. 팔다리가 잘려나간 채로 비틀비틀 걷는 괴물이 되느니 죽는 게 나을지도 모른다. 제훈은 컵라면 옆에 나무젓가락을 내려놓으며 일부러 활기차게 말했다.

"조금 전에 텔레비전에 수방사가 나왔는데, 지금 서울 치안을 대부분 확보했답니다. 아마 내일 정도면 군대가 호텔까지 밀고 내려올 것 같습니다. 무슨 연구소 소장도 나왔는데 지금 치료약 개발에 한창이라지 말입니다. 조금만 참으면 다 해결될 겁니다."

영만이 덥석 제훈의 팔을 잡았다. 제훈이 깜짝 놀라 팔을 뿌리치려 할 때 그가 얼굴을 들이밀며 말했다.

"너도 내가 좀비 될 거라고 생각하지?"

눈에는 핏발이 서 있었고, 면도를 못한 턱과 코 밑에 듬성 듬성 수염이 돋아 있었다. 제훈은 더듬더듬 말했다.

"아닙니다."

"이 새끼, 또 아니라고 하네. 아니긴 뭐가 아니야 새끼야. 그럼 내가 한번 물어볼까? 엉?"

영만이 입을 벌리자 허연 이가 드러났다. 제훈은 겁에 질려 다른 손으로 그의 얼굴을 후려쳤다. 픽! 얼굴이 옆으로 돌아가며 피가 튀었다. 제훈은 팔을 뿌리치고 두어 걸음 물러선 후에야 정신을 차렸다.

"김 병장님, 죄송합니다. 제가 너무 놀라서 그만……"

제 팔 무섭시오, 라는 말을 하면 분위기가 풀릴까. 아무리 그래도 차마 그 말은 못하겠다. 제훈이 멀찌감치 떨어져서 계속 사과하는 동안 영만은 고개를 숙이고 있었다. 눈가에 눈물이 비쳤다. 영만이 고개를 돌리며 목멘 소리로 중얼거렸다.

"가봐, 새끼야."

제훈은 경례를 붙이고 의무실을 나섰다. 등허리가 땀으로 축축했다. 하여간에 미친 새끼. 그러니까 왜 사람을 물려고 그래. 나더러 어떡하라고. 제훈은 소름이 돋은 팔을 쓰다듬었다.

새벽 2시에서 6시 근무자는 오전 10시까지 취침하도록 되어 있었다. 마음이 복잡해 잠들 수 없을 것 같았지만 막상 이불 속에 들어가자마자 제훈은 잠에 빠져들었다. 악몽을 꾸었는데, 박 소위가 나오고 영주가 나왔던 것 같았다. 하지만 깨고 나서는 아무것도 기억나지 않았다.

졸린 눈을 비비며 몸을 일으키니 부대원들 모두가 심각한 얼굴로 텔레비전 앞에 모여 있었다. 화면의 노이즈가 하도 심해 처음에는 다들 뭘 보는 건가 싶었는데, 자세히 보니 심각한 표정의 아나운서가 뭐라고 말하고 있었다. 성규가 훌쩍거리며 나 제대해야 하는데, 라고 중얼거렸다. 마치 세상이 무너진 것 같은 표정이었다. 인호도 넋 나간 얼굴로 텔레비전을 보고 있었다.

"다시 말씀드립니다. 오늘 아침 7시쯤 대부분의 백신 접종자가 좀비로 변했습니다. 접종을 받은 군인들이 기지를 습격했고, 도심에 진입했던 군부대 중 어떤 곳과도 현재 연락이 되지 않습니다. 지금 방송국 스태프들도 상당수 좀비가 된 상태입니다."

어디선가 쿵쿵 문 두들기는 소리가 들렸다. 그리고 귀에 익은 좀비의 괴성이 이어졌다. 아나운서를 잡고 있던 앵글이 기우뚱해지더니 화면에 피가 튀었다. 아나운서가 카메라 쪽을 힐끔 쳐다보더니 피로한 얼굴로 안경을 벗고 이마를 문질렀다. 마지막 순간, 아나운서는 안경을 고쳐 쓰고 카메라를 똑바로 쳐다보며 말했다.

"뉴스를 마칩니다. 마지막까지 희망을 놓지 마십시오. 시청자 여러분, 행운을 빕니다."

좀비들이 아나운서를 덮쳤다. 화면이 흑백의 노이즈로 바뀌었다. 제훈은 너무 놀라 아무 말도 하지 못했다. 그는 옆에 앉아 있던 경식의 팔을 잡아당겼다.

"방금 저게 뭡니까?"

"너도 봤잖아. 다 끝난 거지."

경식이 허탈한 목소리로 말했다. 거의 울 것 같은 표정이었다.

"전화도 끊겼고 본부하고도 연락이 안 된대. 이제 어떡하나?"

제훈은 현기증을 느꼈다. 몸에 힘이 풀려 똑바로 앉아 있을 수가 없었다. 그는 벽에 등을 대고 눈을 감았다. 머리가 빙글빙글 돌았다. 세상이 정말로 망한다는 건 이런 기분이구나. 당장 죽을 위험에 빠진 것은 아니지만, 결국은 모두 끝장나고 말겠지.

　순간, 설명하기 힘든 전율이 배 안쪽에서부터 온몸으로 퍼져나갔다. 영주야, 너는 지금 어디에 있니. 미치도록 영주가 보고 싶었다.

*

　송 중사는 포대장실에서 홀로 뉴스를 보았다. 그는 노이즈가 낀 화면을 바라보다 텔레비전을 껐다. 끝났군. 그는 무릎 위에 올려놓은 권총을 집어들고 장전 상태를 확인했다. 처음 좀비들이 나타났을 때부터 이렇게 되지 않을까 생각했다. 아니, 기대했다는 표현이 더 정확할지도 모르겠다. 시현이도 없는 세상이 존재할 이유가 어디 있겠나. 다 함께 불타 없어지는 편이 낫지.

　송 중사는 볼에 총신을 대고 문질렀다. 수염을 깎지 않아 버석거리는 소리가 났다. 아내는 더이상 전화를 받지 않았다. 회선이 끊긴 것인지 아내까지 변을 당한 것인지 알 수 없었다. 그녀가 죽었는지 살아 있는지 알지 못한다는 점이 그를 힘들게 했다. 제발 무사하길. 잠시라도 통화할 수 있기를. 그를 고통스럽게 만드는 건 부하들로 족했다. 박 소위만 죽지 않았어도 조용히 할일을 하며 그럭저럭 버텨나갈 수 있었을 것이다. 속마음이야 어쨌든 겉으로는 잘 해나갔겠지. 어쩌면 부대를 벗어나 아내에게 갔을지도 모른다.

하지만 좋든 싫든 이제 그는 부대의 책임자였다. 자신을 제외하고도 책임져야 할 목숨이 아홉 개나 되었다. 송 중사는 쓴웃음을 지었다. 세상이 끝나가는 와중에도 그는 임무에 얽매여 있었다. 마지막까지 하고 싶은 일은 하지 못하는 인생인 걸까.

문제는 앞으로 잘될 가능성이 거의 없다는 데 있었다. 그가 어떻게 지휘를 하건 부하들은 차례로 죽어갈 게 틀림없었다. 그야 죽음이 아쉽지 않았지만 부하들은 그렇지 않을 것이었다. 그들을 살리고 싶었지만, 그럴 가능성이 높지 않다는 것도 알았다.

그렇다면 남은 방법은 하나뿐이다. 앞장서 싸우다가 제일 먼저 죽는 것. 그렇다면 양심의 가책 없이 떠날 수 있겠지. 거기서 시현이를 만날 수 있다면 그걸로 만족이다. 그가 품은 슬픔은 죽음으로만 삼켜질 수 있었다.

1

병사들이 식당에 모두 모였다. 계영이 남은 식량을 가져와 테이블 위에 쏟아냈다. 전투식량 다섯 개와 건빵 열 봉지.

송 중사가 말했다.

"이게 우리가 가진 전부다. 뉴스를 봐서 알겠지만 당분간 본부의 지원은 없다. 어떻게든 우리가 식량을 확보한다."

제훈은 걱정스러운 얼굴로 다른 병사들을 쳐다보았다. 송 중사의 말대로 통신망이 완전히 끊겼고 텔레비전도 뉴스를 마지막으로 불통이 되었다. 라디오 주파수가 몇 군데 잡히긴 했지만 문을 잠그고 군이 올 때까지 기다리라는 정부의 선전 방송만 반복해서 흘러나올 뿐이었다.

"별로 어려운 일은 아닐 테니까 걱정하지 마라. 바로 아래 층에 레스토랑이 있으니까 멀리까지 갈 필요도 없어. 얼른 치고 빠지면 돼. 좀비들이 달려들면 쏴버리고 먹을 것만 챙겨서 올라오면 끝난다. 출발했다가 돌아오는 데 30분이면 될 거다. 식은 죽 먹기처럼 간단한 일이야."

그래, 퍽이나 간단한 일이겠다. 제훈은 생각했다. 총에 맞아도 죽지 않는 좀비들과 죽도록 싸우고서 베이컨과 양상추, 피클 등을 짊어지고 부대로 돌아오면 되니까.

문제는 이번이 끝이 아닐 거라는 점이었다. 레스토랑 음식도 떨어지면 결국 밖으로 나가야 한다. 다른 병사들도 비슷한 생각인지 표정들이 좋지 않았다.

송 중사가 큰 소리로 말했다.

"다들 기운 내. 그래도 물이 부족하진 않으니 얼마나 다행이냐. 밥 없이는 보름을 견디지만 물이 없으면 사흘 버티기도 힘들거든. 호텔 물탱크에 물이 가득하니 망정이지, 안 그랬으면 다들 물통 짊어지고 계단을 오르락내리락할 뻔했다."

그때 인호가 불쑥 입을 열었다.

"그게, 그렇지 않습니다."

"뭐?"

병사들의 시선이 인호에게로 쏠렸다. 이등병이자 소문난 고문관인 인호가 갑자기 나서자 다들 놀란 모양이었다.

상원이 말했다.

"저 새끼 저거 왜 저래? 뭘 잘못 먹었나?"

군에는 명령체계라는 게 있다. 부사관과 이야기할 수 있는 건 병장과 상병뿐이다. 그런데 이등병 나부랭이가 중사의 말을 가로막고 나서다니. 아무리 세상이 뒤집혔어도 있을 수 없는 일이었다. 하지만 인호는 상원을 무시하고 말을 이었다.

"현재 한전을 통한 전기 공급은 완전히 중지된 상태입니다. 지금 불이 들어오고 물이 나오는 건 호텔의 자체 발전기가 가동되고 있기 때문입니다. 지하에 있는 물탱크에서 물을 끌어올리려면 전기가 필요합니다. 문제는 발전기가 지금 호텔에 불필요한 전력을 공급하고 있을 거라는 점이지 말입니다. 펜트하우스 난방부터 와인 바 냉장고까지…… 과부하가 심한 여름에 시스템이 다운되는 일을 막으려고 설치하는 거라 그렇게 대용량이 아닙니다. 오래가지 못할 겁니다."

송 중사가 물었다.

"네 생각에는 발전기가 얼마나 갈 거 같냐?"

"이삼 일이 고작입니다. 지금이라도 지하 발전기로 가서 부하 분리를 해야 합니다. 호텔 내의 냉난방 시스템을 완전히 오프시키고 옥상에만 전력이 공급되도록 바꿔야 합니다."

"이 새끼 돌았네."

성규가 참지 못하고 소리쳤다.

"너 발전기가 어디 있는지 알기나 해?"

"모릅니다."

"근데 어딜 가!"

"지하에 내려가면 약도가 있을 겁니다. 이 정도 규모의 빌딩은 소방법상 양편 비상구 입구에 약도를 붙여놓게 되어 있으니 말입니다."

송 중사는 생각에 잠겼고 병사들은 겁에 질렸다. 이러다 송 중사가 오케이 지하로 가자, 하면 큰일이라는 생각이 들어서였다.

성규가 말했다.

"거기까지 어찌어찌 내려갔다고 쳐. 가다가 반은 죽겠지만 일단 그렇다고 치자고. 그래서 또 어찌어찌 발전기도 껐다고 치자. 거기서 또 반이 죽겠지. 그래도 기적처럼 해냈다 쳐. 그다음에 어떻게 올라올래? 전력 다 끄면 엘리베이터도 멈출 거 아냐. 계단으로 30층을 올라오냐? 올라오다가 다 죽겠네?"

"비상용 엘리베이터를 하나 남겨두면 됩니다."

성규는 말이 막히자 버럭 화를 냈다.

"이 새끼, 말이면 단 줄 알고."

그때 상원이 말했다.

"근데 너 발전기 조작할 줄은 알아?"

인호는 거기서 멈칫했다.

"잘 모르지만 영어로 되어 있을 테니까……"

상원은 목청을 높였다.

"영어 아니면? 독일어면? 일본어면 어떡할 건데? 작동도 할 줄 모르면서 괜히 내려갔다가 누가 죽으면 네가 책임질 거냐?"

제훈은 숨을 크게 들이마셨다. 그가 나서야 할 때였다. 영주를 구하려면 그 수밖에 없었다. 그는 배에 힘을 주고 큰 소리로 말했다.

"제가 발전기 다룰 줄 압니다."

성규가 의심스럽다는 듯 물었다.

"진짜? 네가 언제 그런 걸 배웠는데?"

"아르바이트할 때 건물 관리사무실에서 일한 적 있습니다. 발전기 끄는 데 5분이면 충분합니다."

제훈의 시원시원한 대답에 성규는 할말이 없는지 더는 뭐

라 하지 못했다. 인호가 의심스럽다는 눈빛으로 제훈을 쳐다
보았다. 제훈은 모른 척 고개를 돌렸다.

송 중사가 말했다.

"대안은 없을까? 지하에 내려가서 발전기 끄는 것 말고."

이번에도 인호가 나섰다.

"눈이나 비가 오길 바라면서 물통 비슷한 걸 모두 다 연병
장에 꺼내놓는 방법도 있습니다. 요새 눈이 자주 오니까 그
럭저럭 해갈은 가능할 겁니다. 그렇지만 전기가 끊기는 건
감수해야 할 테지 말입니다. 물론 비호 가동에 쓰는 발전기
를 뜯어서 써도 됩니다만."

뼛속까지 군인인 송 중사가 단칼에 거절했다.

"그건 곤란해."

"그렇다면 더 드릴 말씀이 없습니다."

잠시 생각한 끝에 송 중사가 결정을 내렸다.

"좋아. 그렇게 하자."

성규가 조심스럽게 물었다.

"뭘 그렇게 하자는 말씀입니까?"

"주방에서 식량 확보하고 지하에 내려가서 발전기 조작한
후 돌아오자고."

"송 중사님! 그러다 우리 다 죽습니다!"

"조금 내려가다가 정 뚫기 곤란하면 다시 올라오면 돼. 내가 지휘하고 여섯 명이 작전에 투입된다. 나머지는 부대를 지킨다. 지원자?"

병사들은 해쓱한 얼굴로 서로를 힐끔거렸다. 좀비들을 보고 싶지도, 그놈들 머리통에 대고 총을 쏘고 싶지도 않다는 빛이 역력했다. 무엇보다 재수없이 놈들에게 물려 좀비가 되고 싶지 않았다. 다들 송 중사의 시선을 피하며 어떤 넋 나간 놈이 자원하기를 바랐다.

"제가 가겠습니다."

제훈은 손을 들고 말했다.

"제가 발전기를 꺼야 하니까 말입니다."

인호가 손을 들었다.

"저도 가겠습니다."

잠시 후 계영이 우울한 얼굴로 손을 들었다. 취사 보급 담당으로 레스토랑을 자주 드나들어 주방 구조에 빠삭한 그였다. 자원하지 않더라도 어차피 팀에 끼게 되리란 걸 알았다.

시간이 흘러도 더이상 자원자가 나오지 않자 송 중사가 말했다.

"안성규. 최철우. 김경식. 니들도 같이 간다. 병준이랑 상원이는 부대 지키면서 영만이가 이상해지지 않는지 잘 살펴고. 작전에 참가하는 인원은 장비 챙겨서 12시 정각에 연병장에서 모인다. 방탄조끼 꼭 입고, 식량 담아야 하니까 배낭도 있는 대로 챙겨라."

작전에서 제외된 병준과 상원의 얼굴에 안도의 빛이 서렸다. 그들은 표정을 감추기 위해 고개를 숙인 채 예, 하고 대답했다. 식당을 나서는 송 중사를 철우가 급히 따라갔다. 녀석은 울퉁불퉁한 근육과 어울리지 않게 여린 목소리로 말했다.

"송 중사님, 송 중사님. 저 휴가입니다."

"뭔 소리야?"

"저 휴가증도 있습니다. 포대장님께 신고한 거 아시잖습니까. 상부에서 휴가 취소 안 시켰으니까 저 지금 휴가 기간입니다."

"그래서 어쩌라고? 지금 휴가 나가게?"

송 중사의 목소리가 점점 낮아졌고 철우의 목소리는 조금씩 작아졌다.

"그런 게 아니라 말입니다, 사정상 밖으로는 못 나가지만 제가 지금 휴가 기간이라는 점은 고려해주셨으면 좋겠다는…… 그런 겁니다."

"그러니까 몸은 부대에 있지만 공식적으로는 휴가니까 일을 시키면 안 된다, 이거구나?"

"예, 바로 그겁니다!"

송 중사는 코웃음을 흘리고 권총집으로 손을 가져가며 말했다.

"계엄령이야. 명령 불복종은 사살이라는 거 명심하고 다시 말해봐라. 내려가기 싫은 거냐?"

"아닙니다. 내려가겠습니다."

성규도 송 중사에게 할말이 있는 듯 옆에 서 있다가 슬그머니 뒤로 물러섰다. 말년이니까 빼달라고 하려던 모양이었다. 송 중사가 식당을 나가자마자 성규와 철우는 인호를 둘러싸고 욕을 퍼붓기 시작했다.

"영웅 되니까 좋냐, 개새끼야? 지하에는 갑자기 왜 가는데? 불 잘 켜지고 물 잘 나오는데 거긴 왜 가냐고. 위험한 일일수록 참다 참다 못 견디겠을 때 해야 하는 거 모르냐, 이새끼야."

제훈에게도 불똥이 튀었다. 성규는 쌍심지를 켜며 말했다.

"이 미친 새끼야, 발전기 다룰 줄 알아서 좋냐? 씨발, 송중사 앞에서 그걸 자랑하고 싶어? 이 꼴통 새끼."

철우가 쇠뭉치 같은 주먹을 흔들며 말을 보탰다.

"지구가 멸망해도 오늘밤에 집합이다. 김영만 병장님 대신에 내가 너희들 빠따 좀 쳐야겠다."

인호는 아무 말도 하지 않고 고개를 숙이고 있었다. 어쩔 수 없이 제훈 혼자 시정하겠다는 말을 백번 반복해야 했다. 두 사람이 성질을 부리다 가버리자 이번에는 계영이 다가왔다. 제훈은 긴장했지만 계영은 담담하게 말했다.

"헬멧이든 방탄조끼든 상한 거 있으면 말해라. 딴걸로 바꿔줄 테니까."

인격자네 인격자야.

제훈은 계영의 뒷모습을 보며 생각했다. 그가 계영의 처지였다면 조인트를 한 대씩 갈겼을 것이다. 계영이 멀어지자 인호가 물었다.

"근데 이 일병님 발전기 다룰 줄 아는 거 맞습니까?"

"아니, 나 발전기 본 적도 없다. 너만 믿는다. 영어로 쓰여 있으면 어떻게든 해결할 수 있는 거지?"

"그건 그렇습니다만, 그럼 왜 그런 말을 하셨습니까?"

왜냐하면 아래층에서 박은수를 마주칠 수도 있으니까. 그러면 영주가 어디에 있는지 알 수 있을지도 모른다.

"아까 뉴스 봤지?"

"예."

"이 상황에서 북한이 쳐들어오겠냐? 다 끝났어. 여길 더 지킬 이유가 없다고."

"그 말씀은……?"

"각자 하고 싶은 일, 해야 할 일을 하자는 뜻이야."

*

영주는 바닥에 박스를 깔고 그 위에 누워 있었다. 밖에서 좀비의 괴성이 들렸다. 먹잇감이라도 나타난 걸까. 아니면 심심해진 걸까. 한 놈이 소리를 지르자 전염병처럼 사방으로 괴성이 퍼져갔다. 한번 시작되면 한참 동안 계속되었다. 영주는 심장이 조여드는 통증에 얼굴을 찌푸렸다. 혼자 있는 시간이 길어질수록 공포도 커져 이제는 괴성을 듣는 것만으로도 숨 쉬기가 힘들어졌다. 처음에는 귀를 막고 엎드리거나 벽을 따라 빙글빙글 돌며 마음이 진정되기를 기다렸지만 이제는 그것만으로는 효과가 없었다. 문을 박차고 이 지긋지긋한 어둠에서 벗어나 파란 하늘을 보며 맑은 공기를 마시고 싶다는 욕구만 더욱 강해질 뿐이었다.

그녀는 벽에 등을 대고 책상다리로 앉아 핸드폰 전원 버튼을 눌렀다. 통화 목록과 문자를 확인하고 사진첩의 사진들을 보면 한결 숨 쉬기가 편해졌다. 부모님과 찍은 사진, 친구들과 찍은 사진, 제훈과 찍은 사진. 지금 눈앞에 닥친 악몽과는 관계없는, 좋았던 순간의 기억들. 이미 지나간 시간이지만 그저 쳐다보고 그때를 떠올리는 것만으로도 위안이 됐다. 그녀는 제훈과 찍은 사진을 보며 후회했다. 못되게 말하지 말걸. 더 잘해줄걸. 제훈을 위해서가 아니라 나 자신을 위해서.

서비스 불가 표시는 여전하고 엄마에게서도 제훈에게서도 연락은 없었다. 하긴, 여길 어떻게 찾아오겠어. 문자가 무사히 도착했을 가능성도 거의 없는데.

좀비들이 조용해졌다. 영주는 핸드폰 전원을 끄고 다시 누웠다. 이러다 영영 다시 켜지지 않는 날이 오면 어떡하지. 손전등으로 창고에 쌓인 박스를 비추다 초코파이를 꺼냈다. 좀비들의 소리를 듣고 나면 뭐든 먹지 않을 수 없었다. 문득 이러다 살이 엄청 찌겠다는 걱정이 들었다. 그래도 먹을 게 얼마나 남았는지, 얼마나 더 버틸 수 있을지는 생각하지 않으려고 노력했다.

그때 진욱이 문을 쾅쾅 두들겼다.

"영주야, 우리 얘기 좀 하자."

영주는 초코파이를 꿀꺽 삼키고 대답했다.

"그래. 해."

"아니, 얼굴 보면서 얘기하자고. 여기 어두워 죽겠어. 나 이러다 눈이 퇴화될지도 몰라. 손전등 가지고 거기로 들어가

버리면 난 어쩌라는 거냐. 화장실도 못 쓰게 하고. 너 때문에 나 지금 페트병이랑 쓰레기봉투에 싸고 있다. 이게 대체 사람이 할 짓이냐?"

그냥 바닥에 쌌나 했는데. 영주는 충고했다.

"냄새나면 좀비들 없을 때 밖에 몰래 버려."

"잠깐 문만 열어줘. 나 빛 조금만 보고 화장실 갔다가 나갈게."

"안 돼."

"야! 나 이제 너랑 할 생각 없어! 존나 독해가지고! 고거 몇마디 했다고 거길 들어가서 문을 잠가? 사람을 무슨 강간범 취급하냐? 이제는 네가 사정해도 안 할 거니까 그만 좀 해라! 우리 둘밖에 없는데 힘을 합쳐야지, 이게 뭐 하는 짓이냐?"

진욱은 문을 쾅쾅 두들기며 버럭버럭 소리를 질렀다. 영주는 담담하게 말했다.

"목청 크네? 더 해라, 좀비들 오게."

그러자 바로 거짓말처럼 조용해졌다. 진욱은 씩씩대다 말했다.

"너 이런 앤 줄 내가 꿈에도 몰랐다. 제훈이가 불쌍하다, 불쌍해."

영주는 대답하지 않았다. 마음에 구멍이 뚫린 듯 아팠다.

진욱이 말을 걸 때면 조금은 기분전환이 되었지만 가끔씩 그가 하는 말이 비수가 되어 가슴의 상처를 헤집었다.

"그런 소리나 할 거면 말 걸지 말고, 꺼져."

그녀는 싸늘하게 대답했다. 진욱은 목소리를 다정하게 바꿔 다시 말했다.

"미안. 내가 흥분했다. 네가 문을 안 열어주니까 자꾸 오해가 생기는 거잖아. 우리 얼굴 보고 차근차근 얘기해보자. 맺힌 것 있으면 풀고 친구처럼 잘 지내자고."

진욱은 계속 입에 발린 소리를 하다가 결국은 벌컥 화를 냈다.

"좋게 말을 하면 대답 좀 해라! 야!"

한심한 새끼. 영주는 고개를 설레설레 흔들었다. 이제는 진욱이 무섭기는커녕 안쓰러웠다. 정말 저러고 싶을까? 목숨이 왔다갔다하는 위험한 상황에서 남녀 단둘이 한 공간에 갇혀 있는데, 저렇게까지 찌질하게 구는 것도 재주다 싶었다.

"너 거기 있냐? 내 말 듣고 있어?"

진욱이 물었다. 그럼 어딜 갔겠니. 영주는 혀를 차다가 문득 떠오른 생각에 감미로운 목소리로 말했다.

"우리 한번 할까?"

잠시 침묵이 흘렀다. 캄캄한 데 오래 있어 그런지 진욱이 침 삼키는 소리도 잘 들렸다. 그는 다급한 목소리로 말했다.

"그래. 문 열어줘."

영주는 딱 잘라 말했다.

"싫은데?"

진욱이 "야 너 지금 장난해! 내가 너 죽여버릴 거야!" 소리를 지르는 걸 들으니 조금이지만 기분이 나아졌다. 그녀는 짧게 말했다.

"좀비 온다."

그러자 대번 조용해졌다. 겁은 진짜 많네. 차라리 앞뒤 안 가리고 완전히 돌아버린 거라면 이해할 수 있을 텐데. 극단적인 암흑 속에서 좀비에 둘러싸인 채 며칠을 보내면 제아무리 정신적으로 건강한 사람이라도 이상해질 수밖에 없을 것이다. 하지만 지금 진욱은 그저 못되고 나약한 짐승에 불과했다. 자기보다 강한 자는 두려워하면서도, 약자는 짓밟고 싶어하는.

영주는 무릎에 얼굴을 묻고 제훈을 생각했다. 한때 제훈이 싫어졌던 때가 있었다. 제훈의 소심함이 갑갑했고 보고 싶을 때 보지 못하는 것이 싫었다. 그래서 헤어지고 싶었다. 이제야 누군가가 보고 싶다는 것 자체가 얼마나 소중한 일인지 알 것 같았다.

2

송 중사는 무장을 마치고 난간으로 나와 담배를 피웠다. 부대를 지키기로 한 병준이 보초 차림으로 옆에 다가와 서며 말했다.

"송 중사님, 조심하십쇼."

"병준아. 너 의대 다니다 왔지?"

송 중사는 담배 연기를 내뿜으며 말했다.

"맞습니다. 왜 그러십니까?"

"저 아래 있는 사람들 말이야."

송 중사는 거리에 마네킹처럼 서 있는 좀비들을 바라보며 말을 이었다.

"정상으로 돌아올 가능성이 있을까?"

"솔직히 잘 모르겠습니다. 전 요즘 정상이 뭔지 비정상이 뭔지도 헷갈립니다. 의학적으로 저 사람들은 이미 죽었습니다. 뇌파가 멈췄고 심장도 뛰지 않을 겁니다. 체내에 피가 돌지 않아 근육이 쪼그라들고 살이 썩어가지 않습니까. 그런데 어떻게 움직이는지 이해가 가지 않습니다."

삶에 대한 갈망 때문일까. 송 중사는 길을 잃고 비틀비틀 거리를 오가는 좀비들을 쳐다보며 생각했다. 저들이 하는 일이라곤 산 자를 찾아 피를 빼는 것밖에 없다. 뜨거운 피를 먹으며 다시 심장이 뛰기를 바라는 게 아닐까. 이뤄질 수 없는 꿈. 어쩌면 좀비증후군 바이러스는 죽은 자가 갖는 삶에 대한 집착을 생명력으로 바꿔주는 건지도 모른다. 아무 근거 없는 억측에 불과하지만 송 중사는 왠지 그런 생각이 들었다.

만일 그렇다면, 정말 그렇다면.

송 중사는 화장해 납골묘에 안치하라는 주변 사람들의 권유를 뿌리치고 시현이를 고향집 뒷산에 묻었다. 이미 죽은 아이를 또 불태워 아프게 하고 싶지 않았기 때문이다. 만에 하나 아직 시신이 썩지 않았다면. 그는 떨리는 목소리로 물었다.

"만약에 이 사태가 끝나면 저들이 살아난 이유를 밝혀내서 죽은 사람들을 살릴 수 있지 않을까?"

"그건 왜 물으십니까?"

"됐고, 그냥 네 생각을 말해봐."

병준은 생각에 잠겨 있다가 천천히 입을 열었다.

"아닐 것 같습니다. 개인적으로도 그러지 않기를 바랍니다. 혹시 저렇게 살아난다면 그 고통은 어떻게 하겠습니까. 이지를 잃고 썩어가는 몸으로 살아가는 게 무슨 의미가 있겠습니까. 그냥 안식을 얻도록 해주고 싶습니다. 제가 저렇게 되더라도 마찬가지고요."

병준의 말이 옳다. 송 중사는 짧게 탄식했다. 사자死者에 대한 감정이란 언제나 산 자의 희망에서 비롯될 뿐이다. 죽은 자들이 살아난 거라면, 딸아이도 살릴 수 있지 않을까 생각했다. 욕심에 불과하다는 걸 송 중사도 알았다. 시현이는 죽었고 무無로 돌아갔다. 만일 그가 생각한 것처럼 삶에 대한 욕망이 사람들을 좀비로 살려내는 거라면, 시현이는 살아나지 않을 것이다. 남을 해치면서까지 자기 욕심을 차릴 아이가 아니었으니까. 시현이가 살아난다면 그건 순전히 그의 욕심 때문이다. 딸아이가 걷고 미소 짓고 아빠라고 부르는 광경을 한 번이라도 볼 수 있다면, 그 아이를 꼭 안을 수 있다면, 널 정말 사랑했다고 말할 기회가 한 번이라도 주어진다면, 그럴 수 있다면 무얼 내놔도 아깝지 않겠다. 송 중사는 고개를 흔들었다. 지옥 같은 이 세상에 그 아이를 불러내는 게 무슨 의미가 있겠나.

송 중사는 신을 믿지 않았다. 직업군인이자 평화유지군으로 여러 차례 전쟁터를 오가며 수많은 죽음을 보았지만 어디에서도 신이 존재한다는 흔적을 찾지 못했다. 세상은 더러웠고 비열한 욕망이 판쳤다. 많은 사람들이 높은 분들의 욕심 때문에 비참하게 죽었고 그 죽음에 책임이 있는 자들은 호의호식하다 제삼국으로 망명을 떠났다. 만일 어딘가에 초월적 존재가 있다면, 그자는 그 어떤 인간보다도 사악할 거라고 송 중사는 생각했다. 어쩌면 이 모든 일이 그자의 장난일지도 모른다. 인간의 욕망이 얼마나 추해질 수 있나 지켜보고 있는 걸지도.

"그냥 궁금했어."

송 중사는 꽁초를 빌딩 아래로 튕겨내며 중얼거렸다.

이제 싸우러 갈 시간이다.

*

제훈이 연병장으로 나섰을 때는 12시에서 2분이 지난 시각이었다. 다른 병사들은 이미 무장을 갖춘 채 사열대 앞에 모여 있었다. 모두들 긴장해 딱딱하게 얼어붙어 있었고, 배웅을 나온 병준과 상원 정도가 비교적 멀쩡했다.

제훈은 담배를 입에 물다가 창밖을 내다보고 있던 영만과 눈이 마주쳤다. 영만은 무표정하게 제훈을 바라보았다. 제훈은 영만이 안쓰러웠다. 얼마 전까지만 해도 부대의 실질적인 최고참이었던 사람이 좀비가 될까봐 겁에 질려 있으니.

제훈이 다가가 담배를 내밀자 영만은 제훈을 째려보다 창문을 열고 담배를 받았다.

"어디 가나? 본부에서 뚫고 나오래?"

"식당에 밥 가지러 갑니다."

영만이 담배를 입에 물었다. 제훈은 불을 붙여주었다.

"좀비들 잔뜩 죽이고 오겠구나, 그치?"

"……안 그랬으면 좋겠습니다."

"오래오래 행복하게 살 생각인가본데, 그렇게 안 될걸. 얼마 안 가서 다 좆될 거야. 너도 알지?"

제훈은 대답하지 않았다. 영만은 제훈의 얼굴을 향해 연기를 내뿜었다. 제훈이 연병장으로 돌아오자 경식이 의아한 듯 물었다.

"너 간도 크다? 병 옮으면 어쩌려고 그러냐?"

"아직 좀비가 된 것도 아니잖습니까."

제훈은 영만을 쳐다보았다. 그는 창가에 기대 멍하니 병사들을 쳐다보고 있었다.

경식이 중얼거렸다.

"저 새끼는 좀비 돼도 걱정, 안 돼도 걱정이다. 씨발, 내무실 돌아오면 별별 포악질을 해댈 텐데……"

그때 송 중사가 여분의 탄창 박스와 육군 표준장비인

PRC-999K 무전기를 양손에 든 채 나타났다. 그는 당장 중동 전쟁에 나가도 될 법한 완벽한 복장을 갖추고 있었다. 헬멧에 PVS-7 야간투시경을 달았고 K2 소총에는 레이저 포인터까지 부착했다.

그는 탄창 두 개씩을 병사들에게 나눠주었다.

"아껴 써라. 이게 부대에 남은 총알 전부니까. 좀비 보인다고 막 갈기면 안 된다. 정확하게 머리를 쏘고 내가 '그만' 하면 멈춘다. 알겠나?"

성규가 물었다.

"무전기는 왜 가져오신 겁니까?"

"내려갔다가 고립되면 큰일 아니냐. 병준이랑 상원이가 포대장실에 대기하고 있다가 상황이 발생하면 지원 나오기로 했다. 누가 무전병 할래?"

병사들의 시선이 제훈에게 쏠렸다. 고문관인 인호에게 무전기를 맡겼다가는 무슨 일이 터질지 모르니 그나마 제훈이 낫다고 생각하는 모양이었다. 제훈은 어쩔 수 없이 손을 들고 무전병을 자원했다.

미국영화를 보면 최신식 이어 마이크를 끼고 전투를 벌이는 군인들이 나오지만, 한국군은 2차세계대전에나 썼을 법한 거대한 무전기를 쓴다. 그나마 최신식인 P-999K 무전기도 무게가 20킬로그램이 넘었다. 완전무장한데다 무전기까지 짊어지자 다리가 천근만근이었다. 송 중사는 K2 소총을 꺼내 쥐고 비상구 앞에 섰다. 여전히 좀비들이 철문을 두들기고 있었다. 그는 마지막으로 당부했다.

"식량 확보가 최우선이다. 가급적 총 쏘는 건 자제해라. 지하로 내려갈지는 일이 풀리는 걸 봐서 결정할 생각이니까 미리 부담 가지지 말고. 특히 안성규, 너 인마."

성규가 머쓱해져 대답했다.

"알겠습니다."

"탄창이 떨어지면 주위 동료들에게 재장전이라고 외쳐라. 그럼 옆에 있는 녀석들이 장전을 마칠 때까지 엄호해주는 거다. 한꺼번에 총알이 떨어지는 일이 없게 서로 총 쏘는 거 잘 보고. 알겠냐?"

"예. 알겠습니다."

"좀비들 쏘는 것에 부담 가질 필요 없어. 내가 쏘지 않으면 내 동료가 죽는다고 생각해. 준비해라."

병사들은 소총의 안전장치를 풀었다. 송 중사는 철문을 힘껏 열어젖혔다.

3

시체 썩는 냄새가 코를 찔렀다. 문 앞에 십여 명의 좀비가 빽빽하게 붙어서 있었다. 대부분 어깨뼈가 부서져 팔이 축 늘어진 채였다. 그중에는 안내 데스크의 김보람도 있었다. 그 꼴을 보고 성규가 거의 울 듯한 목소리로 중얼거렸다.

"아이 씨발, 진짜……"

좀비들은 문이 열리자 당황한 얼굴로 병사들을 바라보았다. 먹잇감이라고만 생각했던 것들이 너무나 당당하게 나타나자 놀란 모양이었다. 하지만 곧 괴성을 지르며 달려들었다.

누가 먼저라고 할 것도 없이 방아쇠를 당겼다. 좀비들은 수십 발의 총탄을 맞고 계단 아래로 굴러떨어졌다. 죽은 지 오래되어 끈적하게 응고된 피와 살덩어리가 부서지듯 바닥에 떨어졌다.

송 중사가 사격 중지를 외치고 민첩하게 계단을 내려가 버둥대는 좀비들을 확인사살했다. 그는 일을 마치고 병사들에게 손을 흔들었다.

"자, 내려와. 이제 간다."

병사들은 숨을 멈추고 고개를 돌린 채 급히 계단을 뛰어내려갔다. 대열의 마지막에 선 제훈은 옥상으로 통하는 문을 닫으며 마음을 다잡았다. 이제 돌아갈 수 없다.

겁이 나서일까. 방아쇠와 닿은 검지가 땀으로 미끈거렸다. 안전장치를 풀었기 때문에 손가락을 살짝 누르기만 해도 총알이 나간다. 제훈은 문득 방탄조끼를 입어야 하는 이유를 다시 생각했다. 좀비 때문이 아니라 동료 때문이구나. 부대원 중 전투를 경험해본 사람은 송 중사밖에 없다. 나머지는 좀비를 보면 아무 곳에나 대고 총을 갈겨댈 가능성이 높다. 재수없으면 옆 사람이 쏜 총에 맞을 수도 있다.

라운지로 들어가는 철문은 부서진 채 바닥에 나동그라져 있었고 복도에 깔린 양탄자는 말라붙은 피로 온통 시커멓게 변한 상태였다. 복도 맞은편에 제훈이 어제 인호와 함께 탈출할 때 쓴 카트가 자빠져 있었다. 그리고 불타고 썩은 좀비의 시체가 보였다.

성규가 주위를 두리번거리다 입을 열었다.

"그냥 굶고 싶다 정말."

제훈은 그 말에 전적으로 동감했다. 지금 하느님이 나타나 일주일 굶을래? 좀비랑 싸울래? 물어보면 전자를 택할 것 같다. 벌써부터 입안이 바짝바짝 말랐다. 그는 수통을 꺼내 물을 마셨다. 수통에 항상 물을 채워두라는 말의 의미를 그는 이제 이해했다. 전투를 앞두니 평소보다 훨씬 목이 말랐다.

한때 별세계처럼 느껴졌던 라운지는 지금은 다른 의미에서 별세계였다. 벽이고 바닥이고 할 것 없이 모조리 피로 도배되어 있었다. 갈기갈기 찢겨 스펀지와 스프링이 튀어나온 가죽 소파, 박살나 주저앉은 마호가니 탁자와 대리석 테이블, 산산조각난 채 바닥을 굴러다니는 커다란 화병과 거무죽죽하게 썩어가는 생화. 전부 다 피를 흠뻑 뒤집어썼다. 그대로인 건 드높은 천장에 달린 거대한 샹들리에와 낮게 울려퍼지는 클래식 음악뿐이었다. 무자비하게 코를 파고드는 지독한 악취가 이게 악몽이 아니라는 사실을 알려주고 있었다.

라운지 깊숙이 진입한 부대원들이 일순 얼어붙었다. 십여 명의 좀비들이 느릿느릿 레스토랑 앞을 빙빙 돌고 있었다. 먹잇감이 없을 때 좀비가 보이는 특유의 패턴이었다.

"아주 지랄이네."

송 중사가 중얼거리며 장전을 확인했다. 철컥. 쇳소리를 듣고 좀비들의 시선이 한꺼번에 부대원들을 향했다. 놈들 중 하나가 소리를 질렀다. 녀석들은 갑자기 활력에 넘쳐 병사들을 향해 달려들었다. 송 중사의 K2 소총이 불을 뿜었다. 뒤이어 병사들도 총을 갈겨댔다. 집중포화를 받은 좀비들은 박살난 채 바닥을 나뒹굴었다.

"사격 중지!"

송 중사가 외쳤다. 팔다리가 부서진 좀비들이 바닥에 누워 버둥거렸다. 송 중사는 쓰러진 좀비들을 지나쳐가며 병사들에게 말했다.

"움직이지 못하는 건 쏘지 마. 총알 아껴야지."

병사들은 송 중사를 따라 레스토랑으로 바쁘게 걸음을 옮겼다. 다리가 부서진 좀비가 후미에 선 제훈의 군화를 잡았다. 제훈은 등허리에 소름이 돋는 걸 느꼈다. 몸이 이 정도로 부서졌음에도 사람을 잡아먹을 생각을 하다니. 좀비증후군이란 대체 어떤 병이기에 이토록 피에 집착하게 만드는 걸까. 제훈은 녀석의 머리를 걷어차려다 동작을 멈췄다. 고개를 쳐든 좀비의 얼굴이 낯익었다.

박은수다.

얼굴이 온통 피범벅이고 광대뼈 일부가 찢겨나가긴 했지만 플로어 치프인 박은수가 확실했다. 그는 더이상 멋쟁이처럼 보이지 않았다. 피를 찾아 여기까지 올라온 걸까, 아니면 플로어 치프라는 호텔리어의 긍지가 이곳으로 그를 이끈 걸까. 제훈이 머뭇거리는 사이 녀석이 입을 벌려 제훈의 발을 물어뜯으려 했다. 그때 인호가 은수의 관자놀이에 총을 대고 방아쇠를 당겼다. 은수가 축 늘어졌다.

인호가 말했다.

"하마터면 큰일날 뻔했습니다."

제훈은 구토를 참으며 은수를 돌아눕힌 다음, 쪼그려앉아 품속을 뒤졌다. 다행히 핸드폰은 상의 주머니 안에 들어 있었다. 액정이 약간 깨지긴 했지만 화면은 잘 보였다. 제훈은 급히 문자메시지를 확인했다. 그가 예상했던 대로 영주에게서 문자가 와 있었다.

―지금 어디야? 사람들이 갑자기 이상하게 변했어. 빨리 와줘. 나 지금 어디냐면

제훈은 가만히 문자메시지를 들여다보았다. 인호가 곁에서 훔쳐보고는 놀란 표정을 지었다.

"이 일병님, 그거……"

제훈은 대답하지 않고 다음 메시지로 넘어갔다.

―신사역ㅃㄹ무서워

―어디야왜전화안받아이나쁜자식아

―지금은안전한데이제어떻게될지모르겠어얼른와제발

문자는 거기서 끝났다. 마지막 문자가 온 시간은 어젯밤 7시였다. 제훈은 핸드폰을 손에 쥔 채 일어섰다. 목적은 이뤘지만 마음이 무거웠다. 영주가 안전한 곳에 숨어 있다니 그나마 조금 안심이긴 하지만, 거기서 얼마나 오래 버틸 수 있을지 몰랐다. 총을 든 군인들도 못 당해내는 좀비들을 민

간인이 막아낼 재주가 있을까. 사람들과 같이 있다면 그게 더 위험하지 않을까. 역시 모든 게 그의 잘못이었다. 문자를 보내지만 않았어도…… 제훈은 당장이라도 뛰어나가서 영주를 구하고 싶었다. 하지만 그는 슈퍼맨이 아니었다.

제훈은 박은수의 시체를 내려다보았다. 어떻게 할지 생각하다 인호를 쳐다보자, 인호의 표정 역시 심각해졌다. 출발하기 전 녀석에게 한 말이 떠올랐다.

각자 하고 싶은 일, 해야 할 일을 하자.

말 그대로다. 하지만……

인호가 뭐라고 말하려 할 때, 멀리서 송 중사가 손을 흔들었다.

"야! 이제훈! 너 거기서 뭐 해!"

제훈은 핸드폰을 품속에 넣고 송 중사를 향해 달려갔다. 아직 생각할 시간은 있다. 일단은 현재의 임무에 집중해야 한다.

레스토랑 안은 텅 비어 있었다. 식탁이며 의자는 대부분 뒤집힌 채였고 바닥에는 각종 뷔페 음식들이 널브러진 채 썩어갔다. 외벽을 감싼 통유리에 자잘한 금이 거미줄처럼 얼기설기 나 있었고 일부는 완전히 깨져 싸늘한 바람이 새어 들어왔다. 희끄무레한 회색 하늘에 조금씩 눈발이 날리고 있었다.

주방 문을 열자 좀비들이 보였다. 스무 명 정도 되는 놈들이 느릿느릿 좁은 주방을 오가고 있었다. 좀비가 되지 않고 완전히 죽은 듯한 누군가가 타일 바닥에 머리를 박은 채 쓰러져 있었다.

가스레인지 불이 켜져 있고, 좀비 하나의 소매에 불이 붙어 팔이 타고 있었지만 아무 느낌도 없는지 느릿하게 동료들과 함께 걸음을 옮겼다.

송 중사는 총을 까딱이며 말했다.

"어이."

그러자 좀비들이 위협적인 소리를 내며 송 중사에게 달려들었다. 그러나 주방은 너무 좁았고, 그에 비해 좀비 수는 너무 많았다. 그들은 동시에 움직이려다 저희들끼리 다리가 엉켜 자빠지거나 휘청거렸다.

"쒸."

자동소총이 동시에 불을 뿜었다. 스테인리스 싱크대며 찬장에 구멍이 숭숭 뚫렸고 좀비들이 춤을 추듯 흔들리다가 그 자리에 축 늘어졌다. 송 중사가 살아남은 자들을 확인사살했다. 성규는 가스레인지 불을 끄며 그래도 다행이라는 듯 중얼거렸다.

"우리 안 왔으면 불 났겠다."

냉동실 문을 열자 냉기가 쏟아졌다. 병사들은 하얀 입김을 내뱉으며 안으로 들어갔다. 열 평 남짓한 냉동실 안에 꽁꽁 얼어붙은 고기가 주렁주렁 매달려 있었고 바닥에 차곡차곡 쌓인 상자 속에는 베이컨과 연어 등이 들어 있었다.

병사들이 배낭에 식량을 담았다. 하지만 갈고리에 매달린 고기는 너무 커서 가방 속에 넣을 수가 없었다. 계영이 냉동실 구석에 있던 물품 운반용 카트를 끌어내며 말했다.

"고기도 가져가는 편이 낫겠죠?"

"그래, 겨울이니까 밖에 보관하면 되겠지. 정 안 되면 염장을 하면 되고. 가져갈 수 있는 만큼 담아라."

병사들은 고기를 덩어리째 카트에 올려놓기 시작했다. 힘쓰는 일을 하자 철우의 근력이 빛을 발했다. 송 중사가 철우를 데려오길 잘했다는 듯 흐뭇하게 웃었다. 제훈은 냉동실 안쪽에 웅크리고 있는 남자 둘을 발견했다. 처음에는 좀비인 줄 알고 총을 쳐들었지만, 다시 보니 얼어죽은 사람들이었다. 그들은 서로 부둥켜안은 채 미동도 하지 않았는데, 몸 위로 하얀 서리가 두껍게 덮여 있어 사람의 시체라기보다는 박물관의 밀랍 인형처럼 보였다. 제훈은 무거운 심정으로 시체들을 바라보았다.

성규가 시체를 보고 말했다.

"잘 죽은 거야. 좀비가 되는 것보다 낫잖아."

식품보관실 문은 잠겨 있었다. 송 중사가 몇 번 문을 잡아당겨보다가 잠금쇠가 있는 부분을 총으로 쏜 후 발로 걷어찼다. 그곳은 식료품의 보고답게 통조림과 비스킷, 소스, 조미료가 산더미처럼 쌓여 있었다. 송 중사는 탄창을 갈아 끼우며 말했다.

"소금 많이 챙겨라. 이런 때일수록 소금이 중요하니까."

그때 보관실 안쪽에서 누군가 얼굴을 내밀었다.

"사, 사람이에요?"

주춤주춤 밖으로 나온 사람은 파울로였다. 떡이 진 머리에 얼굴은 초췌하고 셔츠와 청바지 여기저기에 얼룩이 묻어 있었다. 그는 한 손에 쇠파이프를 든 채 커다란 눈망울로 문가를 살피다가 병사들의 얼굴을 보더니 떨듯이 기뻐하며 제일 앞에 있던 송 중사를 꼭 끌어안고 양볼에 연거푸 뽀뽀를 날렸다. 송 중사가 권총을 뽑아드는 걸 계영이 말렸다. 파울로는 성호를 긋고 짧은 기도를 올리더니 그동안 얼마나 힘들었는지 떠들기 시작했다.

"갑자기 사람들이 뱀파이어로 변하는데 얼마나 놀랐는지 몰라요. 간신히 여기 숨었는데 밖에는 뱀파이어들이 계속 왔다갔다하고, 정말 미치는 줄 알았어요."

송 중사가 파울로를 의심쩍은 눈으로 쳐다보다 계영에게 물었다.

"좀비는 아닌 것 같은데 왜 저래? 저 새끼 약 하나?"

"원래 저럽니다."

파울로는 식량을 챙기는 병사들 사이를 오가며 계속 그동안 있었던 일을 떠들었다. 그러다가 이상함을 느꼈는지 두리번거리며 말했다.

"그런데 물건을 왜 내가요? 이거 호텔 건데. 호텔 사람들이랑 얘기는 했어요?"

아무도 대답하지 않았다. 파울로는 더욱 불안한 표정으로 물었다.

"의사 안 데려왔어요? 나 다쳤는데."

그제야 병사들의 시선이 파울로에게로 쏠렸다. 송 중사가 총을 고쳐 잡으며 부드럽게 말했다.

"왜? 물렸어?"

병사들은 숨죽인 채 파울로의 대답을 기다렸다. 파울로가 순진무구한 얼굴로 살짝 긁힌 팔뚝을 보였다.

"아뇨, 문에 긁혔어요."

송 중사는 구석을 가리켰다.

"저쪽으로 가서 입 다물고 있어."

천하의 파울로도 송 중사의 서슬에 기가 죽어 더이상 말을 꺼내지 못하고 구석으로 갔다. 송 중사가 제훈에게 손짓했다.

"이제훈! 이리 와봐."

제훈은 기계적으로 통조림을 옮겨 담으며 멍하니 영주 생각을 하다가 송 중사가 부르는 걸 뒤늦게 알아차리고 급히 뛰어갔다. 송 중사는 돌아서라고 손을 까딱이고는 제훈이 등에 멘 무전기의 수화기를 집어들고 부대로 전화했다. 한동안 대답을 기다리던 그가 인상을 썼다.

"이 새끼들 왜 대답이 없어? 야! 유병준! 한상원!"

그는 무전기를 몇 대 때려보고 주파수를 조작했다. 하지만 잡음만 계속될 뿐 대답하는 사람이 없었다. 제훈은 얼굴을 찌푸렸다. 두 사람이 동시에 화장실에 갔을 리는 없다. 무전기 앞에 대기한 채 연락을 기다리고 있어야 정상인데 왜 말이 없을까? 불안감이 엄습했다.

"왓? 아 유 키딩? 나 놀리는 거지?"

파울로의 놀란 목소리가 들렸다. 인호의 팔을 잡고 뭐라 떠들고 있는 걸 보니, 아마 그간의 사정을 들은 모양이었다. 한국어와 영어가 뒤섞인 그의 말을 제대로 알아들을 수 없었다.

"그 새끼 그거 조용히 시켜라."

송 중사가 투덜대고는 다시 무전기에 집중했다. 하지만 끝까지 부대에서는 대답이 없었다. 병사들도 낌새를 챘는지 불안한 표정으로 송 중사를 힐끔거리며 식량을 챙겼다.

송 중사가 중얼거렸다.

"느낌이 안 좋아."

성규가 조심스럽게 물었다.

"그럼 돌아갈까요?"

"그래야겠지. 어차피 못 내려가는 거였어. 저걸 다 들고 지하로 내려갈 순 없으니까."

"그럼 발전실에 갈 때는 멤버 다시 뽑는 겁니까? 이번에 안 간 멤버들 위주로 말입니다."

"아니, 또 너희랑 갈 거다. 특히 성규 너랑은 지옥까지 같이 갈 거니까 그렇게 알아라. 대충 챙겼으면 정리해. 올라간다!"

송 중사는 앞장서 움직이다 파울로를 가리켰다.

"재한테도 짐 좀 들게 해라. 어차피 재 입에도 좀 들어갈 거니까 같이 힘을 써야지. 카트 밀라고 해."

"그래도 민간인인데요……"

계영이 난감한 듯 말끝을 흐리자 송 중사가 인상을 썼다.

"이런 시국에 군인 민간인이 어디 있어? 다 군인이지!"

송 중사는 주방을 나서려다 찬장 밖으로 삐죽 나온 위스키 상자를 보고 걸음을 멈췄다. 상자 옆면에 'Ballantine's Aged 21 Years'라는 글씨가 보였다.

"여기 좋은 게 있네."

송 중사는 찬장으로 손을 뻗었다. 계영으로부터 카트를 받아들던 파울로의 눈이 커다래졌다.

"노! 그거 건드리지 마세요!"

송 중사는 저 새끼 또 시작이네, 하는 표정으로 파울로를 쳐다보며 상자를 당겼다. 순간 찬장 문이 열리고 위스키 상자 뒤에서 좀비가 튀어나와 송 중사의 어깨에 올라탔다. 처음에는 어린앤가 했는데, 자세히 보니 하반신이 통째로 날아간 좀비였다. 끊어진 허리에서 척추가 길게 늘어져 너덜거렸다. 좀비는 송 중사의 목을 이빨로 찢고 피를 빨아먹었다.

송 중사는 비명조차 지르지 못했다. 단지 어어, 하는 소리를 내며 비틀거릴 뿐이었다. 병사들은 모두 좀비에게 총을 겨눴지만 송 중사가 맞을까봐 방아쇠를 당기지 못했다.

그때 송 중사가 권총을 꺼내 좀비의 머리에 대고 방아쇠를 당겼다. 하지만 겨냥이 제대로 되지 않아 총알은 엉뚱한 곳으로 날아갔다. 애꿎은 계영이 머리를 맞고 자빠졌다. 핏물이 사방으로 쫙 퍼졌다. 경식이 씨발, 하고 욕설을 내뱉었다.

송 중사는 푸들푸들 떨리는 입술을 꽉 깨물며 좀비의 머리통을 꽉 잡고 정확하게 총을 겨눈 다음, 방아쇠를 당겼다. 좀비가 바닥으로 떨어졌다. 송 중사는 널브러진 좀비의 머리통에 남은 총알을 모조리 쏟아붓고 벽에 기대 숨을 헐떡거렸다. 얼굴이 피와 땀으로 번들거렸고 목에서 계속 피가 뿜어져 나왔다. 손으로 상처 부위를 꽉 눌렀지만 핏줄기가 멈출 기미를 보이지 않았다.

송 중사가 주저앉았다. 병사들은 송 중사 주위를 둘러싼 채 침묵했다. 그는 피거품을 뱉어내며 컥컥댔다. 누가 봐도 얼마 견디지 못하리란 게 분명해 보였다. 일행 중 그 사실을 받아들이지 못한 건 성규뿐이었다. 그는 거의 울 듯한 얼굴로 말했다.

"송 중사님, 괜찮으세요?"

송 중사는 고개를 흔들었다. 잔뜩 찡그린 표정으로 보아 괜찮을 리가 있냐고 말하고픈 듯했다. 성규가 다시 말했다.

"이제 저희는 어떡합니까? 송 중사님."

송 중사는 피로한 얼굴로 성규를 쳐다보다 간신히 목소리를 냈다.

"빨리 쏴 병신아."

그리고 천천히 눈을 감았다. 잠시 침묵이 흘렀다. 병사들은 성규에게 시선을 주었다. 이제 부대의 최고 선임은 성규가 되었다. 무슨 일이든 성규가 결정을 내려야 했다. 성규는 몇 번이나 망설이다가 총을 들어 송 중사의 머리를 겨눴다.

"아, 씨발 못 하겠다."

성규가 총을 내리는 순간, 송 중사가 눈을 떴다.

홍채 없이 하얀 눈이었다.

*

죽는 건 결코 간단하지 않았다. 송 중사는 죽어가며 그 사실을 알았다. 죽음은 그가 생각했던 것보다 훨씬 고통스럽고 길었다. 남들에게는 찰나지만 숨이 멎는 자에게는 영원에 가깝도록 긴 고통이었다. 시현이도 이런 고통을 겪었을까. 송 중사는 그 사실이 더 받아들이기 힘들었다.

마침내 평온이 찾아왔다.

그는 눈을 감았고 생체시계가 정지했다. 하지만 그게 끝이 아니었다. 저주받은 좀비 바이러스는 세포를 급속도로 되살리기 시작했다. 송 중사가 되살아나며 느낀 첫 감정은 타는 듯한 갈증과 고통이었다. 화염이 살갗을 태우고 뇌를 녹이고 눈을 멀게 했다. 그에게 남은 건 분노와 갈망뿐이었다. 그게 그가 세상으로 돌아온 대가였다. 송 중사는 다시 눈을 떴고, 소리를 질렀다.

병사들의 총구가 동시에 불꽃을 뿜었다.

4

성규는 송 중사의 총을 집어들며 낮은 목소리로 말했다.

"계영이 총도 챙겨라."

"시체는요?"

"가져가서 뭐 하게. 묻어줄 수도 없는데 그냥 뒤. 제훈아, 이리 와."

성규가 제훈의 무전기 수화기를 집어들었다. 부대와의 교신은 여전히 되지 않았다.

"이 새끼들 왜 안 받아."

"뭔 일 터진 게 아닐까요?"

철우가 조심스레 말했다. 성규 역시 걱정이 되는지 표정이 좋지 않았다. 그는 거칠게 수화기를 내려놓으며 말했다.

"일단 올라가자. 가보면 알겠지."

부대의 우두머리이자 구심점인 송 중사가 죽었다. 제훈은 암담해졌다. 세상이 멸망하더라도 송 중사라면 어떻게든 부대를 이끌어갈 거라고 생각했다. 그런데 아래층에 내려오자마자 그가 어이없이 죽어버렸고, 제대 후 토스트 장사를 시작하겠다던 성규가 책임자가 되었다. 저 인간을 과연 믿어도 될까? 제훈은 성규의 얼굴을 힐끔 쳐다보곤 고개를 흔들었다. 절대 아니다.

제훈은 영주를 찾으러 갈 생각이었다. 그래서 본 적도 없는 발전기를 다룰 줄 안다고 큰소리를 쳤다. 지금이라면 어렵지 않다. 슬그머니 뒤로 빠져 다른 출구로 나가면 된다. 송 중사가 없는 이상 누구도 그를 막을 사람은 없다. 하지만 용기가 나지 않았다. 좀비가 득실거리는 바깥에서 홀로 무얼 할 수 있을까.

제훈은 걸음을 멈췄다. 정말로 좀비가 무서워 밖에 나가지 못하는 걸까. 사실은 혼자가 되는 것이 두려운 게 아닐까. 어찌어찌 지하철역에 도착했는데 영주가 죽었거나 좀비가 되어 있다면 그는 완벽하게 혼자가 된다. 갈 곳도 없고 만날 사람도 없는 채로. 그게 무서운 거 아닐까. 그러느니 차라리 부대에서 동료들과 함께 있는 편이 낫다고 생각하는 게 아닐까.

그는 도살장에 끌려가는 소처럼, 혹은 목적 없는 좀비처럼 다른 병사들을 따라 움직였다. 레스토랑을 나왔을 때 맞은편

홀에서 진짜 좀비 몇 마리가 걸어왔다.

"개새끼들. 전부 죽여버려."

성규가 화를 내며 총을 겨눴다. 그런데 좀비의 수가 늘어나기 시작했다. 스물 서른 마흔. 쉭쉭, 녀석들이 내는 숨소리가 점점 커졌다. 쿵. 쿵. 쿵. 좀비들의 발소리가 들렸다. 호텔 안에 있던 모든 좀비가 몰려들고 있는 게 틀림없었다.

병사들은 주춤주춤 뒤로 물러섰다. 지금 보이는 놈들을 쏴 죽인다고 끝이 아니었다. 게다가 이제는 송 중사가 없었다. 언제 총을 쏘고 언제 멈출지 결정할 사람이 없다는 뜻이었다. 카트를 끌던 파울로가 뒷걸음치다 자빠지려고 하는 걸 제훈이 잡아주었다. 파울로는 땀에 젖은 얼굴로 제훈에게 고맙다고 말했다.

좀비들은 섣불리 달려들지 않고 천천히 다가왔다. 지금까지 보여주던 패턴과는 달랐다. 계속되는 실패를 통해 학습이 된 걸까. 그렇다면 완전히 이지를 잃은 존재는 아니라는 뜻인가. 제훈의 머릿속이 복잡해졌다.

성규가 슬쩍 뒤를 돌아보았다.

"레스토랑 반대쪽에도 출구 있지?"

철우가 말했다.

"있습니다."

"좋아. 내가 셋, 하면 그리로 뛰는 거다. 하나!"

인호가 제훈의 귓가에 속삭였다.

"이 일병님, 튑시다."

"뭐?"

"이대로 올라가면 뭐 합니까. 각자 하고 싶은 일을 하자고 이 일병님이 말씀하셨지 않습니까. 이 일병님은 여자친구를 구하고, 저는 가족을 구하고."

제훈은 간신히 말했다.

"괜찮겠냐?"

탈영에 대한 거부감. 좀비에 대한 공포. 막상 나갔는데 지켜야 할 사람들이 모조리 죽었을지 모른다는 불안. 그 한마디에 모든 감정이 담겨 있었다.

"둘!"

"부대에 올라가 후회하면서 사는 것보다는 낫습니다. 어차피 후회할 거라면 소중한 사람을 찾으려고 노력이라도 해봐야죠. 이제는 실수한다고 낙오될 세상도 없습니다."

"셋!"

병사들은 동시에 돌아서서 뛰었다. 파울로는 카트를 끌며 뛰다가 좀비들이 쫓아오자 식료품 위에 올려놨던 송 중사의 총과 헬멧만 옆구리에 끼고 100미터 달리기를 하듯 질주했다. 성규가 소리쳤다.

"야! 이 새끼야! 그거 버리면 어떡해!"

반대쪽 문으로 나오자 레스토랑으로 향하는 좀비떼의 뒷모습이 보였다. 병사들은 미친듯이 총을 갈기며 라운지 중앙의 비상구로 뛰어갔다. 좀비들보다 먼저 도착해야 했다.

엘리베이터 앞에서 일행이 갈렸다. 성규와 철우, 경식은 비상계단으로 올라갔고 인호는 엘리베이터 앞에 서서 버튼을 눌렀다. 제훈은 걸음을 멈췄다. 아직 마음을 정하지 못해서였다.

성규가 돌아서며 욕설을 내뱉었다.

"저 고문관 새끼는 뭐 하는 거야? 야! 이인호! 이리 안와!"

하지만 인호는 아무 소리도 들리지 않는 듯 엘리베이터 앞에 우뚝 서서 달려드는 좀비들에게 총을 쐈다. 앞장선 놈이 머리를 맞고 고꾸라졌다. 하지만 그 뒤에도 좀비는 많았다. 인호는 침착하게 계속 총을 갈겼다. 27층, 28층, 엘리베이터가 올라오고 있었다. 제훈은 배에 힘을 주었다. 인호가 뭐라고 했지? 낙오될 세상이 없다고? 부딪치고 후회하자고? 성규가 외쳤다.

"미친 새끼, 그냥 가자!"

병사들이 계단을 뛰어올랐다. 제훈은 인호를 향해 뛰었다. 두 사람이 총을 쏘자 좀비들의 진격이 늦춰졌다. 마침내 엘리베이터의 문이 열리고 안으로 뛰어들어왔을 때, 계단 위에 선 병사들의 황망한 얼굴이 보였다. 문이 닫히려는 순간 파울로가 슬라이딩하듯 몸을 날려 엘리베이터 안으로 미끄러져 들어왔다.

문틈으로 마지막으로 본 건 병사들을 향해 달려가는 좀비들의 모습, 당황한 눈으로 쳐다보는 경식, 그리고 소리를 지르는 성규의 얼굴이었다. 인호는 탄입대에서 새 탄창을 꺼내 끼우며 말했다.

"이 일병님, 감사합니다."

"감사하긴 뭘. 내가 너한테 고맙지."

파울로는 거울을 보며 송 중사의 헬멧을 썼다. 제훈은 말했다.

"파울로는 왜 온 거야?"

"위로 올라가면 도망 못 가잖아. 너희들 밖에 나가는 거 아냐? 나 애인 있어. 애인 만나야 돼. 나 무사한 거 알려줘야 돼."

"파울로 여자친구 많잖아? 옥상에 데려왔던 여자만 세 명은 됐던 것 같은데."

"그건 친구. 애인은 한 명이야. 베리 시리어스. 결혼할 사이야."

그 여자 살아 있는 건 확실해? 지금 어디 있는지는 알아? 제훈은 목구멍까지 차오른 말을 간신히 삼켰다. 제훈이나 인호도 아무런 확신 없이 호텔을 빠져나가고 있는 건 마찬가지였으니까.

"여자친구랑 대사관에 갈 거야. 한국은 위험하니까 같이 떠나야지. 보미는 예쁘고 착하니까 엄마도 좋아할 거야."

제훈은 인호와 시선을 교환했다. 파울로는 이제 대사관도 국가도 의미가 없음을 모르고 있었다. 제훈은 인호에게 아무 말 말라고 고개를 흔들었다. 인호는 헛기침을 하고 다른 걸 물었다.

"총 쏠 줄은 알아요?"

"걱정 마. 영화에서 봤어."

그는 능숙하게 노리쇠뭉치를 잡아당겼다가 놓았다.

"이렇게 하고 방아쇠를 당기면 되는 거 아냐."

"딴 데 겨눠! 그거 안전장치 풀렸어!"

제훈은 깜짝 놀라 재빨리 총구를 옆으로 밀어냈다. 탕! 총이 발사되어 벽에 구멍이 뚫렸다. 하지만 파울로는 별로 놀라거나 미안한 기색 없이 어깨를 으쓱거릴 뿐이었다. 좀비

못지않게 위험한 놈이다. 제훈이 총을 빼앗으려고 할 때, 엘리베이터가 1층에 도착했다. 제훈은 엘리베이터 바닥에 무전기를 내려놓았다.

군대여. 안녕.

로비는 완전히 박살이 나 있었다. 하얀 대리석 바닥과 폭신했던 고급 카펫은 원래 색깔이 어땠는지조차 알아볼 수 없었다. 테이블이며 의자는 물론이고, 로비 가운데 있던 청동 조각상도 부서져 있었다. 시체들이 여러 구 쓰러져 있는 가운데 거대한 조각상의 머리가 뒹구는 모습은 그로테스크했다. 좀비는 한 놈도 보이지 않았다. 총소리를 듣고 전부 위층으로 뛰어올라간 걸까?

파울로가 뭐라 중얼거렸다. 정확한 의미는 모르겠지만 욕이라는 건 알 수 있었다. 그가 침을 꿀꺽 삼키고 주위를 둘러봤다. 더이상 얼굴에 장난기는 보이지 않았다.

"가죠."

인호가 배낭을 고쳐 메며 말했다. 어찌나 식량을 쑤셔넣었는지 인호의 머리 위로 배낭이 쑥 올라와 있었다.

"안 무겁냐?"

"그래도 먹을 게 있어야 하지 않습니까. 가족 중에 배곯은 사람이 있을 수도 있고 말입니다."

제훈은 바닥만 살짝 채운 배낭을 내려놓고 인호의 식량을 나눠 담았다. 로비는 여전히 조용했고 그래서 더 겁이 났다. 파울로는 놀란 얼굴로 로비를 바라보고 있었다. 제훈이 말했다.

"파울로! 그러고 있지 말고 누가 오나 좀 봐."

파울로가 정신을 차리고 총을 쳐들었다.

"그냥 다시 올라가는 게 낫지 않아? 유엔군이 올 때까지."

"파울로. 유엔군은 안 와."

그들은 로비를 지나 정문으로 향했다. 입구의 회전문은 모두 깨져 있었고 1층에 입점한 명품 숍의 유리창들도 산산조각나 있었다. 쇼윈도에 진열되어 있던 귀금속이며 시계들은 깡그리 사라지고 없었다. 인호가 걸음을 멈추고 파울로를 돌아보며 말했다.

"파울로, 차 있죠? 무슨 차예요?"

"모닝. 저기 밖에 있어."

인호가 잠시 생각하다가 고개를 흔들었다.

"너무 작아요."

"갑자기 그게 무슨 소리냐, 뜬금없이."

"밖이 어떤지 아시잖습니까. 차들이 다 뒤집혀 있는데다 아스팔트도 박살이 났는데, 작은 차를 몰고 나갔다가는 좀비

밥이 되기 십상입니다. 크고 힘 좋은 차가 필요합니다."

인호는 주위를 두리번거리다 브라이틀링 시계 진열장 위에 머리를 처박고 죽은 시체의 품속을 뒤지기 시작했다. 제훈과 파울로도 인호를 따라 시체를 뒤졌다. 피와 내장과 진액으로 질척거리는 시체의 옷 주머니에 손을 넣고 싶진 않았지만 죽어서 옆에 눕는 것보다는 나았다.

인호가 말했다.

"옷 잘 입은 남자 위주로 찾으십쇼."

썩은 시체를 다섯 구나 뒤졌음에도 미니쿠퍼와 폭스바겐 골프 키를 하나씩 찾아낸 게 고작이었다. 그때 파울로가 소리를 지르며 허머 로고가 달린 차 키를 꺼냈다.

제훈이 인호에게 물었다.

"저게 뭐냐?"

"지상 최강의 SUV입니다. 원래 미군용 지프인데 민간용으로 다시 만든 겁니다. 저도 실제로 타본 적은 없지만 진짜 크고 힘이 좋다고 합니다. 음…… 〈더 록〉이라는 영화 있었지 않습니까. 숀 코네리하고 니콜라스 케이지가 나왔던."

"어. 봤어."

"그 영화 초반에 숀 코네리가 정부 요원들 뚫고 탈출하는 장면에서 남의 지프를 한 대 훔쳐 타는데, 진짜 큰 지프 말입니다, 그게 허머입니다."

제훈은 영화에 나왔던 지프를 떠올렸다. 탱크처럼 다른 차
를 밀어붙이고 돌진했었지. 그렇다면 좀비들 정도야 깔아뭉
개면서 이동할 수 있을 것이다.

"딱 좋네. 근데 너 몰 줄 아냐?"

"……면허는 있습니다."

5

문제는 허머까지 어떻게 가느냐였다. 호텔 앞마당에는 수
백 명의 좀비가 고양이들처럼 나른하게 움직이며 볕을 쬐고
있었다. 지금은 양로원의 노인들처럼 온순해 보이지만, 제훈
일행을 발견하는 순간 맹수로 돌변할 게 분명했다.

"어떡하지?"

제훈은 화단 뒤에 쪼그려앉으며 인호에게 속삭였다. 제훈
과 인호에게 각각 탄창 두 개씩이 있고, 파울로는 탄창을 챙
겨 오지 않았기 때문에 남은 탄환은 지금 장전된 10여 발이
전부였다. 그러니 앞으로 갈 길이 멀다는 점을 고려하면 최
대한 총알을 아껴야 했다.

인호는 주차장 쪽을 쳐다보며 말했다.

"허머, 저기 있습니다."

다른 승용차들 사이로 불쑥 솟아 있는 높은 차체가 확연히 눈에 띄었다. 대략 70~80미터 정도 거리였다. 터치다운을 노리는 럭비선수처럼 돌진한다면 탑승에 성공할 수 있을지도 몰랐다. 하지만 높은 확률로 중간에 좀비에게 커트당할 것이 분명했다.

파울로가 말했다.

"좋은 생각이 있어."

분명히 쓸데없는 소리를 하겠지. 기대감 없는 제훈의 눈빛을 알아채지 못한 듯 파울로가 겉옷을 들췄다. 속주머니에 수류탄이 두 개 들어 있었다.

"아까 죽은 군인 건데 내가 가져왔어."

파울로는 수류탄을 하나 꺼내더니 휙 던지는 시늉을 했다.

"이거 던지고 쾅! 한 다음에 뛰면 되잖아."

수류탄 투척이 맘에 들진 않았지만, 제훈의 생각에도 그게 지금 가장 현실성 있는 계획인 건 분명했다. 그들은 던지기 좋은 위치까지 살금살금 기어갔다. 수류탄은 기억하는 것보다 훨씬 크고 묵직했다. 제훈이 손바닥 위에서 겉도는 수류탄을 꽉 잡으며 인호에게 속삭였다.

"어떻게 던지는지 기억나냐?"

척척박사답게 인호는 바로 대답했다.

"오른손으로 안전 손잡이를 고정한 채 감싸안듯 파지하신 후 왼손 중지로 안전핀 고리를 뽑은 다음 힘껏 투척하심 됩니다."

제훈은 좀비들을 쳐다보고 다시 수류탄을 보았다. 저기까지 던질 수 있으려나? 괜히 손에서 터지는 거 아냐?

그는 다시 인호에게 속삭였다.

"네가 하면 안 되겠냐?"

"제가 왼손잡이라……"

그게 무슨 상관인지 모르겠지만 인호의 겁먹은 눈을 보니 직접 던지는 편이 낫겠다는 생각이 들었다. 제훈은 숨을 크게 들이마시고 인호의 코치대로 오른손으로 수류탄을 잡고 왼손으로 안전핀을 잡아 빼려 했다. 그때 인호가 손목을 잡으며 말했다.

"아 참, 먼저 안전 클립 제거해야 합니다."

인호가 손을 뻗어 손잡이 위에 달린 클립을 뜯어냈다. 제훈은 등허리에 식은땀이 나는 걸 느꼈다. 큰일날 뻔했네. 제훈이 손바닥에 고인 땀을 소매에 문질러 닦는데 손가락에 걸려 있던 안전핀이 뚝, 하고 뽑혔다. 인호의 얼굴이 하얗게 질렸다.

눈치 빠른 파울로가 벌떡 일어나 뒤로 물러섰다. 좀비들의 시선이 우뚝 선 파울로에게로 쏠렸다. 이판사판이다. 제훈은 앞으로 달려나가며 있는 힘을 다해 수류탄을 던졌다. 그러고 화단에 머리를 묻고 납작하게 엎드렸다. 약간의 시간이 지났지만 아무 일도 일어나지 않았다. 제훈은 고개를 들었다. 불발탄인가. 그 순간 귀청을 찌르는 폭음과 함께 무지막지한 충격파가 머리 위를 스치고 지났다. 부서진 좀비들이 하늘 위로 날아올랐다. 폭발 지점 주위가 온통 먼지로 뿌옜고 하늘에서 살점이 떨어지고 있었다. 귀가 멍멍했다. 제훈은 땅을 짚고 일어섰다. 하지만 충격파 때문인지 균형감각에 문제가 생겼다. 제훈은 똑바로 달리지 못하고 비틀거렸다. 연기 사이로 좀비의 그림자가 보였다. 짐승처럼 으르렁대는 소리도 들렸다. 겁에 질린 제훈은 화단에 등을 기댔다. 다리에 힘이 들어가지 않았다. 인호와 파울로가 제훈 옆을 스쳐지났다. 인호가 소리쳤다.

"뭐 하십니까! 뛰십쇼!"

제훈은 정신을 차리고 그들을 따라 뛰었다. 곳곳에 시체들이며 부서진 차량의 잔해가 널려 있었지만 장애물달리기를 하듯 펄쩍펄쩍 뛰어넘었다. 인호가 제일 먼저 허머 앞에 이르렀다. 차 키에 달린 리모컨을 누르자 삑 소리와 함께 잠금 장치가 풀렸다.

인호는 차문을 열고 돌아서서 방아쇠를 당겼다. 제훈의 등 뒤로 따라붙던 좀비들이 춤추듯 몸을 떨며 쓰러졌다. 차에 오르던 파울로가 호텔 쪽을 가리키며 뭐라고 소리쳤다. 제훈은 귀가 멍멍해 파울로의 말을 듣지 못했지만, 그가 가리키는 방향을 보고 무슨 뜻인지 알아차릴 수 있었다.

호텔 저 끝에서부터 엄청난 수의 좀비들이 밀려오고 있었다. 그들은 아이돌 밴을 쫓아오는 열성 팬처럼 소리를 질러 댔다. 제훈은 거치적거리는 배낭을 차 안에 던져넣고 좀비들에게 몇 방을 쏴서 인호가 차에 오를 시간을 벌었다.

좀비 하나가 앞 유리에 달라붙었다. 녀석이 흘리는 침과 피딱지가 유리창을 흥건하게 적셨다. 조수석에 앉은 파울로가 총을 쏘려 하자 제훈이 막았다. 유리가 깨지면 놈들이 들어오기만 쉬워진다. 다른 놈들도 거머리처럼 차체에 달라붙었지만, 허머는 탱크처럼 크고 묵직했다. 순식간에 십여 명의 좀비들이 달라붙어 좌우로 흔들어대는데도 거의 움직이지 않았다.

제훈이 소리쳤다.

"출발해!"

인호가 시동을 걸다가 몇 번이고 실패했다. 처음 다루는 차라 익숙하지 않은 것인지 겁을 먹어 손이 떨려서 그러는 건지 알 수 없었다. 앞 유리에 달라붙은 좀비가 주먹을 휘둘렀다. 일격에 유리가 거미줄처럼 갈라졌다. 녀석은 피범벅이 되었는데도 개의치 않고 다시 주먹을 쳐들었다. 제훈은 총을 쳐들어 앞을 겨누며 말했다.

"인호야! 뭐 하냐!"

다음 순간 허머가 맹렬하게 후진했다. 쿵! 바로 뒤에 있던 빨간색 모닝과 충돌하는 동시에 매달려 있던 좀비들이 나가떨어졌다. 앞 유리에 달라붙어 주먹을 휘두르던 녀석도 금이 간 부분에 얼굴을 박고서는 뒤로 자빠졌다. 허머는 모닝을 밟아 뭉개고 쭈욱 미끄러졌다. 파울로가 울부짖었다.

"내 차!"

차체가 위아래로 크게 출렁거렸다. 제훈은 차량 손잡이를 잡았다. 허머가 후진하며 생긴 앞 공간에 좀비들이 밀려들었다. 인호는 핸들을 미친듯이 돌리며 액셀을 밟았다. 허머가 돌진하자 뼈가 부서지는 소리와 함께 좀비들이 시야에서 사라졌다. 차량 옆으로 피가 튀었다.

사방에서 좀비들이 차를 잡고 버텼지만 6200시시 디젤엔진의 힘을 당해내진 못했다. 허머는 좀비들을 깔아뭉갠 뒤

과속방지턱을 밟고 퉁겨지듯 날아올라 차도로 나갔다.

백미러에 쫓아오는 좀비들이 비쳤다. 수백이나 되는 좀비 떼가 이를 드러내며 달려드는 모습은 보기만 해도 소름이 돋았다. 어느 정도 거리가 벌어지자 좀비들이 하나둘 걸음을 멈췄다. 제훈은 인호를 쳐다보며 말했다.

"우선 신사역으로."

그때 인호가 갑자기 차를 세웠다. 그 바람에 제훈은 창문에 머리를 박은 다음 바닥에 고꾸라졌다. 그는 간신히 의자를 잡고 몸을 일으키며 소리쳤다.

"야! 왜 멈춰!"

"저기 보십쇼."

인호가 창밖을 가리키며 말했다. 호텔이 불타고 있었다. 시커먼 연기구름이 음산한 하늘을 배경으로 불길하게 치솟았다. 옥상에서 시작된 듯한 불길은 꼭대기층 모퉁이를 훑으며 조금씩 아래로 내려가고 있었다. 하지만 인호가 가리킨 건 그게 아니었다.

호텔 옥상에 누군가 서 있었다. 거리가 멀어서 얼굴은 보이지 않았지만 온몸이 피로 목욕한 것처럼 검붉은 색이라는 사실은 알 수 있었다. 활활 타오르는 불꽃과 거대한 검은 연기 앞에서 피범벅이 된 사내가 그들을 내려다보고 있었다.

"누구지?"

제훈은 신음소리를 내듯 나지막이 중얼거렸다. 인호가 꿀꺽 침을 삼켰다.

"모르겠습니다."

영만이 좀비가 된 걸까. 그래서 사람들을 죽인 걸까. 하지만 옥상에 선 자에게서는 좀비 특유의 움직임이나 피에 대한 갈망이 느껴지지 않았다. 괴성을 지르지도 않았고 먹이를 움켜쥐려 손을 뻗지도 않았다. 그저 아무 말 없이 그들을 내려다볼 뿐이었다. 그자는 사람들을 죽이고 포대를 불태운 다음 제훈 일행이 달아나는 모습을 한가하게 지켜보며 세상의 파멸을 즐기는 듯 보였다.

제훈은 있는 힘을 다해 소리쳤다.

"김영만 병장님!"

제훈의 목소리가 그에게 닿았는진 알 수 없었다. 그는 그들을 노려보다가 아무 말 없이 천천히 돌아서서 불타는 진지로 사라졌다. 옥상에는 더이상 인기척이 없었다. 총소리도 들리지 않았고, 비명소리도 없었다. 제훈이 영주를, 가족을 구하지 못한다고 해도 돌아갈 곳은 이제 존재하지 않았다.

1

 도시는 검게 죽어 있었다. 하늘에 구름이 낮게 깔렸고 불 꺼진 대형 빌딩들은 건물 외곽을 갑옷처럼 두르고 있던 통유리가 모두 부서져 내부가 훤히 들여다보였다. 깨진 유리 너머로 보이는 사무실 풍경이 을씨년스러웠다. 거리는 조용했고 움직이는 것은 하나도 없었다. 인도며 차도며 할 것 없이 차량이 버려져 있었고 곳곳에 뻣뻣하게 얼어붙은 시체들이 널브러져 있었다. 조금씩 내리는 눈발이 피를 덮고 시신을 가렸다. 삐쩍 마른 그레이하운드가 킁킁대며 시신의 냄새를 맡다가 허머를 바라보았다. 비둘기 몇 마리가 차를 피해 날아올랐다.

논현동 사거리에 시체들의 산이 있었다. 군인들이 죽은 좀비를 모아 불태웠는지 시체들은 포개져 쌓인 채 검게 타 있었고 그 밑에서 흘러나온 기름이 눈을 녹여 주위가 움푹 패어 있었다. 수백 구가 넘는 시체가 마치 거대한 괴물처럼 한덩어리로 눌어붙어 있었다. 제훈 일행은 한 폭의 지옥도와 같은 광경에 말문이 막혔다. 시체 산에서 연기가 피어올라 그렇지 않아도 어두운 하늘을 더욱 어둡게 만들었다.

무엇보다 견디기 힘든 건 냄새였다. 도시 전체가 오래된 냉동고처럼 얼어붙어 있음에도 시체 더미 옆을 지날 때는 질감이 느껴질 정도의 독취가 코를 찌르고 눈을 따갑게 했다.

제훈은 숨을 참으며 말했다.

"빨리 가자."

인호가 속도를 높였다. 시체가 보이지 않는 위치에 이르러서야 세 사람은 숨을 쉬기 시작했다. 한동안 아무도 입을 열지 않았다. 제훈은 지끈거리는 이마를 손끝으로 문질렀다.

군인이 되면 사소한 것에 감사하게 된다. 훈련소를 마치고 자대로 가던 날, 훈련병들은 아무도 입을 열지 않고 군용버스에서 틀어주는 최신 가요를 들었다. 감상적인 발라드가 나왔을 때는 울먹이는 녀석도 한둘 있었다. 제훈도 노래라는 게 그토록 감미롭고 좋은 것인지 몰랐었다. 세상이 이렇게 소중한지도 예전에는 몰랐다. 제훈은 창밖을 보며 말했다.

"인호야, 음악 좀 틀어라."

"듣고 싶은 거라도 있으십니까?"

"그냥 CD에 들어 있는 거 아무거나."

인호가 CD 플레이어의 버튼을 눌렀다. 묵직한 베이스 음과 전자음이 섞인 듯한 차가운 목소리가 귓청을 울렸다. 나인 인치 네일스다. 영화 〈올리버 스톤의 킬러〉에 삽입된 〈BURN〉. 앨범이 나올 때마다 열심히 들었다. 영주랑 사귀 고 나서는 그녀가 그 귀 아픈 음악 좀 그만 들으라고 잔소리 를 해대서 안 듣기 시작했는데. 세기말 몽환적 분위기로 유 명한 밴드의 곡을 이럴 때 들으니 기분이 묘했다.

파울로가 투덜댔다.

"시끄러워. 신나는 걸그룹 노래는 없어?"

"다 이런 거밖에 없는데."

"차 주인이 미친 양놈이네."

파울로는 자신도 양놈이란 것은 생각 못하고 뭐라 투덜대 다가 창밖을 살피며 말했다.

"근데 여긴 좀비가 안 보이네."

그 순간, 마치 파울로의 말에 대답이라도 하듯 건물 한쪽에서 수십 명의 좀비가 우르르 쏟아져나왔다. 허머의 요란한 엔진 소리가 좀비들을 몽땅 깨운 듯했다. 트럭이며 탱크 뒤에서도 좀비가 튀어나왔는데 대부분 군복 차림이었다.

좀비를 지나쳐 지하차도로 들어서려는데 인호가 갑자기 브레이크를 밟았다. 지하차도 안에 물이 차 있고, 십여 대의 차량이 뒤엉킨 채 입구까지 밀려나와 있었다. 핸들을 꺾어 차를 돌리자 얼굴이 반쯤 갈린 좀비가 날듯이 달려와 앞 유리에 올라탔다. 놈의 얼굴과 몸통이 시야를 가렸다. 인호가 욕설을 내뱉으며 핸들을 좌우로 꺾었지만 녀석은 찰거머리처럼 붙어 떨어지지 않았다.

허머가 가드레일을 들이받고 멈췄다. 바퀴가 맹렬하게 공회전했다. 좀비들이 사방에서 달려들어 허머를 둘러쌌다. 제훈이 앞 유리의 좀비를 향해 방아쇠를 당겼다. 인호가 고개를 숙였다. 유리가 깨지며 좀비의 가슴과 배에 구멍이 뚫렸다. 탄피가 튀어올라 천장에 부딪쳤다가 파울로의 머리 위로 떨어졌다. 파울로가 비명을 질렀다. 좀비가 눈앞에서 사라지자 인호는 차를 뒤로 물렀다가 다시 출발시켰다. 차가운 바람이 얼굴을 거세게 때렸다.

허머는 좀비들을 밟아 짓이기며 도로로 나아갔다. 백미러를 보니 좀비 한 마리가 차문을 잡고 매달려 버티고 있었다.

제훈은 창문을 살짝 열고 한 발을 쐈다. 좀비는 머리를 맞고 끈 떨어진 연처럼 날아가다 아스팔트 위에 내동댕이쳐졌다. 인호가 차체에 남은 유리 조각을 털어내며 말했다.

"제가 실수했습니다."

"무슨 실수?"

"지하차도 말입니다. 펌프 가동이 안 될 테니 당연히 물이 찰 수밖에 없다는 걸 깜빡했습니다."

"그게 무슨 실수냐. 난 지금 알았는데."

창밖으로 교보타워가 보였다. 외벽 플래카드에는 '사람만이 희망이다'라는 문구가 적혀 있고 바로 옆에 슈퍼코브라 헬기가 처박혀 있었다. 검게 그을린 헬기에서 조금씩 연기가 흘러나왔다. 좀비가 헬기를 날려버렸을 리는 없으니, 기름이 떨어졌거나 조종사가 좀비가 된 모양이었다.

사거리를 지나 신사역 앞에서 인호는 차를 세웠다. 멀리 한남대교로 빠지는 길 쪽에 좀비가 몇 있었지만 그들에게 관심을 보이진 않았다. 세 사람은 차에서 내렸다. 지하철 입구에 시체가 널브러져 있었다. 까치 몇 마리가 시체를 쪼아먹다가 제훈 일행을 보고는 날아갔다. 자세히 보니 시체는 이십대 초반 정도의 여성이었다. 검은 구멍만 남은 눈이 제훈 일행을 노려보았다. 까치들이 어찌나 깨끗하게 파먹었는지 하얀 뼈가 보였다. 제훈은 혹시 영주일지 모른다는 생각에 구역질을 참으며 시체 가까이 다가가 얼굴을 들여다보았다. 다행히 영주는 아니었다.

제훈은 계단 위에 서서 아래를 내려다보았다. 지하철역 내부는 지옥으로 들어가는 입구처럼 어두컴컴했고 피비린 내가 진동했다. 아무리 맡아도 익숙해지지 않는 냄새였다. 장소마다, 죽은 이마다 조금씩 냄새가 다르지만 하나같이 역겨웠다.

제훈은 총을 꽉 쥐었다. 저런 곳에 그녀가 살아 있을 가능성이 있을까. 마지막 메시지를 보내온 것도 벌써 열아홉 시간 전이다. 막상 이곳에 오니 약간의 기대마저 사그라지고 있었다. 만에 하나 살아 있다고 해도 이미 이곳을 빠져나가지 않았을까. 안에 들어가봐야 시체를 보는 게 고작이지 않을까. 아니면 좀비로 변했다든지.

그녀를 쏠 수 있을까? 지금은 오히려 그런 생각을 해야 할 때가 아닐까. 그다음에는 어디로 가야 할까. 머릿속이 복잡했다. 제훈은 크게 숨을 들이마셨다. 이곳에 온 이상 끝까지 가봐야 했다. 영주가 어떻게 되었든 그녀를 만나야 했다. 살아 있다면 데리고 나오고, 좀비가 되었다면 죽여야 한다. 그러지 않으면 부대를 떠난 의미가 없으니까. 영주도 그걸 바랄 것이다.

제훈이 계단 아래로 발을 내디딜 때 인호가 팔을 잡았다.

"안이 어둡습니다. 그냥 들어가면 죽어요."

"그럼?"

인호는 사거리 맞은편에 보이는 주유소를 가리켰다.

"허머에 기름도 별로 안 남았는데 저기 가서 기름 넣고 손전등이 있는지 찾아보죠."

주유소 진입로에 트럭 한 대가 뒤집힌 채 길을 막고 있었다. 아스팔트를 따라 길게 스키드마크가 나 있고, 트럭의 깨진 유리창 사이로 피에 물든 손가락이 보였다.

급유기 앞에 승용차가 서 있었다. 차문이 열려 있고 바닥은 온통 피와 기름으로 범벅이었다. 작업복을 입은 남자가 노즐을 손에 쥔 채 배수구에 머리를 처박고 있었다.

주유소는 '25시간 마트'라는 이름의 편의점을 함께 운영하는 곳이었다. 건물 유리가 대부분 깨져 있었고, 경첩이 떨어져나가 흔들거리는 문짝에는 '삼각김밥 두 개 사면 하나 무료'라고 적힌 행사 포스터가 붙어 있었다. 제훈과 인호는 차를 세우고 편의점으로 걸음을 옮겼다. 제훈은 따라오려고 하는 파울로를 돌아보며 말했다.

"손전등은 우리가 찾을 테니까 파울로는 기름 좀 넣어줘."

"어."

파울로는 순순히 응낙하고 노즐을 집었다.

편의점 안에 좀비가 있을지도 몰랐다. 인호가 문을 열고, 제훈이 총을 겨냥한 채 안을 살폈다. 계산대는 온통 피투성이인데다 누군가 시체를 끌어간 듯 바닥에 핏자국이 나 있었다. 두 사람은 진열대 사이를 걸으며 편의점을 샅샅이 뒤졌다. 좀비는 없었다.

제훈은 안도의 한숨을 쉬며 땀을 닦았다. 이상한 건 누군가 물건을 쓸어간 것처럼 진열대 대부분이 비어 있다는 점이었다. 냉장고 안에는 상해서 뭉그러진 김밥 몇 줄 외엔 아무것도 없었다.

제훈이 말했다.

"다 어디 갔을까?"

"사람들이 가져갔겠죠. 인간의 생존력이란 상상 이상이니까 말입니다. 아마 근처 오피스텔이나 상가 건물에도 한둘씩은 생존해 있을 겁니다."

카운터에 누군가의 지갑이 놓여 있었다. 물건을 훔쳐가는 것처럼 보이기 싫어 두고 간 걸까. 제훈은 지갑을 펼치고 안을 살폈다. 만원짜리 몇 장과 신분증이 들어 있었다. 이름은 이지연. 직업은 경찰이었다. 제훈의 또래였다. 사진 속 얼굴이 환하게 웃고 있었다.

제훈은 근처 건물을 내다보았다. 그는 이지연씨가 어디에 있건 무사하기를, 좋아하는 사람과 함께 있기를 바랐다. 제훈은 지연의 지갑 옆에 자신의 지갑을 내려놓았다. 한결 마음이 편해졌다.

"산 사람이 많다면 재건이 될 수 있을까?"

"그럴 거라 생각합니다. 시간은 걸리겠지만 생존자들이 단체를 만들고 좀비를 없애면서 사회를 재건할 겁니다. 원시시대로 돌아가기에는 너무 멀리 왔으니까요. 그러는 과정에서 사람이 사람을 더 많이 죽일지도 모르죠."

"근데 너 이제 민간인처럼 말한다? 이랬어요 저랬어요 섞어가면서."

"죄송합니다."

"죄송할 건 아니고, 그냥 생각나서 해본 말이야. 사실 우리 이제 군인도 아니잖아? 계급을 따지기도 뭐하고, 서로 편하게 말 놓자."

"그래도 되겠습니까?"

"괜찮다니까. 야, 해봐."

"야."

"그래, 이 새끼야."

두 사람은 어색하게 웃었다. 제훈은 안심했다. 인호가 나이를 따지면서 형 노릇을 하려고 들지 않을까 내심 걱정했던 것이다. 사실 나이로 보나 학력이나 결단력으로 보나 인호가 형인 건 맞지만 그동안 졸병으로 부리던 녀석을 형이라고 부르기는 싫었다.

편의점 안쪽에 주유소 사무실이 있었다. 제훈은 책상 서랍을 뒤져 손전등 세 개를 찾아냈다.

"이거면 되겠지?"

"잠깐만 기다려보십쇼."

인호는 편의점에서 청테이프를 가져와 헬멧에 손전등을 대고 둘둘 감았다.

"이렇게 하면 훨씬 편할 거 같습니다."

"너 참 대단하다. 그런데 왜 군대에서는 이런 임기응변을 발휘 못하고 고문관 소리를 들었냐."

"제가 군대 체질이 아니었던 것 같습니다. 밖에서는 나름 능력 있다는 소리 들었는데, 부대에 있으면 아무 생각도 안 나고 그랬지 뭡니까."

"근데 인호야, 우리 말 트기로 했거든?"

2

　제훈 일행은 지하철 계단 중간쯤에 서서 어둠에 눈이 익기를 기다렸다. 파울로는 뭐가 마음에 안 드는지 바닥에 침을 뱉었다. 어둠 속 어디선가 다친 개처럼 낑낑대는 울음소리가 들리고, 누군가 뭐를 뜯어먹는 소리가 났다. 제훈과 인호는 손전등 스위치를 올리고 헬멧을 썼다. 불빛이 피로 얼룩진 바닥을 비추자 지옥처럼 변한 지하도의 모습이 서서히 드러났다. 파울로가 뭐라고 중얼거리며 성호를 긋고 기도하는 자세를 취했다. 제훈은 심장이 얼어붙는 것 같았다. 과연…… 영주는 살아 있을까?

　"이제 들어가자."

　"난 못 가."

　파울로가 불편한 얼굴로 선언했다. 제훈과 인호의 시선이 그에게로 향했다. 파울로는 일그러진 얼굴로 어둠 속을 가리키며 말했다.

　"저기서 사람이 어떻게 살아. 사고 터진 지 며칠이나 지났잖아? 이건 미친 짓이야. 혹시 살아 있다고 해도 어디 다른 곳으로 도망쳤겠지. 그게 아니면……"

　파울로는 말끝을 흐렸다. 제훈은 더 듣지 않고 어둠을 바라보았다. 파울로가 무슨 말을 하려는 건지 그도 알고 있었다. 저 안에 영주가 있을 확률은 희박하다. 녀석이 차마 내뱉지 못한 말처럼, 영주의 탈을 쓴 좀비를 만날 가능성이 농후하다. 하지만 그녀를 만날 수만 있다면 가봐야 했다. 가서 확인해야 했다. 그게 목숨걸고 여기까지 온 이유였다.

"그냥 올라가자. 이러다 우리가 죽어."

"넌 가서 차를 지키고 있어. 금방 다녀올 테니까."

"그럼 넌?"

"가야지."

"꼭 가야겠어? 정말?"

"무슨 일이 있어도."

파울로는 심각한 표정으로 고개를 끄떡이더니 제훈을 안았다.

"넌 진짜 남자야. 차는 내가 확실히 지키고 있을게. 꼭 살아서 돌아와라."

파울로가 허둥지둥 계단을 올라가고 제훈이 말했다.

"인호 너도 파울로랑 같이 차 지키고 있어. 30분, 아니 40분만 기다렸다가 그래도 내가 안 오면 가라."

"정말입니까?"

"응. 아냐, 1시간. 1시간만 기다려. 아니 1시간 반."

인호는 고개를 흔들었다. 1시간은 못 기다리겠다는 말을 할 줄 알았더니 그게 아니었다. 녀석은 특유의 조곤조곤한 말투로 말했다.

"저도, 아니, 나도 간다 씨발."

제훈은 가슴이 벅차오르는 걸 느꼈다. 그래도 내가 군생활을 아주 더럽게 하지는 않았구나. 하지만 함께 갈 순 없다. 마음만 받고 돌려보내야 한다. 파울로의 말처럼 이건 미친 짓이니까.

"파울로가 차 가지고 도망갈까봐 그래. 올라가."

"안 도망가. 혼자 어딜 가겠어?"

"가봐야 후회해. 나도 벌써 후회되는데. 근데 내가 좋아하는 애니까, 나 때문에 여기 와 있으니까 가겠다는 거야. 근데 넌 아니잖아? 너 죽으면 가족은 어떻게 할 거냐? 그냥 여기 있어."

인호는 고집스레 고개를 흔들며 말했다.

"내가 군대 와서 생각 많이 했는데, 해도 후회 안 해도 후회일 때는 하는 편이 나은 거 같더라. 최소한 그때 그 일을 하면 어땠을까 하는 아쉬움은 안 남으니까. 나 지금도 좀비 게임 만들다 망한 거 후회는 안 해. 어쨌든 만들고 싶은 거 만들어봤으니까. 더 존나게 열심히 못 만든 게 아쉽지."

욕도 꼭 저처럼 어색하게 하네. 제훈은 피식 웃었다. 인호
는 더이상의 이야기는 필요 없다는 듯 앞장서서 걸어갔다.
제훈은 고개를 설레설레 흔들고 그 뒤를 따랐다.

파울로가 계단 위에서 소리쳤다.

"둘 다 내려가는 거야? 빨리 와! 혼자 있으면 무서워!"

제훈은 문득 파울로가 쓰고 있는 헬멧을 쳐다보았다. 야간
투시경이 부착되어 있었다. 게다가 파울로가 들고 있는 총은
레이저 포인터가 달린 송 중사의 총이었다. 둘 다 어둠 속에
서 요긴하게 쓰일 장비였다. 제훈은 계단 위로 올라가 자신
의 총을 파울로에게 건네며 말했다.

"파울로! 그 총 내 거랑 바꿔. 야간투시경도 이리 내."

"내가 도망갈까봐 그래?"

"아니. 살아서 돌아오려고 그래."

3

난방이 끊긴 지하철역의 공기는 차갑고 음습했다. 노란 손
전등 불빛이 흐릿하게 어둠 속을 비췄다. 바닥 위에는 군데
군데 피로 얼룩진 발자국이 찍혀 있었다.

제훈과 인호는 발소리를 내지 않도록 조심하며 천천히 걸었다. 너무 깜깜해 손전등 불빛을 따라가야 했다. 새로 나온 핸드폰 광고가 한쪽 벽면에 커다랗게 붙어 있었다. 여자가 환하게 미소 지으며 핸드폰을 내밀고 있는 사진이었다. 사진은 절반 이상 찢어져 눈이 보이지 않았고 입가에 핏물까지 묻어 좀비처럼 보였다. 제훈은 왠지 오싹해졌다. 인호도 비슷한 생각인지 꿀걱 침을 삼켰다.

그들은 지하철역 안쪽의 회전식 개찰구에 이르렀다. 개찰구에서는 피의 축제가 있었던 듯했다. 사방이 온통 피바다였고 바닥에 누군가의 절단된 손이 굴러다녔다. 살이 피둥피둥 오른 쥐 몇 마리가 두 사람을 보고 찍찍대며 도망쳤다. 제훈은 애써 구토를 참았다.

개찰구를 지나 플랫폼으로 내려가자 완벽한 어둠이 그들을 반겼다. 손전등 불빛도 멀리 가지 못하고 어둠에 녹아버렸다. 무언가 썩어가는 악취가 점점 지독해졌다. 지하라 냄새가 빠져나갈 틈이 없는 탓이었다.

플랫폼에 열차가 들어오다 만 채로 멈춰 서 있었다. 스크린도어는 대부분 부서져나갔고 열차 안은 불이 꺼져 캄캄하고 고요했다. 저기 영주가 있을 것 같다. 제훈은 가슴이 두근대는 걸 느꼈다. 당장이라도 열차로 달려가고 싶었지만 그보다는 근처에 좀비가 있는지부터 확인해야 했다.

제훈은 벽에 기대서 야간투시경을 썼다. 세상이 온통 선명한 녹색으로 보였다. 플랫폼 양쪽 어디에도 좀비는 없었다. 5분 정도 기다려봤지만 인기척은 느껴지지 않았다. 대신 어디선가 쿵쿵 소리가 들렸다. 지하라 소리가 울려 정확히 어디서 나는 것인지는 알 수 없었다.

제훈이 낮게 말했다.

"이게 무슨 소리냐?"

"환풍기 소리 같기도 하고…… 나도 잘 모르겠다."

잠시 후 소리가 끊겼다. 두 사람은 조심조심 열차를 향해 다가갔다. 갑자기 인호가 제훈의 팔을 잡고 철퍼덕 엎드렸다.

"왜 그래?"

인호는 아무 말 없이 손전등으로 열차 옆 선로의 한 부분을 비추었다. 처음에는 아무것도 보이지 않았다. 하지만 한참을 쳐다보자 썩은 머리통 하나가 선로를 오가고 있음을 알 수 있었다. 인호가 손전등을 끄고는 조그맣게 말했다.

"선로 아래 좀비가 있어."

제훈은 야간투시경을 쓰고 앞으로 기어갔다. 선로를 내려다보자 중년의 남자 좀비가 느릿느릿 움직이는 것이 보였다. 제훈은 녀석의 이마에 총을 겨누고 레이저 포인터의 스위치를 눌렀다. 포인터에서 쏘아져 나간 적외선이 좀비의 이마 한가운데 점을 찍었다.

제훈은 좀비를 겨눈 채 조금씩 앞으로 이동했다. 선로에 있는 좀비를 한 놈씩 해치울 생각이었다. 아무리 인간이 아닌 존재가 되었다고 해도 어둠 속에서 우릴 보진 못하겠지.

그러나 제훈은 선로 바로 위에서 동작을 멈췄다.

수백, 아니 어쩌면 수천의 좀비들.

맞은편 플랫폼까지 네 개의 선로가 모두 좀비로 가득차 있었다. 그들은 공연장 스탠딩석을 메운 관객들처럼 선로에 빽빽하게 들어찬 채 서로 몸을 비벼댔다.

제훈은 썩은 냄새의 정체를 깨달았다. 좀비들이 도망치는 사람들을 따라 선로에 내려갔다가, 일부는 감전되어 죽고 살아남은 좀비들과 새롭게 좀비가 된 자들끼리 먹잇감을 찾는 습성대로 근처를 맴돌게 된 것이다. 저들은 앞으로도 오랫동안, 어쩌면 바닥에 물이 차거나 벽과 천장이 무너질 때까지 여기에 있어야 할 것이었다.

제훈은 천천히 일어나 열차를 살폈다. 부서진 유리창 너머로 좀비들의 머리가 보였다. 그들은 출퇴근길 회사원처럼 거기 조용히 서 있었다. 단지 갈 회사가 없을 뿐이었다. 제훈은 열차를 따라 걸으며 살아 있는 사람을 찾았다. 하지만 여섯

량의 열차 모두 문이 부서져 있었고 안은 좀비로 가득차 있었다.

제훈은 입술을 깨물었다. 영주는 분명 안전한 장소에 숨어 있다고 했는데, 이곳은 이제 안전한 장소가 아니다. 좀비가 열차 문을 부수고 들어가 모두 죽이거나 좀비로 만들어버렸다. 저 많은 수를 다 죽이고 그녀를 찾아낼 수도 없을뿐더러, 찾아낸다고 해도 무엇을 할 수 있을까.

갑자기 모든 것이 허황되게 느껴졌다. 그녀가 살아 있을 거라 생각한 것도, 구해낼 수 있을 거라 생각한 것도 잘못이었다. 이곳에서 그가 할 수 있는 일이란 없었다. 사실은 처음부터 그랬다. 사람늘이 좀비로 변하기 시작하기 전부터. 군대에 온 것도 휴가를 나가지 못한 것도 그의 선택이 아니었다. 사회와 시스템의 결정에 따른 것이었다. 시스템만 사라진다면 무엇이든 해낼 수 있을 것 같았다. 하지만 시스템이 붕괴된 지금, 그는 아무것도 할 수 없었다. 그러기엔 그의 힘이 너무나 미약했다. 영주가 살아 있다 해도 그녀의 마음을 돌리는 것조차 할 수 없을지 몰랐다.

"돌아가자."

그는 인호의 대답을 기다리지 않고 계단을 뛰어올라갔다. 요란한 발소리에 좀비들이 반응을 보였지만 개의치 않았다.

개찰구를 지나 지상으로 나가는 출구가 보이는 곳까지 뛰어
온 후에야 제훈은 걸음을 멈췄다. 인호가 헐레벌떡 뒤따라왔
다. 그는 제훈의 마음을 짐작하는지 아무것도 묻지 않았다.
단지 어깨를 두어 번 토닥일 뿐이었다.

"가자. 좀비들이 따라오기 전에."

제훈은 힘없이 고개를 끄떡이고 계단을 올라갔다. 그때 다
시 쿵쿵 소리가 들렸다. 제훈은 걸음을 멈췄다. 쿵쿵. 제훈은
돌아서서 마지막으로 그리움과 간절함을 담아 소리쳤다.

"영주야!"

소리는 어둠 속에서 메아리쳤다. 제훈은 다시 외쳤다.

"영주야!"

인호가 제훈의 팔을 잡았다.

"미쳤어? 여기 있는 좀비들 다 튀어나오라고?"

"미안해. 그냥 불러보고 싶었어. 마지막으로."

*

영주는 창고 문을 발로 걷어차려다 멈칫했다. 진욱이 쓸데
없이 말을 걸어 쿵쿵 소리를 내서 겁을 주던 중이었다. 처음
엔 자신이 미친 줄 알았다. 하지만 다시 한번 제훈의 목소리

가 들려왔다.

"영주야!"

영주는 벌떡 일어나 창고 문을 박차고 나갔다. 진욱이 영
주를 보고 성을 냈다.

"야! 너……"

영주는 그를 무시하고 문가로 다가갔다. 상가 복도는 고요
했다. 잘못 들은 걸까. 아무래도 좋다. 분명히 제훈의 목소리
를 들었으니, 그것으로 됐다. 그녀는 치솟는 울음을 삼키려
애쓰며 두 손으로 힘껏 셔터를 두들겼다. 그리고 큰 소리로
외쳤다.

"제훈아!"

*

제훈은 계단을 올라가다 걸음을 멈췄다. 무슨 소리를 들은
것 같았다. 그는 인호의 손을 떼어내고 계단 아래로 한 걸음
내려갔다.

"왜 그래?"

"쉿, 잠깐만."

쿵쿵 소리가 다시 들렸다. 이번에는 좀더 빠르고 격하게.

그 사이로 익숙한 목소리가 들렸다. 제훈은 깜짝 놀랐다. 처음에는 잘못 들은 줄 알았지만 인호의 표정을 보니 아니었다. 다시 영주의 목소리가 들렸다.

"제훈아!"

소리가 나는 곳에 시선을 주었다. 지하도의 상가 쪽이었다. 제훈은 앞뒤 가리지 않고 그쪽으로 뛰었다. 헬멧에 묶어둔 손전등 불빛이 위아래로 빠르게 흔들렸다. 달리면서 목이 터져라 소리쳤다.

"영주야!"

"제훈아!"

제훈은 걸음을 멈췄다. 영주의 목소리가 가까이서 들리는 것처럼 생생했다. 바로 옆에서 누군가 문을 두들겼다. 흠칫 놀라 돌아보니 굳게 내려진 편의점의 셔터가 흔들리고 있었다.

제훈은 총을 어깨에 메고 셔터를 올렸다. 아니, 반쯤 올리다가 동작을 멈췄다. 그녀가 거기 있었다. 유리문 안에서 문을 두들기고 있었다. 영주 역시 문을 두들기던 손을 놓고 그를 쳐다보았다. 하지만 곧 헬멧의 불빛에 눈이 부신지 고개를 살짝 옆으로 돌렸다.

"영주야……"

제훈은 조그맣게 중얼거리며 손을 내밀었다. 유리문을 사이에 두고 두 사람은 손을 맞댔다. 영주가 울먹였다. 제훈은 유리문 너머로 손끝에 닿는 영주의 온기를 느꼈다.

제훈이 손잡이를 잡아당겼지만 유리문은 잠겨 있었다. 영주가 자기가 열겠다는 듯 손을 흔들었다. 제훈은 급해지는 마음을 다잡고 고개를 끄떡였다. 다음 순간 영주의 눈이 커다래졌다. 제훈은 낌새를 채고 돌아섰다. 좀비가 덤벼들며 제훈의 목을 물어뜯으려 들었다. 간신히 총신으로 이빨을 막아낸 제훈과 좀비가 한 덩어리가 되어 바닥을 굴렀다.

좀비가 제훈의 몸 위에 올라타 이빨을 드러낸 찰나 인호가 달려오며 총을 쐈다. 좀비는 머리에 한 방을 맞고 복도 저쪽으로 나가떨어졌다. 제훈이 더듬더듬 총을 집어들고 일어섰다. 인호의 헬멧 불빛 덕택에 주변이 보였다. 영주가 유리문을 열고 나왔다. 제훈은 그녀를 꼭 끌어안으며 울먹였다.

"정말 고마워. 살아 있어줘서 정말 고마워."

인호가 다가와 어깨를 쳤다.

"얘기는 나중에 하고, 나가자."

제훈은 정신을 차리고 영주의 손을 꽉 잡았다.

"그래. 빨리 가자."

마약을 먹으면 이런 기분일까. 영주를 만나니 온몸에 기운이 넘쳤다. 지금이라면 좀비 대대가 밀려와도 맞서 싸울 수 있을 것 같았다. 그깟 좀비들 다 오라고 해! 소리치고 싶은 걸 참고 제훈은 영주와 함께 출구로 걸음을 옮겼다.

그때 편의점 안에서 꾸물꾸물 누군가 모습을 드러냈다. 제훈은 깜짝 놀라 움직이는 물체를 향해 총을 겨눴다. 방아쇠를 당기기 직전에 녀석이 손을 번쩍 쳐들며 소리쳤다.

"제훈아, 나야! 나!"

귀에 익은 목소리다. 설마…… 제훈이 멈칫하는 사이 손전등 불빛에 진욱의 꾀죄죄한 얼굴이 드러났다. 진욱이 눈살을 찌푸리고 편의점 밖으로 튀어나오며 말했다.

"제훈아, 정말 고맙다. 너 아니었으면 우리 둘 다 죽었을 거야. 그런데 어떻게 된 거야? 그 괴물들 전부 죽었어? 군인들 동원된 거야? 역시 대한민국 군인 대단해. 나 이제 어떡해야 하나 진짜 고민 많이 했는데."

제훈은 딱딱하게 굳었다. 하지만 머릿속은 그의 인생을 통틀어 가장 빠르게 회전하고 있었다. 얘랑 영주가 우연히 만나서 이곳에 함께 있을 확률이 얼마나 될까?

0.1퍼센트? 0.01퍼센트?

심지어 진욱은 서울에 살지도 않았다. 일산에 살았다. 앞으로 다 잘될 것이라는 근거 없는 희망이 순식간에 산산조각났다. 그럼 그렇지. 갑자기 인생이 쉽게 풀릴 리가 없다. 세상은 망했지, 군대는 탈영했지, 부모님은 외국에서 소식이 끊겼지, 그런데 어떻게 잘될 수가 있겠어. 영주는 고개를 숙인 채 아무 말도 하지 않고 있었다. 제훈은 몸에서 힘이 쫙 빠지는 걸 느꼈다. 머리가 지끈거렸다. 그는 손바닥으로 진욱의 가슴을 밀치며 물었다.

"너 여기서 뭐 하나?"

"웅? 내가 뭘. 너 설마 오해하는 거야? 그런 거 아니야."

진욱은 손사래를 쳤다. 그 꼴을 보니 더욱 의심이 들었다.

"내가 뭘 오해했는데? 자세히 말해봐, 이 배신자 새끼야."

제훈은 진욱의 배에 총을 겨눴다. 진욱은 질겁하며 총구를 피해 옆으로 물러서고는 웅얼웅얼 변명을 늘어놓다가 갑자기 성을 내기 시작했다.

"야! 네가 영주 봐달라고 부탁했잖아. 그래서 신경써주고 있었던 건데 왜 화를 내! 나 아니었으면 영주 죽었어. 내가 여기까지 데리고 도망친 거야!"

"오호, 그렇게 나오시겠다?"

제훈이 음산한 어조로 중얼거리는데, 영주가 끼어들었다.

"잠깐만. 너희들 지금 무슨 얘기 하는 거야? 나 감시하라고 애한테 시킨 거야? 그래서 애가 여태 내 옆에 찰거머리처럼 붙어 다닌 거야?"

"찰거머리라니 표현이 지나치네. 너도 좋아했잖아."

"좋아하긴 뭘 좋아해! 이 미친놈아! 여기서 네가 한 꼴통 짓 다 얘기해볼까? 갑자기 멀쩡한 척하는 것도 어이없는데, 미친놈이 진짜……"

"야, 드라이브하자니까 좋다고 나오더니 무슨 소리야. 제훈아 쟤 말 믿지 마. 겨우 반년 사귄 여자를 믿냐, 아니면 불알친구를 믿냐?"

제훈은 진욱과 영주를 번갈아 쳐다보곤 진욱이 거짓말을 치고 있음을 확신했다.

"그럼 그렇지, 이 배신자 새끼. 네가 그런 놈인 거 진작부터 알고 있었어. 그래도 친구 여자는 안 건드릴 줄 알았는데."

"아냐 그런 거. 오해야 오해."

이 새끼, 그냥 쏴버릴까. 제훈은 생각했다. 어차피 감옥에 갈 일도 없는데.

"이진욱 너 똑바로 말해. 나한테 영주가 여행 간다고 얘기 한 것도 네가 어떻게 해보려고 그런 거냐?"

영주가 끼어들었다.

"그 얘기를 이 자식이 한 거야? 세상에, 너희들 나 가지고 대체 무슨 짓들을 한 거야? 내가 너희들 술안주야? 제훈이 너…… 내가 진짜 그렇게 안 봤는데. 넌 훨씬 나은 앤 줄 알았는데."

"그럼 너한테 난 술이냐?"

영주에 이어 제훈까지 소리를 지르자 장내는 한결 더 소란스러워졌다. 그때 인호가 고함을 질렀다.

"잠깐만요!"

어찌나 목청이 큰지 목소리가 길게 메아리쳤다. 세 사람의 시선이 인호를 향했다. 인호가 말했다.

"자세한 이야기는 올라가서 하죠. 근처에 좀비가 득실대거든요."

"잠깐만 기다려."

제훈은 영주를 노려보았다. 캄캄한 편의점에서 둘이 무얼하면서 시간을 때웠을까. 그는 깨달았다. 나는 소인배구나. 나라가 망하고 좀비가 되더라도 지금 물어보지 않고는 견딜수 없다. 그가 다시 영주를 추궁하려는 순간, 좀비들의 요란한 발소리가 들렸다. 제훈은 목덜미에 소름이 돋는 걸 느끼며 정신을 차렸다. 아, 난 진짜 소인배구나. 추궁은 하고 싶지만 좀비는 무섭다. 그는 진욱을 한 번 노려보고 영주의 손을 잡았다.

"일단 나가자."

영주는 손을 뿌리치고 앞장서 뛰어갔다.

저게 진짜……

제훈은 투덜대며 그 뒤를 따랐다. 어두운 곳에 오래 있어서 밤눈이 밝아졌는지 영주는 망설이지 않고 출구를 향해 달렸다. 좀비의 발소리가 더욱 커졌다. 모두가 숨이 턱에 차도록 달렸다. 제훈은 순식간에 영주를 따라잡고 팔을 이끌어주었다.

"놔!"

영주가 버럭 소리를 질렀다. 제훈은 대답 없이 영주의 팔을 잡고 더욱 힘차게 내달렸다.

"아이쿠."

그때 진욱이 뭔가를 잘못 밟았는지 비명을 지르며 자빠졌다. 제훈은 걸음을 멈췄다. 넘어진 진욱의 어깨 너머로 입을 벌린 채 뛰어오고 있는 좀비들의 얼굴이 보였다. 진욱이 겁에 질린 표정으로 제훈을 향해 손을 내밀었다.

"제훈아."

도와달라고 손을 뻗는 진욱을 보니 분통이 치밀었다. 뭘 잘했다고 도와달래? 남의 여자친구를 넘본 놈이? 편의점에서 둘이 무슨 짓을 했을지 모른다고 생각하니 다시 분노가 치밀었다. 제훈은 총을 들어 사격 자세를 취했다. 박 소위를

쐈을 때처럼. 호텔을 내려오며 좀비들을 쐈을 때처럼. 생각
보다 간단한 일이다. 손가락 하나만 까딱 움직이면 된다. 그
럼 모든 문제가 해결된다.

진욱의 얼굴이 하얗게 질렸다. 방아쇠에 걸린 제훈의 손가
락이 살짝 떨렸다. 씨발. 제훈은 마지막 순간 총구를 돌렸다.
진욱을 향해 몸을 날리던 좀비가 뒤로 자빠졌다. 제훈은 계
속 방아쇠를 당기며 진욱에게 다가가 그의 손을 잡고 일으켜
세웠다. 숨을 쉬느냐 쉬지 않느냐로 인간과 좀비를 구별해서
는 안 된다. 인간적인 행동을 하기에 인간이고, 사람을 죽이
고 잡아먹기에 좀비인 것이다. 진욱이 밉다고 죽인다면 자신
도 좀비와 다름없게 되는 거였다. 제훈은 아직 인간이었다.
소인배지만 인간이었다. 진욱이 숨을 헐떡대며 말했다.

"고맙다. 정말 고마워."

"넌 내가 직접 죽일 거야, 이 배신자 새끼야."

계단 앞에 선 인호가 총을 갈겨 엄호해주었다. 제훈은 간
신히 진욱을 데리고 출구에 이르렀다. 머리 위로 햇빛이 쏟
아졌다. 태양이란 것이 이토록 고맙게 느껴진 건 처음이었
다. 그런데 인호가 출구 앞에 못 박힌 듯 멈춰 섰다.

"뭐 해?"

"없어."

인호가 공허한 목소리로 중얼거렸다. 제훈은 숨을 헐떡대며 인호 옆에 섰다. 뭐가 없다는 건지 물어볼 필요도 없었다. 파울로도, 차도 보이지 않았다.

제훈은 시계를 보았다. 1시간은커녕 30분도 안 지났다. 파울로 이 새끼, 우리가 밑에 내려가자마자 바로 튀었구나. 그 수상쩍은 놈 말을 믿는 게 아니었다. 인호가 돌아서며 계단을 뛰어올라오는 좀비들에게 총을 쐈다. 좀비가 떼굴떼굴 굴러떨어졌다. 아직은 지하도에서 올라오려는 몇 마리뿐이었지만 근처를 배회하는 놈들이 그들을 발견하는 건 시간문제였다.

총이 있다고는 하지만 고작 두 자루. 얼마 버티지 못할 게 분명했다. 이렇게 죽는 건가. 제훈은 탄식했다. 영주를 만나 잠깐이라도 이야기를 나눌 수 있다면 죽어도 상관없다고 생각했지만, 실제 눈앞의 현실이 되자 억울한 건 어쩔 수 없었다. 이제 막 만났는데. 아직 하고 싶은 얘기가 많은데. 이렇게 죽기는 싫은데.

그는 옆에 선 영주에게 시선을 주었다. 그래도 영주랑 같이 죽는 건 다행인데, 끝까지 마음에 걸리는 게 있었다. 제훈은 입술을 달싹거렸다. 진욱이 저놈과 어떤 사이일까. 알고 싶지만 물어볼 용기가 나지 않았다. 마지막 순간까지 의심이라니 부끄러웠다. 세상이 망했는데 애인이 바람났는지 안 났는지를 따지고 있다니. 하지만 또 이건 이것대로 중요한 거 아닌가? 절망에 빠진 누군가에게는 세상의 멸망이 반가운 일일 수 있듯이, 누군가에게는 여자친구의 변심이 멸망보다 중요할 수 있는 거니까.

"하나만 물어봐도 돼?"

"응. 뭐든지."

영주는 눈을 반짝이며 말했다.

"진욱이랑 왜 같이 있었던 거야?"

영주의 표정이 차갑게 굳었다.

"넌 이 상황에서도 그게 중요해? 나 구하러 왔다고 했잖아. 그래서 구했으면, 그러면 된 거 아냐? 이런 상황에서도 꼭 그 얘기를 해야겠니?"

"구한 건 구한 거지만 얘기는 해야 하잖아. 그리고 너, 나 휴가 나오면 할 얘기 있다는 거. 그건 뭐였어?"

"진짜 알고 싶어?"

"야! 내가 목숨걸고 너 구하러 왔잖아! 그럼 좀 고마운 척이라도 해라!"

"그래 고맙다, 정말 고마워. 근데 넌 지금 나 의심하는 거 말고는 할말 없니? 내가 어떻게 살아 있었는지, 그동안 힘들진 않았는지부터 물어보는 게 순서 아냐?"

제훈은 소리를 질렀다.

"나한텐 그게 제일 중요해! 세상이 멸망하든 모두 다 죽어 나자빠지든 좀비가 되든 상관없어. 네가 바람을 피웠는지 아닌지가 제일 중요하다고!"

영주는 제훈을 쳐다보다 한숨을 쉬었다.

"별일 없었던 거지?"

제훈은 영주의 눈을 바라보며 간절한 소망을 담아 다시 물었다. 있었어도 아무 일 없었다고 말해줬으면 좋겠다. 아니, 진짜 아무 일 없었으면 좋겠다. 그래야 여기까지 온 보람이 있으니까. 영주를 만나려고 그렇게 기를 쓴 게 헛수고가 아니게 되니까.

영주가 말했다.

"진짜 나 구하러 온 거야?"

"응. 근데 내가 물은 건 다른 건데……"

영주는 그를 꼭 안으며 말했다.

"제훈아. 나 너 좋아해. 와줘서 고맙고 다시 만나서 좋아. 그러니까 날 믿어줘. 널 만난 게 내 인생에서 제일 좋은 일이었어."

영주의 몸은 따뜻하고 부드러웠다. 제훈의 불안과 공포가 포옹 한 번으로 녹아내렸다. 그는 영주를 얼싸안으며 말했다.

"나도."

진욱은 복잡한 표정으로 그 광경을 쳐다보다 인호에게 시선을 주었다. 인호 역시 사격을 멈추고 제훈과 영주를 바라보고 있었다. 인호의 얼굴에 절절한 부러움과 만나지 못한 가족에 대한 아쉬움이 묻어났다.

그때 반대편 골목에서 좀비 몇이 그들을 발견하고 뛰어오기 시작했다. 제훈은 영주를 안은 채 총을 꽉 잡았다. 절대 영주가 좀비로 변하게 놔두지 않을 생각이었다. 그가 비장한 마음으로 영주를 천천히 밀어낼 때, 모퉁이를 돌아 허머가 나타났다. 허머는 차도를 가로지르던 좀비를 깔아뭉개고 제훈 일행 앞에 멈췄다.

파울로가 차문을 열며 소리쳤다.

"빨리 타!"

"파울로! 어디서 뭐 했어?"

제훈은 대답을 기다리지 않고 영주를 차에 태웠다. 지하철역 밖으로 좀비떼가 튀어나왔다. 제훈이 놈들을 쏘는 사이 인호와 진욱이 차에 올랐다. 파울로가 소리쳤다.

"미안. 근처에 좀비가 많아서 따돌리느라."

사거리 저쪽에서 엄청난 수의 좀비들이 허머를 쫓아 달려오고 있었다. 강남의 좀비란 좀비는 모조리 기어나온 모양이었다. 제훈이 차에 타자 인호가 문을 닫으며 소리쳤다.

"파울로! 출발!"

파울로가 액셀을 밟았다. 허머는 좀비들을 으깨며 도로로 나갔다. 차에 탄 사람이 다섯이나 됐지만 워낙 큰 차라 그런지 공간은 넉넉했다. 제훈은 차에 매달린 좀비가 없음을 확인한 뒤 영주의 손을 쓰다듬으며 흥분한 마음을 진정시켰다.

좀비들이 멀어지기 시작했다. 차가 번화가를 빠져나갔다. 제훈은 영주를 곁눈질했다. 그녀는 옆에 앉아 반짝거리는 눈으로 제훈을 쳐다보고 있었다. 차는 부서진 도시를 지나 맹렬하게 달렸다. 파울로가 말했다.

"가면서 들를 데 있나?"

영주와 진욱이 동시에 외쳤다.

"우리집!"

갈 곳이 많구나. 영주네 집에도 가야 하고 파울로와 인호의 집에도 가야 하고 진욱이 저 자식 집에도 가야 하는구나. 제훈에겐 갈 곳이 없었다. 집에 돌아간다 해도 그곳에 부모님은 없다. 진욱은 파울로에게 일산 가는 길을 설명하고 있었다. 떡진 머리에 충혈된 눈을 보고 있으니 왠지 마음이 약해졌다. 제훈은 창밖을 보았다. 그래도 저 녀석 부모님이랑 모르는 사이도 아닌데, 집에는 한번 가봐야겠지. 다들 저마다 어떤 식으로 이동할지 동선을 의논하기 시작했다. 가장 가까운 영주의 집에 먼저 들렀다가 일산에 가서……

제훈은 그들을 쳐다보다 슬그머니 영주의 손을 꼭 잡았다. 영주는 살짝 몸을 굳혔지만 손을 빼지는 않았다. 제훈은 한결 마음이 편안해지는 걸 느끼며 의자에 몸을 묻었다. 돌아다니다보면 누군가의 가족은 좀비가 되어 있을지 모르고, 누군가의 가족은 죽어 있을지도 모른다. 영주랑도 이대로 끝일지 모른다. 하지만 그건 닥친 후의 일이다. 당장은 갈 곳이 있다는 게 중요했다. 그리고 지금, 영주의 손을 잡고 있다는 것이.

제훈은 문득 뒤를 돌아보았다. 멀리 검은 연기가 뭉게뭉게 하늘로 올라가는 것이 보였다. 어쩌면 그들이 주둔하고 있던 호텔에서 나는 연기인지도 몰랐다. 호텔 옥상 끝에서 세상의 종말을 알리는 것처럼 거리를 내려다보던 남자의 광기어린 모습이 다시 떠올랐다. 하지만 차 앞 유리 너머로 보이는 길은 밝고 환하고, 아주 멀리까지 뻗어 있었다. 제훈은 영주의 손을 더욱 힘껏 쥐었다.

우리는 무사할 거야. 그리고 다시 어떻게든 살아가겠지.

영만은 홀로 옥상에 서 있었다.

도시에 천천히 고요가 내려앉았다. 해가 서쪽으로 사라지자 대기는 엷고 뿌연 회색으로 보였다. 황금빛 윤곽선으로 둘러싸인 빌딩들이 저녁해를 등지고 거뭇거뭇하게 솟아 있었다. 차도에 멈춰선 차량들에 눈이 쌓여 있고 좀비들은 여기저기 모여 서서 비둘기들과 함께 마지막 볕을 쬐었다. 산 사람들이 사라지니 좀비들은 잠잠해졌다. 이지를 가지고 살아 있는 존재는 오직 자신뿐이다. 마치 이 미친 세상의 지배자가 된 것 같은 기분이었다.

영만은 숨을 크게 들이마셨다. 다른 어느 때보다 기분이 좋았다. 지금껏 그의 삶은 걱정거리뿐이었다. 부대원이 사고를 치지 않을까, 무사히 제대할 수 있을까, 대학 등록금은 어떻게 모을까, 취업할 수 있을까……

하지만 좀비에게 긁힌 후로 모든 게 달라졌다. 언제 좀비가 될지 모른다는 공포 때문에 다른 모든 불안을 잊게 되었다. 온종일 좀비, 좀비, 좀비. 그 생각밖에 나지 않았고 다른 멀쩡한 인간들을 증오하게 되었다. 모두 다 그를 죽일 기회를 엿보고 있었다. 관심을, 위로를 가장해 찾아와선 언제 좀비가 될지만을 살폈다. 좀비로 변하는 순간 죽는다. 그 중압감을 영만은 견디지 못했다.

상원이 점심을 가지고 나타났을 때 그는 미쳐버렸다. 머릿속이 하얗게 들끓고 분노가 치밀어올랐다. 미친 자의 말투는 매혹적이기 마련이다. 어떤 말로 상원을 설득해 수갑을 풀었는지, 무슨 힘으로 상원을 때려죽였는지 세세한 상황은 기억나지 않았다. 다만 정신을 차렸을 때는 목이 무척 말랐고 팔다리의 근육이 끊어질 것처럼 아팠다. 두 손에 끈적끈적한 피가 잔뜩 묻어 있었고 상원의 머리에선 샘솟듯 피가 뿜어져 나왔다. 그는 총을 들고 밖으로 나가 포대장실을 지키고 있던 병준을 쏴 죽였다. 이어 두 사람의 시체를 내무실로 옮기고 막사에 불을 질렀다.

그러자 한결 평화로워졌다. 더이상 증오할 인간은 남아 있지 않았고 좀비가 된 자신을 누군가가 죽일 것이란 걱정을 할 필요도 없어졌다. 동료를 죽이고 부대를 불태움으로써 그는 공포를 버렸다.

영만은 차라리 어서 자신도 좀비가 되었으면 했다. 아니면 이대로 죽어 없어지길. 좀비가 되지 않는다면 그는 공포에 질린 살인자에 불과했다.

지금 나는 좀비인가, 아니면 사람인가. 영만은 궁금했다. 가슴에 손을 대면 여전히 심장이 쿵쿵대며 뛰고 있었지만 그조차도 그의 착각인지 몰랐다. 좀비들은 자신이 죽었다는 걸 알고 있을까. 팔다리가 말라비틀어지고 몸이 썩어가면서도 스스로를 살아 있는 인간이라 여기진 않을까.

나는 좀비다. 그래서 사람을 죽였다.

나는 좀비가 아니다. 내 심장은 아직 강하게 뛰고 있다.

등이 뜨거웠다. 영만은 불타는 막사를 돌아보았다. 화염이 점점 커지고 있었다.

불타라. 불타고 불타라. 불타서 다 없어져라.

머지않아 불길은 영만을 집어삼킬 것이다. 그때는 그가 좀비든 인간이든 중요하지 않을 것이다. 사실은 처음부터 중요하지 않았다.

영만은 다시 옥상 끄트머리에 가서 섰다. 앞이 움푹 팬 소나타 한 대가 맹렬한 속도로 호텔 앞을 지나갔다. 좀비들이 벌떡 일어나 차를 쫓아갔다. 멀어지는 차를 보며 영만이 히쭉 웃었다. 저 사람은 아직도 살아남겠다는 욕망을 품고 있는 걸까. 그는 자신을 둘러싼 세상을 파괴함으로써 욕망을 버렸다. 좀비도 인간도 아닌, 세상에 하나뿐인 존재가 되었다. 끝장나버린 서울 한복판에서 모든 걸 지켜보는 부두술사로 군림하리라.

아직 살아 있을까. 영만은 돌아오지 않는 송 중사와 후임 병들을 생각했다. 그들이 어디까지 갈 수 있을까. 어디로 가든 그 끝은 파멸뿐일 것이다. 마치 이곳처럼. 그의 인생처럼. 영만은 차가 시야에서 완전히 사라질 때까지 지켜보다 고개를 돌렸다. 이제 불길이 뜨겁지 않았다. 영만의 볼을 타고 눈물이 한 방울 흘러내렸다.

2012년에 이 소설이 첫선을 보였을 때만 해도 한국의 좀비물 붐은 시작되지 않았고, 코로나 사태와 같은 전 지구적 혼란도 상상하기 어려웠습니다. 그리고 십여 년이 지난 지금, 개정판을 준비하며 다시 읽어보니 그간의 사회적 변화와 겹치는 대목들이 눈에 띄었습니다. 덕분에 제법 흥미롭고 즐거운 마음으로 작업할 수 있었습니다.

개정판이 원작보다 재미있기란 쉽지 않습니다. 그럼에도 이 작업을 받아들인 건, 작품의 수명이 최대한 오래가길 바라는 작가의 입장에서 이 책을 다시 세상에 내놓을 기회를 놓칠 수 없었기 때문입니다. 이런 기회를 주신 문학동네 여러분께 감사드립니다.

이번 개정의 핵심은 이십대 남녀의 사랑 이야기에 좀더 초점을 맞추는 것이었습니다. 좀비와 재난은 단지 외피일 뿐, 본질적으로는 청춘 시절에만 가능한 찌질하고 어설픈 사랑을 그리고 싶었습니다. 찌질함의 본질은 유지하되, 그 안에서 인물들이 성장하는 과정을 좀더 부각시키고 낡은 감수성은 조금이나마 덜어내기 위해 노력했습니다. 이 소설을 원작으로 하는 드라마 〈뉴토피아〉와 비교하며 읽으셔도 좋고, 소설 그 자체로 즐기셔도 좋습니다. 무엇보다 재미있게 읽어주시길 희망합니다.

2024년 겨울
한상운

문학동네 플레이 시리즈

인플루엔자

ⓒ한상운 2024

1판 1쇄 2012년 11월 15일
2판 1쇄 2024년 12월 10일

지은이 한상운
책임편집 임고운 | 편집 정은진
디자인 이보람 유현아 | 저작권 박지영 형소진 최은진 오서영
마케팅 정민호 서지화 한민아 이민경 왕지경 정유진 정경주 김수인 김혜원 김예진
브랜딩 함유지 함근아 박민재 김희숙 이송이 김하연 박다솔 조다현 배진성
제작 강신은 김동욱 이순호 | 제작처 천광인쇄사

펴낸곳 (주)문학동네 | 펴낸이 김소영
출판등록 1993년 10월 22일 제2003-000045호
주소 10881 경기도 파주시 회동길 210
전자우편 editor@munhak.com | 대표전화 031)955-8888 | 팩스 031)955-8855
문의전화 031)955-2696(마케팅) 031)955-1906(편집)
문학동네카페 http://cafe.naver.com/mhdn
인스타그램 @munhakdongne | 트위터 @munhakdongne
북클럽문학동네 http://bookclubmunhak.com

ISBN 979-11-416-0715-9 04810

* 이 책의 판권은 지은이와 문학동네에 있습니다.
  이 책 내용의 전부 또는 일부를 재사용하려면 반드시 양측의 서면 동의를 받아야 합니다.

잘못된 책은 구입하신 서점에서 교환해드립니다.
기타 교환 문의 031)955-2661, 3580

www.munhak.com